भीष्म साहनी

जन्म : 8 अगस्त, 1915 को रावलपिंडी (पाकिस्तान) में।

शिक्षा : हिन्दी-संस्कृत की प्रारम्भिक शिक्षा घर में। स्कूल नें उर्दू और अंग्रेजी। गवर्नमेंट कॉलेज, लाहौर से अंग्रेजी साहित्य में एम.ए., फिर पंजाब विश्वविद्यालय से पी-एच.डी.।

बँटवारे से पूर्व थोड़ा व्यापार, साथ-ही-साथ मानद (ऑनरेरी) अध्यापन। बँटवारे के बाद पत्रकारिता, 'इप्टा' नाटक मंडली में काम, बंबई में बेकारी। फिर अम्बाला में एक कॉलेज में तथा खालसा कॉलेज, अमृतसर में अध्यापन। तत्पश्चात् स्थायी रूप से दिल्ली विश्वविद्यालय के ज़ाकिर हुसैन कॉलेज में साहित्य का प्राध्यापन। इस बीच लगभग सात वर्ष 'विदेशी भाषा प्रकाशन गृह', मॉस्को में अनुवादक के रूप में कार्य। अपने इस प्रवासकाल में उन्होंने रूसी भाषा का यथेष्ट अध्ययन और लगभग दो दर्जन रूसी पुस्तकों का अनुवाद किया क़रीब ढाई साल 'नई कहानियाँ' का सौजन्य-सम्पादन। 'प्रगतिशील लेखक संघ' तथा 'अफ्रो-एशियाई लेखक संघ' से भी सम्बद्ध रहे।

प्रकाशित पुस्तकें : *चीलें, भाग्यरेखा, पहला पाठ, भटकती राख, पटरियाँ, वाङ्‌चू, शोभायात्रा, निशाचर, पाली, डायन, चीज़ें* (कहानी-संग्रह); *झरोखे, कड़ियाँ, तमस, बसंती, मय्यादास की माड़ी, कुंतो, नीलू नीलिमा नीलोफ़र* (उपन्यास); *माधवी, हानूश, कबिरा खड़ा बज़ार में, मुआवजे, सम्पूर्ण नाटक* (दो खंडों में) (नाटक); *आज के अतीत* (आत्मकथा); *गुलेल का ख़ेल* (बालोपयोगी कहानियाँ)।

सम्मान : अन्य पुरस्कारों के अलावा *तमस* के लिए 'साहित्य अकादमी पुरस्कार' तथा हिन्दी अकादमी, दिल्ली का 'शलाका सम्मान'।

साहित्य अकादमी के महत्तर सदस्य रहे।

निधन : 11 जुलाई, 2003

पटरियाँ

भीष्म साहनी

राजकमल पेपरबैक्स

पहला पुस्तकालय संस्करण
राजकमल प्रकाशन प्राइवेट लिमिटेड द्वारा
1973 में प्रकाशित

राजकमल पेपरबैक्स में
पहला संस्करण : 2018

राजकमल पेपरबैक्स : उत्कृष्ट साहित्य के जनसुलभ संस्करण

राजकमल प्रकाशन प्रा. लि.
1-बी, नेताजी सुभाष मार्ग, दरियागंज
नई दिल्ली-110 002
द्वारा प्रकाशित

शाखाएँ : अशोक राजपथ, साइंस कॉलेज के सामने, पटना-800 006
पहली मंजिल, दरबारी बिल्डिंग, महात्मा गांधी मार्ग, इलाहाबाद-211 001
36 ए, शेक्सपियर सरणी, कोलकाता-700 017

वेबसाइट : www.rajkamalprakashan.com
ई-मेल : info@rajkamalprakashan.com

बी.के. ऑफसेट
नवीन शाहदरा, दिल्ली-110 032
द्वारा मुद्रित

मूल्य : ₹ 175

PATRIYAN
Stories by Bhishma Sahni

ISBN : 978-93-87462-77-9

उषा, प्रभा, हर्ष तथा
अशोक के लिए

अनुक्रम

पटरियाँ

कटरा राघोमल में से निकलकर वह बस-स्टॉप की ओर बढ़े जा रहा था, जब उसकी नजर चौक के पास खड़े दो आदमियों पर पड़ी। उनमें से एक का चेहरा उसे परिचित-सा लगा। उसे याद नहीं आया कि उस आदमी को कहाँ देखा है लेकिन स्वभावानुसार वह अन्दर-ही-अन्दर कुछ सिकुड़ा और वहाँ से दुबककर निकल जाने के लिए उसने आँखें नीची कर लीं और सड़क के किनारे-किनारे चलने लगा।

"भाई साहब, हे केशोरामजी! पहचाना नहीं क्या?" आवाज आई।

वह खिसिया गया और बगलें झाँकता-सा उनकी ओर गया। जिस ढंग से उस आदमी ने इसे बुलाया था, केशोराम को पहले ही उसमें अवज्ञा की झलक मिल गई। इस आवाज में न आग्रह था, न आदर। केशोराम को अपनी खाकी पतलून का और नीचे पहने मैले-सफेद जूतों का भास हुआ।

"कहिए, कहाँ चले जा रहे हैं इस वक्त? मुझे पहचाना या नहीं?"

उसने क्षीण-सी मुस्कान से फिर उस आदमी के चेहरे की ओर देखा। वह अभी भी उसे पहचान नहीं पाया था।

"इनको जानते हो न?" उस आदमी ने अपने साथी से केशोराम का परिचय कराते हुए कहा, "चोपड़ा साहब के दामाद हैं।"

तीसरे आदमी ने औपचारिकता से हाथ आगे बढ़ा दिया।

"चोपड़ा साहब को जानते हो न? वह मेरे बड़े मेहरबान रह चुके हैं, अम्बाला में हमारे सुपरिंटेंडेंट हुआ करते थे।"

पर उस आदमी को कोई दिलचस्पी नहीं थी—न चोपड़ा साहब में, न किसी खाकी पतलूनवाले उनके दामाद में। उसने हाथ मिलाने के बाद आँखें फेर लीं। केशोराम को लगा, जैसे चिथड़े की तरह उसने उसे सड़क के किनारे फेंक दिया है।

"चोपड़ा साहब आजकल कहाँ पर हैं?"

"यहीं पर हैं," केशोराम ने विनम्र धीमी आवाज में कहा।

"अच्छा, यहीं पर हैं?" केशोराम को लगा, जैसे चोपड़ा साहब के यहाँ होने से उसका महत्त्व कुछ बढ़ गया है।

"मैं जरूर दर्शन करने आऊँगा। आजकल किस पोस्ट पर हैं?"

"सर्विस से तो रिटायर हो चुके हैं, लाजपतनगर में रहते हैं।"

उस व्यक्ति की आँखों में हल्की-सी आग्रह की झलक जो क्षण-भर पहले मिली थी, 'रिटायर' शब्द सुनकर बुझ गई। केशोराम ने झट से जोड़ा, "लाजपतनगर में रहते हैं, वहीं पर अपना बँगला बना लिया है।"

परिचित की आँखों में आग्रह की झलक लौट आई। लाजपतनगर में बड़े आदमी बँगला बनाते हैं, और जिस आदमी ने लाजपतनगर में अपना घर बना लिया है, वह अभी भी अच्छी पोजीशन पर होगा। केशोराम को लगा, जैसे परिचित की नजरों में उसकी स्थिति बेहतर बनने लगी है। प्रतिष्ठा का पारा धीरे-धीरे ऊपर को उठने लगा। ससुर के बड़प्पन की लौ लाजपतनगर से चलकर यहाँ कटरा राघोमल में उस पर पड़ने लगी है।

"मैं जरूर मिलने आऊँगा," और उसने जेब में से हरे रंग की सुनहरे क्लिप-वाली नोट-बुक में चोपड़ा साहब का पता और टेलीफोन नम्बर लिख लिये।

"और सुनाइए, आपका क्या हाल-चाल है? क्या शगल है आजकल?"

केशोराम का दिल बैठ गया। इसी प्रश्न से बचने के लिए वह कन्नी काट रहा था। इस प्रश्न से वह परिचित था। इसका उत्तर देने के बाद पूछनेवाले के चेहरे पर बदलते भाव से भी वह परिचित था। दिन में बीसियों बार लोगों की आँखों में दिलचस्पी की हल्की-सी चमक को जगते-बुझते देखा करता था।

"वही इम्पोर्ट-एक्सपोर्ट का काम करता हूँ।" उसने बैठती-सी आवाज में उत्तर दिया।

वही प्रतिक्रिया हुई, जिसका उसे डर था। उस व्यक्ति की आँखों में आग्रह की चमक बिलकुल बुझ गई। भावशून्य आँखों से उसके चेहरे की ओर देखता हुआ, बड़प्पन के अन्दाज में बोला, "अच्छा, अभी तक वहीं टिके हो?"

केशोराम पर घड़ों पानी पड़ गया। और केशोराम को लगा, जैसे उस आदमी की नजर नीचे की ओर केशोराम के कपड़ों पर से होती हुई उसके जूतों तक जा पहुँची है।

अपने व्यवसाय के बारे में केशोराम जान-बूझकर 'इम्पोर्ट-एक्सपोर्ट' शब्द का प्रयोग करता था। 'इम्पोर्ट-एक्सपोर्ट' एक व्यापक शब्द है, जिसमें लखपति भी आ जाते हैं और अठन्नी-सैकड़ा कमानेवाले दलाल भी और इंडेंट का व्यापार करनेवाले उस-जैसे कमीशन एजेंट भी। यह वैसा ही था, जैसे प्राइमरी स्कूल का अध्यापक भी कहे कि वह शिक्षा-विभाग में काम करता है, और विश्वविद्यालय का वाइस-चांसलर भी कहे कि वह शिक्षा-विभाग में काम करता है। पर केशोराम

को लगा, जैसे वह आदमी स्थिति को भाँप गया है। उसकी पोजीशन को समझ गया है।

"चलिए, घर का काम है, क्या बुरा है!" उसने कहा और फिर पहले-जैसी सरपरस्ती के अन्दाज में, जेब में से गोल्ड-फ्लेक की डिबिया निकालकर केशोराम को सिगरेट पेश की। केशोराम को लगा, जैसे उसे तिरस्कृत करने के लिए, अपने और उसके बीच का अन्तर दिखाने के लिए ही सिगरेट पेश की जा रही है।

"जी नहीं, आप पीजिए।"

उसे लगा, इंटरव्यू समाप्त हो चुका है और उसे विदा हो जाना चाहिए।

सड़क के किनारे-किनारे चलते हुए केशोराम को लग, जैसे वह पैर घसीट-घसीटकर चल रहा है। उसे अपनी स्थिति के बारे में सोचकर वितृष्णा हुई, 'पहले भी मैं पैर घसीटता था, आज भी घसीटता हूँ। वर्षों से पैर घसीटता चला आ रहा हूँ। जिन्दगी में कुछ बना-बनाया नहीं है। सारी जिन्दगी मिट्टी हो गई है...'

दिन में चौबीस घंटे उसे अपनी वास्तविक स्थिति का बोध रहता था, मानो उसकी कोई तीसरी आँख हर वक्त खुली रहती हो और सारे वक्त उसकी वास्तविक स्थिति को आँकती रहती हो! 'अभी तक वहीं पड़े हो?' केशोराम ने उस आदमी का वाक्य मन-ही-मन दोहराया और खिन्न हो उठा। 'मेरी जगह कोई दूसरा आदमी होता तो यह आदमी इस तरह से बात नहीं करता। क्या चोपड़ा साहब से भी इसी तरह मिलता, जिस तरह मुझे मिला है? उन्हें तो झुक-झुककर सलाम करता।' वह जानता था कि लोगों के व्यवहार में उसके प्रति बेरुखी पाई जाती है। यहाँ तक कि अपने सगे-सम्बन्धियों के व्यवहार में भी। पिछली बार जब वह अपने ससुर चोपड़ा साहब से मिलने गया तो बातें करते हुए चोपड़ा साहब ने अपना पैर उठाकर उसकी कुर्सी पर रख दिया था, उसे जताने के लिए कि वह उसकी हैसियत को समझते हैं। क्या वह इस तरह की बात अपने बड़े दामाद के साथ भी करेंगे? क्या उसकी कुर्सी पर भी अपना पैर रख देंगे? उनका बड़ा दामाद सरकारी अफसर है, एक हजार रुपया महीना पाता है। उसके लिए तो चोपड़ा साहब केक मँगवाते हैं, उसके साथ हँस-हँसकर बातें करते हैं। केशोराम जाए, तो उसे लेक्चर देते हैं।

बस-स्टॉप पर फिर उसे एक परिचित चेहरा नजर आया और केशोराम को लगा, जैसे उसने केशोराम को पहचानकर मुँह फेर लिया है। 'क्या मैं अफसर होता तो यह इस तरह मुँह फेर लेता?'

बस के डंडे के साथ झूलते हुए केशोराम को अपनी पत्नी की याद आई। उसकी आँखों में भी उपेक्षा उतर आई थी। अब उसकी पत्नी को उसकी हर आदत अखरने लगी थी। वह खाना खाते समय सालन ज्यादा खा जाता था। किसी जमाने

में उसकी पत्नी हँसकर उसकी कटोरी में और सालन डाल दिया करती थी। तब उसकी पत्नी की आँखों में उसके भविष्य के बारे में हल्की-सी आशा की चमक रहा करती थी, मानो उसे उम्मीद हो कि एक-न-एक दिन उसकी स्थिति में परिवर्तन आएगा। फिर एक दिन सहसा उसने उस चमक को बुझते देखा था। उसे वह क्षण याद था, जब वह चमक बुझ गई थी और उसकी पत्नी ने उसकी ओर से मुँह फेर लिया था। उस रोज वह सुबह के वक्त चौके में पत्नी के साथ बैठा चाय पी रहा था। तब वे शहर की एक सँकरी गली में दो कमरों का घर लेकर रहने लगे थे। उसकी पत्नी आँगन के ही एक कोने में रसोई किया करती थी। आँगन की छत में लोहे की सलाखों की झरझरी लगी थी, जिसमें से रोशनी छन-छनकर नीचे आया करती थी। सुबह नाश्ते के वक्त जरूर झरझरी में से पानी गिरता था, ऊपर रहनेवाले किराएदार की पत्नी अपना आँगन धोती थी और किराएदार उसके किसी सेठ का दूर का सम्बन्धी था। जब पानी गिरता तो वह उठकर ड्योढ़ी की दहलीज पर बैठ जाया करता था। पर उस रोज गन्दे पानी के छींटे उसके सिर पर गिरे थे। तब भी वह चुपचाप उठकर दहलीज पर चला गया था। इस पर उसकी पत्नी बड़बड़ाई थी। उसने अपनी पत्नी को डाँट दिया था, 'तुम चाहती हो कि इस छोटी-सी बात के लिए मैं सेठ के नाती से दुश्मनी मोल ले लूँ? तुम अपना चूल्हा पीछे सरका लो।' तभी उसकी पत्नी ठिठककर उसकी ओर देखने लगी थी, और तभी उसकी आँखों में आशा की चमक बुझ गई और उसने उपेक्षा से मुँह फेर लिया था।...

"आगे बढ़ते जाओ जी, आगे बढ़ते जाओ। बाबूजी, खाकी पतलूनवाले, आगे बढ़ते जाओ।..."

कंडक्टर की आवाज थी। डंडे को पकड़े-पकड़े वह थोड़ा आगे की ओर सरक गया। क्या चोपड़ा साहब भी इस तरह बसों में धक्के खाते हैं? क्या उनके बड़े दामाद को भी बस में चढ़ पाने के लिए तीन-तीन बसों के पीछे भागना पड़ता है? इस वक्त वह मजे से मोटर में बैठा अपने दफ्तर में जा रहा होगा। सब दोष मेरी मिट्टी का है, और किसी का नहीं। कोई क्या कह सकता है! अगर एम.ए. पास करने के बाद मैं अपना शहर छोड़ देता, तो इस वक्त तक जरूर कहीं-न-कहीं पहुँच चुका होता। उसे अपने बाप पर गुस्सा आया, जिसने अपने सफेद बालों का वास्ता डालकर उसे घर पर रोके रखा था। उसे लगा, जैसे इनसान की जिन्दगी में कभी-कभी एक क्षण आकाश से उतरता है—चमकता हुआ सौभाग्य क्षण, उज्ज्वल, झिलमिलाता हुआ क्षण। आकाश से सारे वक्त ऐसे क्षण उतरते रहते हैं। जिस किसी पर पड़ जाते हैं, उसका जीवन खिल उठता है। ऐसा सौभाग्य का क्षण उस पर नहीं उतरा, और जो अब तक नहीं उतरा, वह आगे क्या उतरेगा!...सबसे बड़ी चीज दुनिया में पैसा है, पोजीशन है। बाकी सब ढकोसला है। सब बकवास है। ताकत

और पैसा और रौब-दाब—इनसे बढ़कर कोई चीज दुनिया में नहीं है। जिसके पास पैसा है, उसके पास सब-कुछ है। 'बाबू हरगोबिन्द ने मेरे साथ ही एजेंटी का काम शुरू किया था। आज तीन मकानों का मालिक है। जब-जब जाता हूँ, अपने मकान के चबूतरे पर टहल रहा होता है और जेब में से बादाम की गिरियाँ निकाल-निकालकर खा रहा होता है।...इधर मेरा घर है कि मैं और मेरी पत्नी बात-बात पर एक-दूसरे पर चिल्लाने लगते हैं। मुझे गुस्सा आता है तो मैं हाँफने लगता हूँ। एक कमरे से दूसरे कमरे में जाता हूँ। हाथ पसारता हूँ। फिर हाँफने लगता हूँ। पत्नी भी हाथ पसारकर कहती है—और चिल्लाओ, चिल्लाते जाओ! बुजदिल कहीं का! मरदूद! कर-कुरा कुछ सकता नहीं, केवल चिल्ला सकता है।. .और मेरी नाकामयाबियों को एक-एक कर मेरे मुँह पर मारने लगती है।

"आगे सरकते जाओ साहब, आगे सरकते जाओ। बाबू, खाकी पतलूनवाले, आगे बढ़ते जाओ।"

पूरे ग्यारह बजते-बजते वह कारखाने में दाखिल हुआ। कारखाना शहर से पाँच मील की दूरी पर था। यहाँ वह पिछले तीन रोज से केरमिच का पचास गाँठ का ऑर्डर मंजूर करवाने आ रहा था, पर अभी तक बड़े सेठ से मुलाकात नहीं हो पाई थी।

"जय सीताराम जी!" उसने क्लर्कों के कमरे में कदम रखते हुए प्रेम बाबू से कहा। प्रेम बाबू अपनी फाइल पर झुका रहा। केशोराम जानता था कि वह अभिवादन का उत्तर नहीं देगा। थोक बाजार में बैठनेवाले दुकानदार भी उसके अभिवादन का उत्तर नहीं देते थे। 'जय सीताराम जी! जय सीताराम जी! जय सीताराम जी!' कहता हुआ, वह दुकानों के बीचोबीच सड़क पर रोज गुजर जाया करता था। पतला, छरहरे बदन का प्रेम बाबू माशूकों की तरह दफ्तर में काम करता था। अन्दर से बड़े सेठ केवल उसी को पुकारते थे, और वह मटक-मटककर टहलता हुआ फाइल उठाकर अन्दर जाता था। काम में तेज था। सभी चिट्ठियों के नीचे एक ओर उसी के हस्ताक्षर की चिड़ी बनी रहती थी। बड़े सेठ के दफ्तर में से जब किसी को डाँटने की आवाज आती, या फर्श पर फाइल पटकने की, तो क्लर्कों की कलमें लरज जाती थीं। क्लर्कों के हॉल-कमरे में त्रास छा जाता था, मगर प्रेम बाबू निश्चिन्त बैठा रहता था।

"आज हमारी मुलाकात करवा दो, प्रेम बाबू, तीन दिन से यहाँ बैठा हूँ।"

वह स्वयं कुर्सी खींचकर प्रेम बाबू की मेज के सामने बैठ गया और बैग खोलकर उसमें से अपनी इंडेंट-बुक निकालकर सामने रख ली।

तभी साहब के दफ्तर में अन्दर से जमीन पर रजिस्टर पटकने की आवाज आई और उसके बाद फटकारने-डाँटने की। एक लरजिश की लहर सारे कमरे में दौड़

गई। क्लर्कों ने कनखियों से एक-दूसरे की ओर देखा। उसकी नजर साहब के दफ्तर के दरवाजे पर पड़ी। दरवाजे पर लगा पीतल का हैंडिल ज्यों-का-त्यों निस्पन्द अपनी जगह पर स्थिर था। उसकी बगल में दीवार पर लगी घड़ी भी खामोश-सी खड़ी थी।

साढ़े ग्यारह बजते-बजते बम्बई का एजेंट आया। केशोराम उसे वर्षों से जानता था। वह जानता था कि उसे बैठाने के लिए प्रेम बाबू उठ खड़ा होगा। बम्बई का सेठ कद में लम्बा था। हाथी की तरह धीमे-धीमे चलता था, धीमे-धीमे बोलता था, केशोराम उसे वर्षों से जानता था। सेठ के ऊँचे कद, बन्द गले के सफेद कोट और कामदार टोपी में ही बड़प्पन था। अगर केशोराम लम्बे कद का होता तो उसकी चाल-ढाल में भी रौब आ गया होता।

केशोराम स्वयं अपनी कुर्सी छोड़कर एक ओर को हटकर खड़ा हो गया।

''कहो प्रेम बाबू, अच्छे हो?'' कहते हुए बम्बई का सेठ कुर्सी पर बैठ गया।

केशोराम को लगा, जैसे उसे फिर चिथड़े की तरह एक ओर को फेंक दिया गया है।

तभी सेठ ने गर्दन घुमाकर उसकी ओर देखा और मुस्कुराकर बोला, ''मैंने आपकी कुर्सी छीन ली।''

''नहीं, नहीं, इसमें क्या है!'' केशोराम ने सिर हिलाते हुए कहा। तभी केशोराम के बदन में गरमाइश आ गई। पुलकन भी हुई। भावोद्रेक भी हुआ। केशोराम जितनी जल्दी तिरस्कार को महसूस करता था, उतनी ही जल्दी उसे क्षमा भी कर देता था; बल्कि भावुक हो उठता था।

लेकिन बारह बजते-बजते केशोराम के कान खड़े हो गए। वातावरण में एक प्रकार का तनाव आ गया। एक धूमिल-सा संशय उसके मन में जागा कि उसका अपमान होने जा रहा है। उसे अक्सर इस बात का पहले से भास हो जाता था।

हुआ कुछ नहीं था। केवल पीछे के दरवाजे में कारखाने के भोजनालय का रसोइया प्रकट हुआ था और धीरे-धीरे उनकी ओर चला आ रहा था। कारखानेवालों ने यहाँ पर एक भोजनालय खोल रखा था—साफ-सुथरा भोजनालय। नहा-धोकर, नंगे बदन रसोई पकानेवाला महाराज, जो हाथ जोड़कर बात करता था और जिसके जिस्म पर यज्ञोपवीत लटकता रहता था। यहाँ बाहर से आनेवाले लोगों को खाना खिलाया जाता था।

महाराज बढ़ता आ रहा था और केशोराम के मन का संशय धक्-धक् का रूप लेने लगा था।

''जीम लीजिए, भोजन तैयार है।'' उसने पास आकर कहा। केशोराम उसे पहले से देख रहा था। बम्बई के सेठ की नजर उसकी ओर बाद में उठी।

''जीम लीजिए, भोजन तैयार है!''

केशोराम को लगा, जैसे महाराज उतनी ही विनम्रता से उसे भी निमंत्रण दे रहा है, जितनी विनम्रता से बम्बई के सेठ को। महाराज के नम्र निवेदन को सुनकर केशोराम को भूख लग आई। उसने आँखें मिचकाकर फिर एक बार महाराज की ओर देखा। हाथ जुड़े थे, अधमुँदी आँखें विनम्र निमंत्रण में बिछी-बिछी जा रही थीं। बस, जब बम्बई का सेठ उठा, तो केशोराम भी उठ खड़ा हुआ। और जब बम्बई के सेठ ने प्रेम बाबू से चलते-चलते कहा, 'अच्छा, प्रेम बाबू, हम इतने में जीम आवें,' तो केशोराम ने भी मुड़कर प्रेम बाबू की ओर उसी ढंग से देखा, और बम्बई के सेठ के पीछे-पीछे भोजनालय की राह ली। हैसियत का स्तर ऊँचा हो जाए, तो दिल में गुदगुदी होती है। पुलकन की हल्की-हल्की लहरियाँ उठने लगती हैं।

पर पाँच ही मिनट के बाद केशोराम लौट आया—पानी-पानी, पसीना-पसीना, हीन भाव की सबसे निचली सीढ़ी तक लुढ़ककर पहुँचा हुआ। आते ही कुर्सी पर बैठ गया और गठरी की तरह पड़ रहा, कपड़ों के ढेर की तरह।

महाराज ने न जाने किस जन्म का बदला लिया था! ऐन भोजनालय के बाहर पहुँचकर घूम गया था। बम्बई वाले सेठ को तो मेज-कुर्सी वाले कमरे के अन्दर पधारने को कहा और केशोराम को बरामदे की ओर इशारा करते हुए बोला, "बाबूजी, आप इधर विराजिए। आपके लिए इधर पत्तल लगवा दूँगा।"

कारखाने के रसोइए की आँखें भी तौलना जानती हैं। लीक खींचना जानती हैं। तौलकर फेंकना जानती हैं। कारखाने के सभी लोग, रसोइया भी और क्लर्क भी और चपरासी-चौकीदार भी, बाहर से आनेवाले लोगों को बड़े साहब की आँख से देखते हैं। जिनसे बड़े साहब हँसकर मिलें, उनसे वे हँसकर मिलते हैं। जिनसे साहब हाथ मिलाते हैं, उन्हें वे सलाम करते हैं। सभी में साहब की आत्मा बसती है।

वह उसी क्षण भोजनालय से लौट आया था और रास्ते में वह एक बार ठिठक गया था। उसके मन में आया, इंडेंट-बुक फेंक दे और घर लौट जाए। उसे लगा, जैसे रसोइए ने उस पर पेशाब कर दिया है!

पर ठिठकना लौट जाना नहीं होता। हम समझते हैं, ठिठकनेवाले क्षण जीवन के निर्णायक क्षण होते हैं—गाड़ी का काँटा बदलनेवाले क्षण पर ऐसा कुछ नहीं है। यों तो कोल्हू का बैल भी चलते-चलते ठिठक जाता है, रुक भी जाता है, पर मुड़कर कभी नहीं चलता। केशोराम भी दफ्तर में लौट आया था और कुर्सी पर ढेर हो गया था।

सब दोष इस खाकी पतलून का था। सब दोष एम.ए. की डिग्री का था, वरना दलाल दुनीचन्द क्यों पानी-पानी नहीं होता? काली टोपी पहने और छोटी-सी बही बगल में दबाए दुनीचन्द झट से सेठ की दहलीज पर जा बैठता है। सेठ की रुखाई उसे नहीं चुभती। कोई बहुत रूखा बोले, तो दुनीचन्द जेब में से तम्बाकू की

डिबिया और चूना निकालकर, तम्बाकू की चुटकी फाँक लेता है। तम्बाकू की चुटकी में सब तिरस्कारों का डंक टूट जाता है। वह कटरा राघोमल में से निकलने के ख्वाब नहीं देखता।

दोपहर हो चुकी होगी। बड़े साहब से मिलने के अभी तक कोई आसार नजर नहीं आ रहे थे। बम्बई का सेठ जीमकर लौटने के बाद सीधा साहब के दफ्तर में चला गया था और अपना ऑर्डर मंजूर करवाकर, उधर से ही बाहर चला गया था। तभी केशोराम बैठा-बैठा स्वप्न देखने लगा। सभी एजेंट दिवास्वप्न देखते हैं। सभी वे लोग, जो अपनी पटरी से उतरे होते हैं; जिनकी एक टाँग कटरा राघोमल में तो दूसरी लाजपतनगर में होती है...

उसने देखा कि वह रेलगाड़ी में बैठा है, उसके पास टिकट भी है, पर कारखाने का बड़ा सेठ उसकी सीट पर अपना बिस्तर बिछाना चाहता है और उसे डिब्बे में से निकल जाने को कह रहा है। वह केशोराम को नहीं पहचानता मगर केशोराम ने उसे पहचान लिया है। केशोराम उसे अपना हरे रंग का टिकट दिखाता है और पीले रंग का रिजर्वेशन टिकट, जिस पर लाल रंग की रेखा खिंची है। सेठ की ठुड्डी पहले से ज्यादा चौड़ी हो गई है और उसके गाल लटक आए हैं। सेठ हाथ चमकाकर उसे निकल जाने को कहता है, मगर केशोराम टेढ़ा होकर खड़ा हो जाता है और बर्थ के डंडे को पकड़ लेता है। प्रेम बाबू पहुँच जाता है और भोजनालय का महाराज भी, और दोनों उसे धक्के दे-देकर निकालने की कोशिश करते हैं। वह डंडे से और ज्यादा चिपक जाता है। महाराज डंडे पर से उसकी उँगलियाँ खींच-खींचकर उतारता है, पर केशोराम डंडे को फिर से पकड़ लेता है। सभी उसे बराबर धक्के दिये जा रहे हैं और तभी गाड़ी चलने लगी है, उसके पहियों की घर्र-घर्र की आवाज आने लगती है...

बिलकुल दलालोंवाला सपना था, जिसमें दलाल के साहस को पराकाष्ठा तक दिखाया गया है। एक धक्के के साथ केशोराम होश में आ गया। उसके शरीर को हल्का-सा हिचकोला भी लगा, मानो चलती गाड़ी का ही धक्का हो। बाकी का दृश्य तो आँखों से ओझल हो गया, लेकिन घर्र-घर्र की आवाज अभी भी आ रही थी। उसने प्रेम बाबू की ओर देखा। प्रेम बाबू मुस्कुराए जा रहा था।

"क्या बात है प्रेम बाबू?" केशोराम ने तुनककर पूछा। केशोराम का शरीर गाड़ी में पड़े धक्कों से अभी भी धुना-धुना महसूस कर रहा था।

"सुनते नहीं हो? साहब की मोटर जा रही है।"

केशोराम को एक और हिचकोला लगा। सचमुच मोटर के इंजन की आवाज थी। केशोराम सहसा उठ खड़ा हुआ, इंडेंट-बुक उसके हाथ में थी, और वह एक छलाँग में जैसे दस फीट का फासला तय करके साहब के दफ्तर के बाहर जा पहुँचा। दरवाजे पर पहुँचकर वह क्षण-भर के लिए ठिठका। उसे लगा, जैसे कोई

आँधी उसे बहाकर ले आई है; दरवाजे पर लगे पीतल के हैंडिल पर उसकी नजर अटक गई। उसका हाथ हैंडिल तक उठने के लिए इनकार कर रहा था। उसने घूमकर क्लर्कों की ओर देखा। प्रेम बाबू ही नहीं, पीलिया का मारा राधेमोहन भी फटी-फटी आँखों से उसकी ओर देखे जा रहे थे।

तभी दु:साहस की स्थिति में, न जाने कैसे, उसने साहब के कमरे का दरवाजा खोल दिया और अन्दर जा पहुँचा। सीधा शेर की माँद में पाँव रख दिया। बड़े-से दफ्तर के बीचोबीच साहब खड़ा था। लगभग वैसा ही, जैसा गाड़ी के डिब्बे में नजर आया था—गाल लटके हुए, सफेद घुटा-घुटा सिर। दफ्तर के बीचोबीच खड़ा अपना कोट पहन रहा था। दफ्तर में वह कोट उतारे रहता था ताकि फाइल पटकने में आसानी रहे। साहब कमरे के बीचोबीच खड़े थे और बाहर मोटर का इंजन अभी भी चल रहा था—घर्र-घर्र, घर्र-घर्र। साहब मेज पर से कुछ उठाने आए थे। केशोराम को लगा, साहब का कमरा काँच का बना है—बिल्लौर चमकते काँच का, जो जगह-जगह से चमकता है। साहब ने उसकी ओर घूमकर देखा, तो उसे लगा, जैसे साहब की दोनों आँखें भी बिल्लौरी काँच की तरह चमक उठी हैं, उनसे नश्तर-जैसी तेज किरण फूटी है। वह दरवाजे के ऐन अन्दर खड़ा था, जैसे काँच के कमरे में पहुँचकर वह भी काँच का बुत बन गया हो! साहब जेबों में कुछ ठूँस रहे थे—अपना चश्मा, अपना रूमाल, अपनी डायरी, अपनी चाबियाँ।

''क्या है?'' साहब ने घूमकर कहा और मुस्कुरा दिये।

साहब के मुस्कुराने की देर थी कि कमरे का रूप बदल गया। वह काँच का कमरा न रहकर एक सुन्दर, सजा-धजा कमरा नजर आने लगा, जिसके फर्श पर लाल रंग का कालीन बिछा था और उस पर साहब के काले रंग के जूते चमक रहे थे।

''लाओ, लाओ,'' साहब ने केशोराम के हाथ में इंडेंट-बुक को देख लिया था, ''इतनी देर क्या कर रहे थे?''

साहब ने उसके हाथ से इंडेंट-बुक लेकर उड़ती नजर से उस पर लिखा ऑर्डर पढ़ा। फिर मेज पर से लाल पेंसिल उठाकर 'चिड़ी' डाल दी और इंडेंट-बुक केशोराम को लौटाते हुए, फिर से मुस्कुरा दिये।

कमरे में स्निग्धता छा गई—स्नेह और स्निग्धता और वात्सल्य।

''तुम्हारा नाम केशोराम है न?''

''जी, केशोराम, एम.ए.।''

साहब हँस दिये और चाबियाँ खनकाते बाहर निकल गए।

घर लौटते हुए, बस के डंडे के साथ झूलते हुए केशोराम को दूसरा ही अनुभव हुआ। उसे लगा, जैसे पैरों की ओर से एक हल्की-सी लहर ऊपर को उठी है।

इसके बाद एक और लहर उठी है, फिर एक और। लहरें ऊपर को उठती जाती हैं और उसके शरीर में छलछलाती जाती हैं—नीचे से ऊपर, जैसे फव्वारे का पानी उछलता है। उछल-उछलकर खून का स्तर ऊँचा होता चला जा रहा है। उठती लहरें अब उसके मस्तिष्क तक को छूने लगी थीं। उसके शरीर में झनझनी-सी होने लगी, बीसियों साज एक साथ बजने लगे थे। हर बार, लहरें उठने के बाद, तृप्ति का-सा भाव छा जाता। फिर सारे बदन में हिलोर-सी उठती और लहरें बार-बार उठने लगतीं। लगता था, उछलता खून अपने-आप जख्मों पर मरहम का काम कर रहा है, शरीर में गरमाहट आ रही है। दाएँ हाथ से बस के डंडे को पकड़, बाएँ हाथ की उँगलियों के पपोटों पर केशोराम हिसाब लगा रहा था। आठ आने सैकड़ा के हिसाब से किरमिच की पचास गाँठों पर उसकी दलाली पूरे तीन सौ पचहत्तर रुपए बनेगी। लहरों पर 3 और 7 और 5 के अंक इठलाने लगे थे, डोलने लगे थे और उनके बीचोबीच कभी-कभी बड़े साहब का मुस्कुराता चेहरा प्रकट हो जाता—'तुम केशोराम हो न?'...और शरीर में खून ठाठें मारने लगता। उसे लगा, जैसे टूटे सपनों के टुकड़े, जो इधर-उधर बिखर गए थे, फिर से जुड़ने लगे हैं और कटरा राघोमल पीछे छूटता जा रहा है और बस लाजपतनगर की ओर बढ़े जा रही है—बढ़े जा रही है!

अमृतसर आ गया है...

गाड़ी के डिब्बे में बहुत मुसाफिर नहीं थे। मेरे सामनेवाली सीट पर बैठे सरदार जी देर से मुझे लाम के किस्से सुनाते रहे थे। वह लाम के दिनों में बर्मा की लड़ाई में भाग ले चुके थे और बात-बात पर खी-खी करके हँसते और गोरे फौजियों की खिल्ली उड़ाते रहे थे। डिब्बे में तीन पठान व्यापारी भी थे, उनमें से एक हरे रंग की पोशाक पहने ऊपरवाली बर्थ पर लेटा हुआ था। वह आदमी बड़ा हँसमुख था और बड़ी देर से मेरे साथवाली सीट पर बैठे एक दुबले-से बाबू के साथ उसका मजाक चल रहा था। वह दुबला बाबू पेशावर का रहनेवाला जान पड़ता था क्योंकि किसी-किसी वक्त वे आपस में पश्तो में बातें करने लगते थे। मेरे सामने दाईं ओर कोने में, एक बुढ़िया मुँह-सिर ढाँपे बैठी थी और देर से माला जप रही थी। यही कुछ लोग रहे होंगे। सम्भव है, दो-एक और मुसाफिर भी रहे हों, पर वे स्पष्टतः मुझे याद नहीं।

गाड़ी धीमी रफ्तार से चली जा रही थी, और गाड़ी में बैठे मुसाफिर बतिया रहे थे और बाहर गेहूँ के खेतों में हल्की-हल्की लहरियाँ उठ रही थीं, और मैं मन-ही-मन बड़ा खुश था क्योंकि मैं दिल्ली में होनेवाला स्वतंत्रता-दिवस समारोह देखने जा रहा था।

उन दिनों के बारे में सोचता हूँ, तो लगता है, हम किसी झुटपुटे में जी रहे हैं। शायद समय बीत जाने पर अतीत का सारा व्यापार ही झुटपुटे में बीता जान पड़ता है। ज्यों-ज्यों भविष्य के पट खुलते जाते हैं, यह झुटपुटा और भी गहराता चला जाता है।

उन्हीं दिनों पाकिस्तान के बनाए जाने का ऐलान किया गया था और लोग तरह-तरह के अनुमान लगाने लगे थे कि भविष्य में जीवन की रूपरेखा कैसी होगी। पर किसी की भी कल्पना बहुत दूर तक नहीं जा पाती थी। मेरे सामने बैठे सरदार जी बार-बार मुझसे पूछ रहे थे कि पाकिस्तान बन जाने पर जिन्ना साहब बम्बई में ही रहेंगे या पाकिस्तान में जाकर बस जाएँगे? और मेरा हर बार यही जवाब होता—

बम्बई क्यों छोड़ेंगे, पाकिस्तान में आते-जाते रहेंगे, बम्बई छोड़ देने में क्या तुक है! लाहौर और गुरदासपुर के बारे में भी अनुमान लगाए जा रहे थे कि कौन-सा शहर किस ओर जाएगा। मिल-बैठने के ढंग में, गप-शप में, हँसी-मजाक में कोई विशेष अन्तर नहीं आया था। कुछ लोग अपने घर छोड़कर जा रहे थे, जबकि अन्य लोग उनका मजाक उड़ा रहे थे। कोई नहीं जानता था कि कौन-सा कदम ठीक होगा और कौन-सा गलत। एक ओर पाकिस्तान बन जाने का जोश था तो दूसरी ओर हिन्दुस्तान के आजाद हो जाने का जोश। जगह-जगह दंगे भी हो रहे थे, और योम-ए-आजादी की तैयारियाँ भी चल रही थीं। इस पृष्ठभूमि में लगता, देश आजाद हो जाने पर दंगे अपने-आप बन्द हो जाएँगे। वातावरण के इस झुटपुटे में आजादी की सुनहरी धूल-सी उड़ रही थी और साथ-ही-साथ अनिश्चय भी डोल रहा था, और इसी अनिश्चय की स्थिति में किसी-किसी वक्त भावी रिश्तों की रूपरेखा झलक दे जाती थी।

शायद जेहलम का स्टेशन पीछे छूट चुका था जब ऊपर वाली बर्थ पर बैठे पठान ने एक पोटली खोल ली और उसमें से उबला हुआ मांस और नान-रोटी के टुकड़े निकाल-निकालकर अपने साथियों को देने लगा। फिर वह हँसी-मजाक के बीच मेरी बगल में बैठे बाबू की ओर भी नान का टुकड़ा और मांस की बोटी बढ़ाकर खाने का आग्रह करने लगा था, "खा ले, बाबू, ताकत आएगी। हम जैसा हो जाएगा। बीवी भी तेरे साथ खुश रहेगी। खा ले दालखोर, तू दाल खाता है, इसलिए दुबला है..."

डिब्बे में लोग हँसने लगे थे। बाबू ने पश्तो में कुछ जवाब दिया और फिर मुस्कुराता सिर हिलाता रहा।

इस पर दूसरे पठान ने हँसकर कहा, "ओ जालिम, अमारे आथ से नईं लेता ए तो अपने आथ से उठा ले। खुदा कसम, बर का गोश्त ए, और किसी चीज का नईं ए।"

ऊपर बैठा पठान चहककर बोला, "ओ खंजीर के तुख्म, इधर तुमें कोन देखता ए? हम तेरी बीवी को नईं बोलेगा। ओ तू अमारे साथ बोटी तोड़। हम तेरे साथ दाल पिएँगा..."

इस पर कहकहा उठा, पर दुबला-पतला बाबू हँसता, सिर हिलाता रहा और कभी-कभी दो शब्द पश्तो में भी कह देता।

"ओ कितना बुरा बात ए, अम खाता ए, और तू अमारा मुँह देखता ए..." सभी पठान मगन थे।

"यह इसलिए नहीं लेता कि तुमने हाथ नहीं धोए हैं," स्थूलकाय सरदार जी बोले और बोलते ही खी-खी करने लगे। अधलेटी मुद्रा में बैठे सरदार जी की आधी तोंद सीट के नीचे लटक रही थी, "तुम अभी सोकर उठे हो और उठते ही पोटली खोलकर खाने लग गए हो, इसीलिए बाबू जी तुम्हारे हाथ से नहीं लेते, और कोई

बात नहीं।'' और सरदार जी ने मेरी ओर देखकर आँख मारी और खी-खी करने लगे।

''मांस नईं खाता ए, बाबू, तो जाओ, जनाना डब्बे में बैठो, इदर क्या करता ए?'' फिर कहकहा उठा।

डिब्बे में और भी अनेक मुसाफिर थे लेकिन पुराने मुसाफिर यही थे जो शुरू होने पर गाड़ी में बैठे थे। बाकी मुसाफिर उतरते-चढ़ते रहे थे। पुराने मुसाफिर होने के नाते ही उनमें एक तरह की बेतकल्लुफी आ गई थी।

''ओ इदर आकर बैठो। तुम अमारे साथ बैठो। आओ जालिम, किस्साख्वानी की बातें करेंगे।''

तभी किसी स्टेशन पर गाड़ी रुकी थी और नए मुसाफिरों का रेला अन्दर आ गया था। बहुत-से मुसाफिर एक साथ अन्दर घुसते चले आए थे।

''कौन-सा स्टेशन है?'' किसी ने पूछा।

''वजीराबाद है शायद,'' मैंने बाहर की ओर देखकर कहा।

गाड़ी वहाँ थोड़ी देर के लिए खड़ी रही, पर छूटने से पहले एक छोटी-सी घटना घटी। एक आदमी साथ वाले डिब्बे में से पानी लेने उतरा और नल पर जाकर पानी लोटे में भर रहा था तभी वह भागकर अपने डिब्बे की ओर लौट आया। छलछलाते लोटे में से पानी गिर रहा था। लेकिन जिस ढंग से वह भागा था, उसी ने बहुत कुछ बता दिया था। नल पर खड़े और लोग भी, तीन-चार आदमी रहे होंगे—इधर-उधर अपने-अपने डिब्बे की ओर भाग गए थे। इस तरह घबराकर भागते लोगों को मैं देख चुका था। देखते-ही-देखते प्लेटफार्म खाली हो गया। मगर डिब्बे के अन्दर अभी भी हँसी-मजाक चल रहा था।

''कहीं कोई गड़बड़ है,'' मेरे पास बैठे दुबले बाबू ने कहा।

कहीं कुछ था, लेकिन क्या था, कोई भी स्पष्ट नहीं जानता था। मैं अनेक दंगे देख चुका था इसलिए वातावरण में होने वाली छोटी-सी तब्दीली को भी भाँप गया था। भागते व्यक्ति, खटाक से बन्द होते दरवाजे, घरों की छतों पर खड़े लोग, चुप्पी और सन्नाटा—सभी दंगों के चिह्न थे।

तभी पिछले दरवाजे की ओर से, जो प्लेटफार्म की ओर न खुलकर दूसरी ओर खुलता था, हल्का-सा शोर हुआ। कोई मुसाफिर अन्दर घुसना चाह रहा था।

''कहाँ घुसा आ रहा है, नहीं है जगह! बोल दिया, जगह नहीं है,'' किसी ने कहा।

''बन्द करो जी दरवाजा। यों ही मुँह उठाए घुसे आते हैं।'' आवाजें आ रही थीं।

जितनी देर कोई मुसाफिर डिब्बे के बाहर खड़ा अन्दर आने की चेष्टा करता रहे, अन्दर बैठे मुसाफिर उसका विरोध करते रहते हैं। पर एक बार जैसे-तैसे वह

अन्दर आ जाए तो विरोध खत्म हो जाता है, और वह मुसाफिर जल्दी ही डिब्बे की दुनिया का निवासी बन जाता है, और अगले स्टेशन पर वही सबसे पहले बाहर खड़े मुसाफिरों पर चिल्लाने लगता है—'नहीं है जगह, अगले डिब्बे में जाओ...घुसे हैं...'

दरवाजे पर शोर बढ़ता जा रहा था। तभी मैले-कुचैले कपड़ों और लटकती मूँछोंवाला एक आदमी दरवाजे में से अन्दर घुसता दिखाई दिया। चीकट मैले कपड़े, जरूर कहीं हलवाई की दुकान करता होगा। वह लोगों की शिकायतों-आवाजों की ओर ध्यान दिये बिना दरवाजे की ओर घूमकर बड़ा-सा काले रंग का सन्दूक अन्दर की ओर घसीटने लगा।

"आ जाओ, आ जाओ, तुम भी चढ़ आओ!" वह अपने पीछे किसी से कहे जा रहा था। तभी दरवाजे में एक पतली सूखी-सी औरत नजर आई और उसके पीछे सोलह-सत्रह बरस की साँवली-सी एक लड़की अन्दर आ गई। लोग अभी भी चिल्लाए जा रहे थे। सरदार जी को कूल्हों के बल उठकर बैठना पड़ा।

"बन्द करो जी दरवाजा, बिना पूछे चढ़े आते हैं, अपने बाप का घर समझ रखा है। मत घुसने दो जी, क्या करते हो, धकेल दो पीछे..." और लोग भी चिल्ला रहे थे।

वह आदमी अपना सामान अन्दर घसीटे जा रहा था और उसकी पत्नी और बेटी संडास के दरवाजे के साथ लगकर खड़ी थीं।

"और कोई डिब्बा नहीं मिला? औरत जात को भी यहाँ उठा लाया है?"

वह आदमी पसीने से तर था और हाँफता हुआ सामान अन्दर घसीटे जा रहा था। सन्दूक के बाद रस्सियों से बँधी खाट की पाटियाँ अन्दर खींचने लगा।

"टिकट है जी मेरे पास, मैं बेटिकट नहीं हूँ। लाचारी है, शहर में दंगा हो गया है। बड़ी मुश्किल से स्टेशन तक पहुँचा हूँ।"

इस पर डिब्बे में बैठे बहुत-से लोग चुप हो गए, पर बर्थ पर बैठा पठान उचककर बोला, "निकल जाओ इदर से, देखता नईं ए, इदर जगा नईं ए?"

और पठान ने आव देखा न ताव, आगे बढ़कर ऊपर से ही उस मुसाफिर के लात जमा दी, पर लात उस आदमी को लगने के बजाय उसकी पत्नी के कलेजे में लगी और वह वहीं 'हाय-हाय' करती बैठ गई।

उस आदमी के पास मुसाफिरों के साथ उलझने के लिए वक्त नहीं था। वह बराबर अपना सामान अन्दर घसीटे जा रहा था। पर डिब्बे में मौन छा गया। खाट की पाटियों के बाद बड़ी-बड़ी गठरियाँ आईं। इस पर ऊपर बैठे पठान की सहन-क्षमता चुक गई।

"निकालो इसे, कौन ए ये?" वह चिल्लाया।

इस पर दूसरे पठान ने जो नीचे की सीट पर बैठा था, उस आदमी का सन्दूक

दरवाजे में से नीचे धकेल दिया, जहाँ लाल वर्दीवाला एक कुली खड़ा सामान अन्दर पहुँचा रहा था।

उसकी पत्नी के चोट लगने पर कुछ मुसाफिर चुप हो गए थे। केवल कोने में बैठी बुढ़िया कुरलाए जा रही थी, ''ए नेक बख्तो, बैठने दो। आ जा बेटी, तू मेरे पास आ जा। जैसे-तैसे सफर काट लेंगे। छोड़ो बे जालिमो, बैठने दो।''

अभी आधा सामान ही अन्दर आ पाया होगा जब सहसा गाड़ी सरकने लगी।

''छूट गया! सामान छूट गया!'' वह आदमी बदहवास-सा होकर चिल्लाया।

''पिताजी, सामान छूट गया।'' संडास के दरवाजे के पास खड़ी लड़की सिर से पाँव तक काँप रही थी और चिल्लाए जा रही थी।

''उतरो, नीचे उतरो,'' वह आदमी हड़बड़ाकर चिल्लाया और आगे बढ़कर खाट की पाटियाँ और गठरियाँ बाहर फेंकते हुए दरवाजे का डंडहरा पकड़कर नीचे उतर गया। उसके पीछे उसकी भयाकुल बेटी और फिर उसकी पत्नी, कलेजे को दोनों हाथों से दबाए, हाय-हाय करती नीचे उतर गईं।

''बहुत बुरा किया है तुम लोगों ने, बहुत बुरा किया है।'' बुढ़िया ऊँचा-ऊँचा बोल रही थी, ''तुम्हारे दिल में दर्द मर गया है। छोटी-सी बच्ची उसके साथ थी। बेरहमो, तुमने बहुत बुरा किया है, धक्के देकर उतार दिया है।''

गाड़ी सूने प्लेटफार्म को लाँघती आगे बढ़ गई। डिब्बे में व्याकुल-सी चुप्पी छा गई। बुढ़िया ने बोलना बन्द कर दिया था। पठानों का विरोध कर पाने की किसी की हिम्मत नहीं हुई।

तभी मेरी बगल में बैठे दुबले बाबू ने मेरे बाजू पर हाथ रखकर कहा, ''आग है...देखो, आग लगी है!''

गाड़ी प्लेटफार्म छोड़कर आगे निकल आई थी और शहर पीछे छूट रहा था। तभी शहर की ओर से उठते धुएँ के बादल और उनमें लपलपाती आग के शोले नजर आने लगे।

''दंगा हुआ है। स्टेशन पर भी लोग भाग रहे थे। कहीं दंगा हुआ है।''

शहर में आग लगी थी। बात डिब्बे-भर के मुसाफिरों को पता चल गई और वे लपक-लपककर खिड़कियों में से आग का दृश्य देखने लगे।

जब गाड़ी शहर छोड़कर आगे बढ़ गई तो डिब्बे में सन्नाटा छा गया। मैंने घूमकर डिब्बे के अन्दर देखा, दुबले बाबू का चेहरा पीला पड़ गया था और माथे पर पसीने की परत किसी मुर्दे के माथे की तरह चमक रही थी। मुझे लगा, जैसे अपनी-अपनी जगह बैठे सभी मुसाफिरों ने अपने आसपास बैठे लोगों का जायजा ले लिया है। सरदार जी उठकर मेरी सीट पर आ बैठे। नीचेवाली सीट पर बैठा पठान उठा और अपने दो साथी पठानों के साथ ऊपरवाली बर्थ पर चढ़ गया यही क्रिया शायद

रेलगाड़ी के अन्य डिब्बों में भी चल रही थी। डिब्बे में तनाव आ गया। लोगों ने बतियाना बन्द कर दिया। तीनों-के-तीनों पठान ऊपरवाली बर्थ पर एक साथ बैठे चुपचाप नीचे की ओर देखे जा रहे थे। सभी मुसाफिरों की आँखें पहले से ज्यादा खुली-खुली, ज्यादा शंकित-सी लगीं। यही स्थिति सम्भवत: गाड़ी के सभी डिब्बों में व्याप्त हो रही थी।

''कौन-सा स्टेशन था यह?'' डिब्बे में किसी ने पूछा।

''वजीराबाद,'' किसी ने उत्तर दिया।

जवाब मिलने पर डिब्बे में एक और प्रतिक्रिया हुई। पठानों के मन का तनाव फौरन ढीला पड़ गया, जबकि हिन्दू-सिख मुसाफिरों की चुप्पी और ज्यादा गहरी हो गई। एक पठान ने अपनी वास्कट की जेब में से नसवार की डिबिया निकाली और नाक में नसवार चढ़ाने लगा। अन्य पठान भी अपनी-अपनी डिबिया निकालकर नसवार चढ़ाने लगे। बुढ़िया बराबर माला जपे जा रही थी। किसी-किसी वक्त उसके बुदबुदाते होंठ नजर आते। लगता, उनमें से कोई खोखली-सी आवाज निकल रही है।

अगले स्टेशन पर जब गाड़ी रुकी तो वहाँ भी सन्नाटा था। कोई परिन्दा तक नहीं फड़क रहा था। हाँ, एक भिश्ती, पीठ पर पानी की मशक लादे, प्लेटफार्म लाँघकर आया और मुसाफिरों को पानी पिलाने लगा।

''लो, पियो पानी, पानी पियो।'' औरतों के डिब्बे में से औरतों और बच्चों के अनेक हाथ बाहर निकल आए थे।

''बहुत मार-काट हुई है, बहुत लोग मरे हैं।''

लगता था, वह इस मार-काट में अकेला पुण्य कमाने चला आया है।

गाड़ी सरकी तो सहसा खिड़कियों के पल्ले चढ़ाए जाने लगे। दूर-दूर तक, पहियों की गड़गड़ाहट के साथ, खिड़कियों के पल्ले चढ़ाने की आवाज आने लगी।

किसी अज्ञात आशंकावश दुबला बाबू मेरे पासवाली सीट पर से उठा और दो सीटों के बीच फर्श पर लेट गया। उसका चेहरा अभी भी मुर्दे जैसा पीला हो रहा था। इस पर बर्थ पर बैठा पठान उसकी ठिठोली करने लगा, ''ओ बेगैरत, तुम मर्द ए कि औरत ए? सीट पर से उटकर नीचे लेटता ए। तुम मर्द के नाम को बदनाम करता ए।'' वह बोल रहा था और बार-बार हँसे जा रहा था। फिर वह उससे पश्तो में कुछ कहने लगा।

बाबू चुप बना लेटा रहा। अन्य सभी मुसाफिर चुप थे। डिब्बे का वातावरण बोझिल बना हुआ था।

''ऐसे आदमी को अम डिब्बे में नईं बैठने देगा। ओ बाबू, अगले स्टेशन पर उतर जाओ, और जनाना डिब्बे में बैठो।''

मगर बाबू की हाजिरजवाबी अपने कंठ में सूख चली थी। हकलाकर चुप हो

रहा। पर थोड़ी देर बाद वह अपने-आप सीट पर जा बैठा और देर तक अपने कपड़ों की धूल झाड़ता रहा। वह क्यों उठकर फर्श पर लेट गया था? शायद उसे डर था कि बाहर से गाड़ी पर पथराव होगा या गोली चलेगी, शायद इसी कारण खिड़कियों के पल्ले चढ़ाए जा रहे थे।

कुछ भी कहना कठिन था। मुमकिन है, किसी एक मुसाफिर ने किसी कारण से खिड़की का पल्ला चढ़ाया हो और उसकी देखा-देखी, बिना सोचे-समझे, धड़ाधड़ खिड़कियों के पल्ले चढ़ाए जाने लगे हों!

बोझिल अनिश्चित-से वातावरण में सफर कटने लगा। रात गहराने लगी थी। डिब्बे के मुसाफिर स्तब्ध और शंकित ज्यों-के-त्यों बैठे थे। कभी गाड़ी की रफ्तार सहसा टूटकर धीमी पड़ जाती तो लोग एक-दूसरे की ओर देखने लगते। कभी रास्ते में ही रुक जाती तो डिब्बे के अन्दर का सन्नाटा और भी गहरा हो उठता। केवल पठान निश्चिन्त बैठे थे। हाँ, उन्होंने भी बतियाना छोड़ दिया था, क्योंकि उनकी बातचीत में कोई भी शामिल होने वाला नहीं था।

धीरे-धीरे पठान ऊँघने लगे जबकि अन्य मुसाफिर फटी-फटी आँखों से शून्य में देखे जा रहे थे। बुढ़िया मुँह-सिर लपेटे, टाँगें सीट पर चढ़ाए, बैठी-बैठी सो गई थी। ऊपरवाली बर्थ पर एक पठान ने, अधलेटे ही, कुर्ते की जेब में से काले मनकों की तसबीह निकाल ली और उसे धीरे-धीरे हाथ में चलाने लगा।

खिड़की के बाहर आकाश में चाँद निकल आया और चाँदनी में बाहर की दुनिया और भी अनिश्चित, और भी अधिक रहस्यमयी हो उठी। किसी-किसी वक्त दूर किसी ओर आग के शोले उठते नजर आते, कोई नगर जल रहा था। गाड़ी किसी वक्त चिंघाड़ती हुई आगे बढ़ने लगती, फिर किसी वक्त उसकी रफ्तार धीमी पड़ जाती और मीलों तक धीमी रफ्तार से ही चलती रहती।

सहसा दुबला बाबू खिड़की में से बाहर देखकर ऊँची आवाज में बोला, "हरबंसपुरा निकल गया है।" उसकी आवाज में उत्तेजना थी, वह जैसे चीखकर बोला था।

डिब्बे के सभी लोग उसकी आवाज सुनकर चौंक गए। उसी वक्त डिब्बे के अधिकांश मुसाफिरों ने मानो उसकी आवाज को ही सुनकर करवट बदली।

"ओ बाबू, चिल्लाता क्यों ए?" तसबीह वाला पठान चौंककर बोला, "इदर उतरेगा तुम? जंजीर खींचूँ?" और खीं-खीं करके हँस दिया। जाहिर है, वह हरबंसपुरा की स्थिति से अथवा उसके नाम से अनभिज्ञ था।

बाबू ने कोई उत्तर नहीं दिया, केवल सिर हिला दिया और एक-आध बार पठान की ओर देखकर फिर खिड़की के बाहर झाँकने लगा।

डिब्बे में फिर मौन छा गया। तभी इंजन ने सीटी दी और उसकी एकरस रफ्तार

टूट गई। थोड़ी ही देर बाद खटाक का-सा शब्द भी हुआ। शायद गाड़ी ने लाइन बदली थी। बाबू ने झाँककर उस दिशा में देखा जिस ओर गाड़ी बढ़ी जा रही थी।

"शहर आ गया है।" वह फिर ऊँची आवाज में चिल्लाया, "अमृतसर आ गया है।" उसने फिर से कहा और उछलकर खड़ा हो गया, और ऊपर वाली बर्थ पर लेटे पठान को सम्बोधित करके चिल्लाया, "ओ बे पठान के बच्चे! नीचे उतर! तेरी माँ की...नीचे उतर! तेरी उस पठान बनानेवाले की मैं..."

बाबू चिल्लाने लगा था और चीख-चीखकर गालियाँ बकने लगा था।

तसबीह वाले पठान ने करवट बदली और बाबू की ओर देखकर बोला, "ओ क्या ए बाबू? अम को कुछ बोला?"

बाबू को उत्तेजित देखकर अन्य मुसाफिर भी उठ बैठे।

"नीचे उतर, तेरी मैं...हिन्दू औरत को लात मारता है, हरामजादे! तेरी उस..."

"ओ बाबू, बक-बक नईं करो। ओ खंजीर के तुख्म, गाली मत बको, अमने बोल दिया। अम तुम्हारा जबान खींच लेगा।"

"गाली देता है मादर..." बाबू चिल्लाया और उछलकर सीट पर चढ़ गया। वह सिर से पाँव तक काँप रहा था।

"बस-बस!" सरदार जी बोले, "यह लड़ने की जगह नहीं है। थोड़ी देर का सफर बाकी है, आराम से बैठो।"

"तेरी मैं लात न तोड़ूँ तो कहना, गाड़ी तेरे बाप की है?" बाबू चिल्लाया।

"ओ अमने क्या बोला! सबी लोग उसको निकालता था, अमने बी निकाला। ये इदर अमको गाली देता ए। अम इसका जबान खींच लेगा..."

बुढ़िया बीच में फिर बोल उठी, "वे जीण जोगयो, अराम नाल बैठो। वे रब्ब दियो बन्दयो, कुछ होश करो।"

उसके होंठ किसी प्रेत के होंठों की तरह फड़फड़ाए जा रहे थे और उनमें से क्षीण-सी फुसफुसाहट सुनाई दे रही थी।

बाबू चिल्लाए जा रहा था, "अपने घर में शेर बनता था! अब बोल, तेरी मैं उस पठान बनानेवाले की..."

तभी गाड़ी अमृतसर के प्लेटफार्म पर रुकी। प्लेटफार्म लोगों से खचाखच भरा था। प्लेटफार्म पर खड़े लोग झाँक-झाँककर डिब्बों के अन्दर देखने लगे। बार-बार लोग एक ही सवाल पूछ रहे थे, "पीछे क्या हुआ है? कहाँ पर दंगा हुआ है?"

खचाखच भरे प्लेटफार्म पर शायद इसी बात की चर्चा चल रही थी कि पीछे क्या हुआ है। प्लेटफार्म पर खड़े दो-तीन खोमचे वालों पर मुसाफिर टूटे पड़ रहे थे। सभी को सहसा भूख और प्यास परेशान करने लगी थी। इसी दौरान तीन-चार पठान हमारे डिब्बे के बाहर प्रकट हो गए और खिड़की में से झाँक-झाँककर अन्दर देखने लगे। अपने पठान साथियों पर नजर पड़ते ही वे उनसे पश्तो में कुछ बोलने लगे।

मैंने घूमकर देखा, बाबू डिब्बे में नहीं था। न जाने कब वह डिब्बे में से निकल गया था। मेरा माथा ठनका। गुस्से से वह पागल हुआ जा रहा था। न जाने क्या कर बैठे! पर इस बीच डिब्बे के तीनों पठान, अपनी-अपनी गठरी उठाकर बाहर निकल गए और अपने पठान साथियों के साथ गाड़ी के अगले किसी डिब्बे की ओर बढ़ गए। जो विभाजन पहले प्रत्येक डिब्बे के भीतर होता रहा था, अब सारी गाड़ी के स्तर पर होने लगा था।

खोमचेवालों के इर्द-गिर्द भीड़ छँटने लगी। लोग अपने-अपने डिब्बों में लौटने लगे। तभी सहसा एक ओर से मुझे वह बाबू आता दिखाई दिया। उसका चेहरा अभी भी बहुत पीला था और माथे पर बालों की लट झूल रही थी। नजदीक पहुँचा, तो मैंने देखा, उसने अपने दाएँ हाथ में लोहे की एक छड़ उठा रखी थी। जाने वह उसे कहाँ मिल गई थी! डिब्बे में घुसते समय उसने छड़ को अपनी पीठ के पीछे कर लिया और मेरे साथ वाली सीट पर बैठने से पहले उसने हौले से छड़ को सीट के नीचे सरका दिया। सीट पर बैठते ही उसकी आँखें पठान को देख पाने के लिए ऊपर को उठीं। पर डिब्बे में पठानों को न पाकर वह हड़बड़ाकर चारों ओर देखने लगा।

"निकल गए हरामी, मादर...सब-के-सब निकल गए!" फिर वह सिट-पिटाकर उठ खड़ा हुआ और चिल्लाकर बोला, "तुमने उन्हें जाने क्यों दिया? तुम सब नामर्द हो, बुजदिल!"

पर गाड़ी में भीड़ बहुत थी। बहुत-से नए मुसाफिर आ गए थे। किसी ने उसकी ओर विशेष ध्यान नहीं दिया।

गाड़ी सरकने लगी तो वह फिर मेरी बगलवाली सीट पर आ बैठा, पर वह बड़ा उत्तेजित था और बराबर बड़बड़ाए जा रहा था।

धीरे-धीरे हिचकोले खाती गाड़ी आगे बढ़ने लगी। डिब्बे के पुराने मुसाफिरों ने भरपेट पूरियाँ खा ली थीं और पानी पी लिया था और गाड़ी उस इलाके में आगे बढ़ने लगी थी, जहाँ उनके जान-माल को खतरा नहीं था।

नए मुसाफिर बतिया रहे थे। धीरे-धीरे गाड़ी फिर समतल गति से चलने लगी थी। कुछ ही देर बाद लोग ऊँघने भी लगे थे। मगर बाबू अभी भी फटी-फटी आँखों से सामने की ओर देखे जा रहा था। बार-बार मुझसे पूछता कि पठान डिब्बे में से निकलकर किस ओर को गए हैं। उसके सिर पर जुनून सवार था।

गाड़ी के हिचकोलों में मैं खुद ऊँघने लगा था। डिब्बे में लेट पाने के लिए जगह नहीं थी। बैठे-बैठे ही नींद में मेरा सिर कभी एक ओर को लुढ़क जाता, कभी दूसरी ओर को। किसी-किसी वक्त झटके से मेरी नींद टूटती, और मुझे सामने की सीट पर अस्त-व्यस्त से पड़े सरदार जी के खर्राटे सुनाई देते। अमृतसर पहुँचने के बाद

सरदार जी फिर से सामनेवाली सीट पर टाँगें पसारकर लेट गए थे। डिब्बे में तरह-तरह की आड़ी-तिरछी मुद्राओं में मुसाफिर पड़े थे। उनकी बीभत्स मुद्राओं को देखकर लगता, डिब्बा लाशों से भरा है। पास बैठे बाबू पर नजर पड़ती तो कभी तो वह खिड़की के बाहर मुँह किए देख रहा होता, कभी दीवार से पीठ लगाए तनकर बैठा नजर आता।

किसी-किसी वक्त गाड़ी किसी स्टेशन पर रुकती तो पहियों की गड़गड़ाहट बन्द होने पर निस्तब्धता-सी छा जाती। तभी लगता, जैसे प्लेटफार्म पर कुछ गिरा है, या जैसे कोई मुसाफिर गाड़ी में से उतरा है, और मैं झटके से उठकर बैठ जाता।

इसी तरह जब एक बार मेरी नींद टूटी तो गाड़ी की रफ्तार धीमी पड़ गई थी, और डिब्बे में अँधेरा था। मैंने उसी तरह अधलेटे खिड़की में से बाहर देखा। दूर, पीछे की ओर किसी स्टेशन के सिगनल के लाल कुमकुमे चमक रहे थे। स्पष्टतः गाड़ी कोई स्टेशन लाँघकर आई थी। पर अभी तक उसने रफ्तार नहीं पकड़ी थी।

डिब्बे के बाहर मुझे धीमे-से अस्फुट स्वर सुनाई दिये। दूर ही एक धूमिल-सा काला पुंज नजर आया। नींद की खुमारी में मेरी आँखें कुछ देर तक उस पर लगी रहीं, फिर मैंने उसे समझ पाने का विचार छोड़ दिया। डिब्बे के अन्दर अँधेरा था, बत्तियाँ बुझी हुई थीं, लेकिन बाहर लगता था, पौ फटने वाली है।

मेरी पीठ पीछे, डिब्बे के बाहर किसी चीज को खरोंचने की-सी आवाज आई। मैंने दरवाजे की ओर घूमकर देखा। डिब्बे का दरवाजा बन्द था। मुझे फिर से दरवाजा खरोंचने की आवाज सुनाई दी। फिर, मैंने साफ-साफ सुना, लाठी से कोई व्यक्ति डिब्बे का दरवाजा पटपटा रहा था। मैंने झाँककर खिड़की के बाहर देखा। सचमुच एक आदमी डिब्बे की दो सीढ़ियाँ चढ़ आया था। उसके कन्धे पर एक गठरी झूल रही थी और हाथ में लाठी थी और उसने बदरंग-से कपड़े पहन रखे थे और उसके दाढ़ी भी थी। फिर मेरी नजर बाहर नीचे की ओर गई। गाड़ी के साथ-साथ एक औरत भागती चली आ रही थी, नंगे पाँव और उसने दो गठरियाँ उठा रखी थीं। बोझ के कारण उससे दौड़ा नहीं जा रहा था। डिब्बे के पायदान पर खड़ा आदमी बार-बार उसकी ओर मुड़कर देख रहा था और हाँफता हुआ कहे जा रहा था, ''आ जा, आ जा, तू भी चढ़ आ, आ जा!''

दरवाजे पर फिर से लाठी पटपटाने की आवाज आई, ''खोलो जी दरवाजा, खुदा के वास्ते दरवाजा खोलो।''

वह आदमी हाँफ रहा था, ''खुदा के लिए दरवाजा खोलो! मेरे साथ में औरतजात है। गाड़ी निकल जाएगी...''

सहसा मैंने देखा, बाबू हड़बड़ाकर उठ खड़ा हुआ और दरवाजे के पास जाकर दरवाजे में लगी खिड़की में से मुँह बाहर निकालकर बोला, ''कौन है? इधर जगह नहीं है।''

बाहर खड़ा आदमी फिर गिड़गिड़ाने लगा, ''खुदा के वास्ते दरवाजा खोलो! गाड़ी निकल जाएगी...''

और वह आदमी खिड़की में से अपना हाथ अन्दर डालकर दरवाजा खोल पाने के लिए सिटकनी टटोलने लगा।

''नहीं है जगह, बोल दिया, उतर जाओ गाड़ी पर से!'' बाबू चिल्लाया और उसी क्षण लपककर दरवाजा खोल दिया।

''या अल्लाह!'' उस आदमी के अस्फुट-से शब्द सुनाई दिये। दरवाजा खुलने पर जैसे उसने इत्मीनान की साँस ली हो!

और उसी वक्त मैंने बाबू के हाथ में छड़ को चमकते देखा। एक ही भरपूर वार बाबू ने उस मुसाफिर के सिर पर किया था। मैं देखते ही डर गया और मेरी टाँगें लरज गईं। मुझे लगा, जैसे छड़ के वार का उस आदमी पर कोई असर नहीं हुआ। उसके दोनों हाथ अभी भी जोर से डंडहरे को पकड़े हुए थे। कन्धे पर से लटकती गठरी खिसककर उसकी कोहनी पर आ गई थी।

तभी सहसा उसके चेहरे पर लहू की दो-तीन धारें एक साथ फूट पड़ीं। पुटे में मुझे उसके खुले होंठ और चमकते दाँत नजर आए। वह दो-एक बार 'या अल्लाह!' बुदबुदाया, फिर उसके पैर लड़खड़ा गए। उसकी आँखों ने बाबू की ओर देखा, अधमुँदी-सी आँखें, जो धीर-धीरे सिकुड़ती जा रही थीं, मानो उसे पहचानने की कोशिश कर रही हों कि वह कौन है और उससे किस अदावत का बदला ले रहा है। इस बीच अँधेरा कुछ और छन गया था। उसके होंठ फिर से फड़फड़ाए और उनमें उसके सफेद दाँत फिर से झलक उठे। मुझे लगा, जैसे वह मुस्कुराया है, पर वास्तव में केवल त्रास के ही कारण होंठों में बल पड़ने लगे थे।

नीचे पटरी के साथ-साथ भागती औरत बड़बड़ाए और कोसे जा रही थी। उसे अभी भी मालूम नहीं हो पाया था कि क्या हुआ है! वह अभी भी शायद यही समझ रही थी कि गठरी के कारण उसका पति गाड़ी पर ठीक तरह से चढ़ नहीं पा रहा है, कि उसका पैर जम नहीं पा रहा है। वह गाड़ी के साथ-साथ भागती हुई, अपनी दो गठरियों के बावजूद अपने पति के पैर को पकड़-पकड़कर सीढ़ी पर टिकाने की कोशिश कर रही थी।

तभी सहसा डंडहरे पर से उस आदमी के दोनों हाथ छूट गए और वह कटे पेड़ की भाँति नीचे जा गिरा। और उसके गिरते ही औरत ने भागना बन्द कर दिया, मानो दोनों का सफर एक साथ ही खत्म हो गया हो!

बाबू अभी भी मेरे निकट, डिब्बे के खुले दरवाजे में बुत-का-बुत बना खड़ा था, लोहे की छड़ अभी भी उसके हाथ में थी। मुझे लगा, जैसे वह छड़ को फेंक देना चाहता है लेकिन उसे फेंक नहीं पा रहा, उसका हाथ जैसे उठ नहीं रहा था।

मेरी साँस अभी भी फूली हुई थी और डिब्बे के अँधियारे कोने में मैं खिड़की के साथ सटकर बैठा उसकी ओर देखे जा रहा था।

फिर वह आदमी खड़े-खड़े हिला। किसी अज्ञात प्रेरणावश वह एक कदम आगे बढ़ आया और दरवाजे में से बाहर पीछे की ओर देखने लगा। गाड़ी आगे निकलती जा रही थी। दूर, पटरी के किनारे अँधियारा पुंज-सा नजर आ रहा था।

बाबू का शरीर हरकत में आया। एक झटके में उसने छड़ को डिब्बे के बाहर फेंक दिया। फिर घूमकर डिब्बे के अन्दर दाएँ-बाएँ देखने लगा। सभी मुसाफिर सोए पड़े थे। मेरी ओर उसकी नजर नहीं उठी।

थोड़ी देर तक वह खड़ा डोलता रहा, फिर उसने घूमकर दरवाजा बन्द कर दिया। उसने ध्यान से अपने कपड़ों की ओर देखा, अपने दोनों हाथों की ओर देखा, फिर एक-एक करके अपने दोनों हाथों को नाक के पास ले जाकर उन्हें सूँघा, मानो जानना चाहता हो कि उसके हाथों से खून की बू तो नहीं आ रही है। फिर वह दबे पाँव चलता हुआ आया और मेरी बगलवाली सीट पर बैठ गया।

धीरे-धीरे झुटपुटा छँटने लगा, दिन खुलने लगा। साफ-सुथरी-सी रोशनी चारों ओर फैलने लगी। किसी ने जंजीर खींचकर गाड़ी को खड़ा नहीं किया था, छड़ खाकर गिरी उसकी देह मीलों पीछे छूट चुकी थी। सामने गेहूँ के खेतों में फिर से हल्की-हल्की लहरियाँ उठने लगी थीं।

सरदार जी बदन खुजलाते उठ बैठे। मेरी बगल में बैठा बाबू दोनों हाथ सिर के पीछे रखे सामने की ओर देखे जा रहा था। रात-भर में उसके चेहरे पर दाढ़ी के छोटे-छोटे बाल उग आए थे। अपने सामने बैठा देखकर सरदार उसके साथ बतियाने लगा, "बड़े जीवट वाले हो बाबू! दुबले-पतले हो, पर बड़े गुर्दे वाले हो! बड़ी हिम्मत दिखाई है! तुमसे डरकर ही वे पठान डिब्बे में से निकल गए। यहाँ बने रहते तो एक-न-एक की खोपड़ी तुम जरूर दुरुस्त कर देते..." और सरदार जी हँसने लगे।

बाबू जवाब में मुस्कुराया—एक बीभत्स-सी मुस्कान, और देर तक सरदार जी के चेहरे की ओर देखता रहा।

ललक

बचपन में एक ललक हर वक्त मुझे बेचैन किए रहती कि मेरी जेब में ढेर-से पैसे हों, जिन्हें मैं खनकाता फिरूँ, लोग सुनें और ताज्जुब करें कि मैं कितना अमीर हूँ; सिर पर लम्बे-लम्बे बाल हों, नीचे माँडी लगा सरसराता पाजामा हो, पैरों में चमचमाते बूट हों जो दूर से ही चीं-चीं करते सुनाई दें। पर हमारे पिताजी का विश्वास दूध-दही में ज्यादा था, कपड़े-लत्ते में कम। बूट के नाम पर गामाशाही जूती पहनने को मिलती, जिसे हफ्तों तेल देना पड़ता, पहनने से पहले ही उसका रंग बरसाती चूहे जैसा स्याह पड़ चुका होता। उसे देखते ही दिल बुझ जाता था। न वह जूता घिसता, न फटता, न उसकी एड़ी बैठती। कपड़ों की भी यही कैफियत थी। अव्वल तो किसी-न-किसी के उतरे हुए कपड़े पहनने को मिलते, ऐसा न होता तो कमीज-पाजामा माँ सी देती थीं। और यदि माँ बाल काट सकतीं तो मुझे कभी नाई के पास भी नहीं जाना पड़ता। हजामत बनाने के लिए एक थुलथुल, पिलपिल व्यक्ति महीने में दो बार घर पर आया करता था। वह पिताजी की दाढ़ी बनाता, उनकी मूँछों में से सफ़ेद बाल चुनता, उनके नाखून तराशता और चलने से पहले मशीन उठाकर, और मेरा सिर अपने घुटनों के बीच दबोचकर मेरी हसरतों का सफाया कर जाता। हाँ, कभी-कभी पड़ोस की मस्जिद की दीवार के साथ बैठे नाई के पास भी मुझे भेज दिया जाता। वह इसरार करने पर मान जाता और पपोटा-भर लम्बे बाल माथे पर बने रहने देता। मशीन चलाने के बाद वह सिर पर आम की गुठली भी रगड़ता था, जिनसे उन दिनों सुनते थे, बाल मुलायम हो जाते हैं। यों मुलायम बाल मेरी किस्मत में नहीं थे। ऐन चुटिया के आस-पास कुछेक बाल सदा खड़े रहते। मेरा सारा बचपन इन बालों को बैठाने में बीता है। मैं लोटों पानी इन पर उड़ेलता, फिर भी सूखने पर ये तनकर खड़े हो जाते थे।

मेरे पिताजी गरीबी में से उठे थे, मगर उठने के बाद भी वह गरीब ही बने रहे। गरीबी के जमाने में उनके दिल में अमीरों का जो डर बैठ गया था, वह स्वयं अमीर बन जाने पर भी उनके दिल में से नहीं निकल पाया। अमीरों के ठाठ-बाट से वह

घबराते थे। इस बात का भी शायद उन्हें विश्वास था कि अमीरी बुरी चीज है, पैसा तो होना चाहिए पर अमीरी नहीं होनी चाहिए। चुनाँचे उनके हर काम में गरीबी की पुट बनी रहती थी। हमारे शहर में जब बिजली आई तो उसमें भी पिताजी को अमीरी की चकाचौंध नजर आई। हमारे घर में सबसे आखिर में बिजली लगी, वह भी अन्धी बिजली। सोलह कैंडल पॉवर से ऊँचा कोई बल्ब न था। उस पर से न शौचालय में बिजली, न ऊपर जानेवाली सीढ़ियों में बिजली। पिताजी की अपनी पोशाक में अगर कुर्ता साफ होता तो पाजामा मैला रहता, और जो पाजामा साफ होता तो कुर्ता मैला रहता था। अमीरी को घर से दूर रखने का उनका यही उपाय था। इसके बावजूद—या शायद इसी कारण अमीरी की हवस मेरे दिल में कसमसाती रहती थी।

मैं अपनी जूती को पानी से धोता, घर के धुले पाजामे के ऊपर ईंटें रख-रखकर उसकी सिलवटें निकाल लेता, बालों पर सरसों का तेल चुपड़ता, बन्द गले के अपने कोट के दो बटनों के बीच पिताजी का रूमाल खोंस लेता और सीधा रोशनलाल के घर की दहलीज पर जा खड़ा होता।

रोशनलाल मेरा सहपाठी था और नंगा सोता था। अधेड़ उम्र की उसकी विधवा माँ, मिट्टी से पुती कोठरी में जमीन पर बैठी जब मेरी ओर देखती और हाथ बढ़ाकर कहती, 'आओ, छोटे बाबूजी, आज तो बड़े बन-ठनकर आए हो', तो मुझे बड़ा सन्तोष होता। मेरे पास जूते थे, रोशन के पास वे भी नहीं थे। उसके पास पहननेवाले कपड़ों का भी एक ही जोड़ा था, इसीलिए वह नंगा सोता था, और उसके कुर्ते पर टीन के बटन लगे रहते थे और खाकी कोट के नीचे से धागे लटकते रहते थे। उस घर के सामने खड़ा मैं अमीर लगता था। रोशन की विधवा माँ मिट्टी की तश्तरी में मुझे सत्तू घोलकर पीने को देती तो मैं नाक चढ़ाकर मुँह फेर लेता था।

वहाँ से मैं धर्मदत्त के घर जा पहुँचता था। उसका घर एक सँकरी गली में था, और उसका बाप अन्धा था, और उनकी कोठरी में दिन के वक्त भी दीया जला करता था। उसका बाप अन्दर कोठरी के झुटपुटे में बैठा रहता, और माँ दिनभर गली में खुलनेवाले दरवाजे पर बैठी रहती। मैं धर्मदत्त को बताता कि हमारे घर में एक सन्दूक है जिसमें पेंसिलें ही पेंसिलें भरी हैं, तो दीये की अस्थिर रोशनी में मुझे लगता कि उसकी आँखें अधिकाधिक खुलती जा रही हैं और उसके जर्द पीले चेहरे पर घूमने लगी हैं। वे आँखें जितनी ज्यादा खुलती जातीं, उतना ज्यादा मैं आश्वस्त महसूस करता।

गरीब सहपाठियों की सरपरस्ती करने के बाद मैं 'कोठीवालों' के बँगले की ओर निकल पड़ता। वहाँ पर मेरा एक सहपाठी रहता था, पर वह सचमुच का अमीर था। उसका बँगला एक बाग के सामने था, और उसके चारों ओर दीवार खिंची थी, और अन्दर ढेर-से पेड़ थे। वहाँ पहुँचकर मैं झरोखों में से झाँकता, देर तक बँगले

के आसपास मँडराता रहता। कभी वह बाहर निकल आता और कुछ देर तक मेरे साथ बातें करता, कभी वह बाहर नहीं आता था और मैं बीसियों बार झरोखों में से ताकने और बँगले की परिक्रमा करने के बाद घर लौट आता था।

उस लड़के का नाम हरदेव था और उसके साथ दोस्ती गाँठ पाने के लिए मैं बेकरार रहता था। जब से वह स्कूल में पढ़ने आया था, मेरी दुनिया बदल गई थी। उसकी नामदार आँखें सारा वक्त अधखुली-सी रहतीं, और तैरती-सी नजर से वह चारों ओर देखता। मैं भी वैसे ही आँखें खोलने लगा और तैरती नजर से चारों ओर देखने लगा। हरदेव का मुँह सारा वक्त खुला रहता और निचला होंठ तनिक लटकता रहता। मैं भी मुँह खोले घूमने लगा, ताकि मेरा होंठ भी लटका रहे, पर उसका होंठ गदराया हुआ था, इस कारण लटक सकता था, जबकि मेरा होंठ पतला था, तना रहता। वह हर काम धीरे-धीरे करता था—सिर हिलाता तो धीरे-धीरे, मुस्कुराता तो धीरे-धीरे अधखुली नामदार आँखों और गदराए लटकते होंठों के साथ। तभी मैंने जाना कि सच्ची अमीरी सुस्ती में पाई जाती है, हौले-हौले उठने-बैठने में, धीमे-धीमे मुस्कुराने में, तैरती नजर से देखते रहने में। अन्य लड़कों की तरह न वह भागता, न झटकता, न उछलता था। और उसके सिर पर बाल थे जो खुशबूदार तेल के कारण चमकते थे, और उसके मुँह में से खास तरह की बास आया करती थी, जो क्लास के किसी भी अन्य लड़के के मुँह से नहीं आती थी, जिससे खिंचा हुआ मैं उसके इर्द-गिर्द मँडराया करता। कभी चलते-चलते मैं उसकी कमीज पर हाथ फेर जाता क्योंकि वह रेशमी कमीज पहना करता था। किसी तरह उस लड़के से दोस्ती हो जाए, यह ललक दिन-रात मुझे कुछ खाने लगी थी। इसी आशा से मैं उसके बँगले के चक्कर लगाया करता था। झरोखों में से मैं मंत्रमुग्ध-सा झाँकता रहता। अन्दर एक बहुत बड़ा आँगन था जिसमें लाल और सफेद रंग के बड़े-बड़े चौके बिछे थे, जैसे शतरंज की बिसात होती है। यही संगमरमर होगा, मैं मन-ही-मन कहता। आँगन के पीछे अनगिनत खम्भे थे, वे भी संगमरमर के रहे होंगे, और बरामदे में एक महिला खाट पर लेटी रहती। वह सुनहरे फ्रेम का चश्मा लगाए रहती और उसने बड़े साफ-सुथरे कपड़े पहन रखे होते और वह बड़ी नाजुक-सी लगती थी—न रोशन की माँ की तरह बूढ़ी, न मेरी माँ की तरह मोटी। आँगन में जगह-जगह चीजें बिखरी पड़ी रहती थीं—बच्चों की बग्घी, बड़ा-सा भालू, रंग-रंग के गेंद और बल्ले और गुड़ियाँ। तभी मैंने जाना कि अमीर वे हैं जिनके घर में चीजें बिखरी पड़ी रहती हैं, और बरामदे में बीमार औरत लेटी रहती है जो रेशमी कपड़े पहनती है और आँखों पर सुनहरे फ्रेम का चश्मा लगाती है। वहाँ से लौटते हुए मैं देखता कि बाहर दीवार पर कहीं कोई इश्तहार नहीं लगा था। इतनी लम्बी दीवार थी, मगर फिर भी कोई इश्तहार नहीं था, जबकि हमारे घर की दीवार पर रोज कोई-न-कोई आदमी इश्तहार लगा जाता था। पिताजी

चिल्लाते हुए उसके पीछे भागते थे, फिर भी कोई-न-कोई आदमी इश्तहार लगा जाता था।

हरदेव को मैं अपने घर पर नहीं बुला पाया। मैं उसे पेंसिलोंवाला सन्दूक दिखाना चाहता था और सुनहरे दस्तेवाला चाकू भी। पर एक दिन उसने मुझे अपने घर बुला लिया। कहने लगा, कल मेरा जन्मदिन है, तुम भी आना। हमारे घर हॉकी का मैच होगा। तेरे पास हॉकी स्टिक है ? मैंने सिर हिला दिया। निमंत्रण पाते ही मेरे बदन में ऐसी झुरझुरी उठी कि उस रात मैं सो नहीं पाया, बार-बार उठकर छज्जे पर जाता, यह देखने के लिए कि पौ कब फूटेगी।

मेरे पास एक डंडा-हॉकी भी थी—काठ के एक ही लम्बे टुकड़े में से तराशकर बनाई हुई। न उस पर निवार चढ़ी थी, न वार्निश हुआ था। पिताजी की नजर में दोनों गैर-जरूरी थे। टुल मारता तो दोनों बाजू झनझना उठते। मेरे पास हॉकी तो थी, पर निक्कर नहीं थी। बहुत चिल्लाया, बहुत रोया, पर एक दिन में माँ के सुघड़ हाथ भी निक्कर नहीं सी सकते थे। चुनाँचे पाजामा पहना, और नीचे गामाशाही जूता।

"खेलते वक्त जूता उतार देना और पाजामा ऊपर को चढ़ा लेना, अपने-आप निक्कर बन जाएगी।" माँ ने ढाढ़स बँधाते हुए कहा।

खेल का मैदान बँगले की ही बगल में था और ऊँचे-ऊँचे पेड़ों से घिरा था। हरदेव और उसके बहुत-से साथी पहले से मौजूद थे। सभी आस-पास के बँगलों से आए जान पड़ते थे। किसी की कलाई पर घड़ी थी तो किसी के हाथ में अँगूठी। कुछ मेरे सहपाठी भी थे, चिमन था, जिसके बाप की सोडावाटर की दुकान थी, और बरकत था और हरबंस था। केवल चिमन ने मेरी तरह पाजामा पहन रखा था, बाकी सब निक्करों में थे। वहाँ हरदेव का बड़ा भाई भी था, हम सबसे ऊँचा, और उसके चेहरे पर मूँछें उग रही थीं। वह भी हॉकी उठाए खड़ा था।

हम लोग अभी पालियों में नहीं बँटे थे जब पेड़ों के झुरमुट में से, बँगले की ओर से एक सफेद पग्गड़वाला आदमी आता दिखाई दिया। बन्द गले के कोट के ऊपर बड़ा-सा पग्गड़ बाँधे था और मैदान की ओर चला आ रहा था। वह हरदेव के पिताजी थे।

"मैच होगा, मैच ?" वह नजदीक आकर बोले, "शाबाश, शाबाश, शाबाश, खेलो मैच, खेलो।" वह हँस दिये।

मैं एकटक उनके चेहरे की ओर देखे जा रहा था। उनका वाक्य समाप्त हो चुका था, मगर उनके गले में से घरघराती हुई हँसी की आवाज अभी भी आ रही थी।

"यह लड़का कौन है ?" मेरी ओर इशारा करते हुए उन्होंने पूछा, शायद इसलिए कि मैंने पाजामा पहन रखा था।

"मैं हरदेव का जमाती हूँ जी," मैंने चहककर कहा।

"अच्छा, अच्छा, अच्छा, पाजामा-पार्टी, पाजामा-पार्टी। अच्छा, अच्छा, शाबाश,

शाबाश, खेलो, खेलो।'' उन्होंने कहा और सिर पर से पग्गड़ उतारकर बाएँ हाथ की हथेली पर रख लिया और क्यारियों के साथ-साथ टहलते हुए मैदान के दूसरे छोर की ओर जाने लगे।

पाजामा-पार्टी नाम सुनकर बहुत-से लड़के हँसने लगे। उनमें हरदेव का बड़ा भाई मंगत भी था, जो एक पैर के नीचे गेंद को दबाए अपनी काली-काली मूँछों के बीच हँसे जा रहा था।

''इस लंगूर को कहाँ से पकड़ लाए हो? पाजामेवाला लंगूर।'' मंगत ने कहा।

इस पर सभी हँसने लगे।

जब पालियाँ बँटने लगीं तो कुछ लड़कों ने मंगत के खेलने पर एतराज किया।

''तुम बहुत बड़े हो, तुम हमारे साथ नहीं खेल सकते।''

पर वह हँसता रहा, और पैर के नीचे गेंद को दबाए रहा।

''हम नहीं खेल सकते, तो हम किसी को खेलने भी नहीं देंगे,'' उसने कहा।

तभी मैंने दूर खड़े-खड़े कहा, ''यह मैच हो रहा है, तुम नहीं खेल सकते।''

मंगत ने मेरी ओर देखा। ''अच्छा जी!'' कहा और गेंद को उछालकर हॉकी के ब्लेड पर ले आया। तीन बार उसे ब्लेड पर उछालने के बाद गेंद को जमीन पर फेंकते हुए उसने जोर से मेरी दिशा में टुल लगाया। गेंद सरसराता हुआ, ऐन मेरी टाँगों के पास से होकर गुजरा। मेरी आँखों के सामने से एक काला-सा साया घूम गया। मैंने शिकायत-भरी नजर से हरदेव के पिताजी की ओर देखा। मगर वह दूर जा चुके थे और अभी भी पग्गड़ हाथ में लिये छाती फुलाकर लम्बी-लम्बी साँस खींच रहे थे।

फिर खेल शुरू हुआ, और मुझे याद नहीं, उस खेल में क्या हुआ। कभी तो मैं दायाँ हाथ चिथड़े की तरह हवा में हिला रहा था, तो कभी मैदान के किनारे बैठा, मिट्टी की चुटकियाँ भर-भरकर अपने छिले हुए घुटनों पर डाल रहा था। लड़कों की टाँगों के जंगल में से सफेद गेंद पारे की तरह इधर-उधर घूम रहा था और बार-बार सरसराता हुआ मेरी ओर आ रहा था। बार-बार मेरी आँखों के सामने अँधेरा साया घूम जाता। एक बार इसी अँधेरे साये में लगा, जैसे सफेद लकीर-सी आई और लगा, जैसे मेरी बाईं टाँग के निचले हिस्से में किसी ने चाकू भोंक दिया हो! चीखता हुआ-सा दर्द टाँग में उठा। फिर मुझे लगा, जैसे जोर से जमीन मुझ पर आ गिरी है। मेरे सामने निक्करों, सफेद जूतों, पतली-पतली टाँगों का जंगल-सा छितरा था। तभी मुझे आवाज आई, ''फाउल, फाउल़, फाउल! मंगतजी का फाउल! मंगतजी का फाउल!''

हरदेव के पिताजी मैदान के दूसरे सिरे पर हाथ में पग्गड़ थामे खड़े थे और तर्जनी हिलाते हुए हँस-हँसकर कहे जा रहे थे, ''फाउल, फाउल, फाउल! मंगतजी का फाउल!''

पिताजी की आवाज सुनकर मैदान के बीचोबीच खड़ा मंगत भी हँसे जा रहा था।

खेल फिर शुरू हुआ और फिर से आँधी चलने लगी। कभी मैं बचने के लिए उछलता तो कभी आँखें बन्द किए अपनी जगह पर खड़ा रह जाता। मंगत घूम-फिरकर गेंद को कभी मेरी ओर तो कभी चिमन की ओर ले जाता, क्योंकि उसने भी पाजामा पहन रखा था। जब भी वह हमारे पास पहुँचता तो खिलाड़ी अपने-आप पीछे हट जाते। कुछ तो हँसी से लोट-पोट हुए जा रहे थे।

"फाउल, फाउल, फाउल! मंगतजी का फाउल!" किसी-किसी वक्त बाहर खड़े पग्गड़वाले बाबूजी की ढीली-ढाली आवाज सुनाई देती, जो हँस-हँसकर और तर्जनी हिला-हिलाकर मंगत की भर्त्सना कर रहे होते।

यह आँधी तब थमी जब आसमान पर से साये उतरने लगे। तब वहाँ शरबत आया। पेड़ों के झुरमुट में से एक काला-सा आदमी बड़ी-सी ट्रे में चाँदी-सा चमकता जग और काँच के गिलास रखे चला आ रहा था।

"शाबाश, शाबाश, शाबाश, शरबत पियो, बच्चो, शरबत पियो।"

"इनको भी पिलाओ," पग्गड़वाले बाबूजी ने कहा, "पाजामा-पार्टी को पिलाओ। शाबाश, शाबाश, शाबाश!"

अँधेरा पड़ चुका था जब मैं और चिमन और दो-एक अन्य सहपाठी बँगले के बाहर, दीवार के साथ-साथ चलते हुए घर की ओर जा रहे थे। मेरे मन में बार-बार एक ही असंगत-सा वाक्य चक्कर काट रहा था—इस दीवार पर कोई आदमी इश्तहार नहीं लगा सकता। इश्तहार लगानेवाला हवाला पुलिस किया जाएगा।... मेरा सिर भन्ना रहा था। कहीं कोई गहरी खरोंच पड़ गई थी जिसे मैं समझ नहीं पा रहा था।

मेरे साथी चहक रहे थे, बतियाते एक-दूसरे को ठेलते बढ़े जा रहे थे।

"हम डरते तो किसी के बाप से भी नहीं हैं। अपने घर में शेर बनता है। हिम्मत है तो बाहर मैदान में आए।"

यह चिमन की आवाज थी। चिमन को भी चोटें आई थीं। उसे भी मैंने अपना हाथ चिथड़े की तरह हवा में झुलाते देखा था, जहाँ बीच की उँगलियों से खून बह रहा था।

"एक बार पत्थर मारूँगा, सिर फोड़ दूँगा।" वह कह रहा था। तभी बरकत मेरी तरफ मुखातिब होकर बोला, "अरे, डरता क्यों है? कल ही हरदेव का भाई स्कूल में आए तो पकड़ ले।"

"एक बार तो मैंने भी उसकी मरम्मत की है," मैं बड़े रौब से बोला, "वह टुल लगाने लगा तो मैंने पीछे से हॉकी अड़ा दी। मेरी हॉकी उसकी उँगलियों पर लगी।"

पर मैं झूठ बोल रहा था। मैंने हॉकी अड़ाई जरूर थी, मगर इसके बाद, न जाने

क्यों, मेरी आँखें बन्द हो गई थीं।

तब मंगत को पीटने के मनसूबे बनाए जाने लगे। तरह-तरह के सुझाव दिये जाने लगे। तब भी एक असंगत-सा वाक्य बार-बार मेरे मस्तिष्क में घूम जाता—पर मैं हरदेव को कुछ नहीं कहूँगा, हरदेव को कुछ नहीं कहूँगा...

तभी वह घटना घटी। यह नहीं कह सकता कि जो हुआ, कैसे हुआ। इतना जानता हूँ कि जो हुआ, पलक मारते हो गया था।

बँगले की लम्बी दीवार पीछे छूट चुकी थी, और हम बड़ा-सा मोड़ काटकर शहर में दाखिल हो चुके थे। वकील हरनामदास का घर भी पीछे छूट चुका था, जिसकी छत पर दिन के वक्त उल्लू बैठता था, और पुलिस का थाना भी, जहाँ हम रोज कैदी देखने आते थे। उस वक्त हम गन्दे नाले की ओर जानेवाली ढलान उतर रहे थे, जहाँ बाईं ओर बूढ़े सालगराम की झोंपड़ी थी। बूढ़ा सालगराम यहाँ अकेला रहता था और ढेरों थिगलियाँ उसके झोंपड़ी में पड़ी थीं। बूढ़ा सालगराम न जाने कौन था, नीम-पागल था, जासूस था, भिखमंगा था, कोई धनी था जिसने कि गलियों के ढेर के नीचे पूरे सत्तर रुपए दबा रखे थे। न जाने वास्तव में वह कौन था, पर आते-जाते स्कूल के लड़के उसे काली मुर्गी का चोर कहकर बुलाते थे और जवाब में वह चिल्लाता और गालियाँ बका करता था।

इस वक्त बूढ़ा सालगराम लकड़ी की अपनी छोटी-सी खोह के दरवाजे पर हमारी ओर पीठ किए बैठा था और खोह के अन्दर तेल की कुप्पी जल रही थी, जिसकी टिमटिमाती रोशनी में साये डोल रहे थे।

''काली कुक्कड़ी दा चोर ई!''

रोज की तरह चिमन ने चिल्लाकर कहा, और बराबर ढलान उतरता गया। रोज ही की तरह बूढ़े सालगराम ने बैठे-बैठे ही चिल्लाकर जवाब दिया, ''तेरा प्यो ई! (मैं नहीं, तेरा बाप काली मुर्गी का चोर होगा!)''

''काली कुक्कड़ी दा चोर ई!''

ढलान की ओर से फिर आवाज आई, ''तेरा प्यो ई!'' बूढ़े ने जवाब दिया।

बूढ़ा खड़ा होता तो बेहद लम्बा लगता, टेढ़े लम्बे साये की तरह, पर इस वक्त वह बैठा था और उसकी पीठ हमारी ओर थी, और उसने पीठ पर टाट का टुकड़ा डाल रखा था।

तभी मैंने आगे बढ़कर उसकी पीठ पर हॉकी दे मारी। वह बिलबिला उठा। उसकी पीठ पर से टाट का टुकड़ा नीचे गिर गया।

दूर से फिर किसी लड़के की आवाज आई, ''काली कुक्कड़ी दा चोर ई!''

पर मैं वहीं खड़ा था। अजब था कि मैं डर नहीं रहा था। बूढ़ा उठकर नीचे उतरा। तभी मैंने मंगत की-सी सफाई के साथ, उसके टखने पर जोर से हॉकी जमा दी, और वह कराहकर जमीन पर बैठ गया।

इसके बाद जो कुछ हुआ, वह भी बवंडर-सा ही था। इस वक्त भी मैं अपनी हॉकी को झोंपड़ी के अन्दर सरकते साफ देख सकता हूँ। तेल की जलती कुप्पी गिर गई थी, और झोंपड़ी में अँधेरा छा गया था। फिर उसमें से धुआँ निकलने लगा था। बूढ़ा गालियाँ बकने के बजाय अब जमीन पर बैठा ऊँचा-ऊँचा रोने लगा था, "ओ मिकी मारी दित्ता! ओए मिकी मारी दित्ता!"

तभी खोह के अन्दर से किसी जानवर की जीभ की तरह आग की लपट निकली थी, और बूढ़ा रोते-रोते खाँसने लगा था। तब सहसा धुएँ की बड़ी-सी गठरी एक साथ खोह के मुँह में से निकली थी, और खोह का मुँह अन्दर से लाल हो गया था और मैं सरपट भागकर ढलान उतरने लगा था।

"ओ मिकी मारी दित्ता! ओ मेरे करम फूट गए!" पीछे से उसकी आवाज बराबर आती रही थी।

जिस वक्त मैं नाले के पास पहुँचा तो बाकी लड़के वहाँ पर नहीं थे। जिस वक्त मैं भागा था, उस वक्त खोह का मुँह अन्दर से लाल हो चुका था और वह धुआँ उगल रही थी। नाला पार करने से पहले मैंने घूमकर देखा, अब वहाँ आग की लपटें थीं, और नीचे अभी भी धुएँ की गठरियाँ-सी बनती नजर आ रही थीं। गठरियाँ खुल जातीं तो उनमें से आग के शोले निकलते। फिर उनकी जगह धुएँ की नई गठरियाँ बन-बनकर खोह में से निकलने लगतीं। बूढ़ा शायद अभी भी वहीं खड़ा बिलबिलाए जा रहा था। तभी मुझे साफ, बिलकुल साफ सुनाई दिया, जैसे हरदेव के पिताजी की आवाज थी। हँस-हँसकर कह रहे थे :

'फाउल, फाउल, फाउल!
शाबाश, शाबाश, शाबाश!
खेलो, खेलो, खेलो!...'

नया मकान

गिरिजा बाबू ने मकान बनवाया है और मैं और मेरी पत्नी सिर हिलाते, वाह-वाह करते, जुलूस की शक्ल में एक कमरे से दूसरे कमरे की ओर बढ़ते चले जा रहे हैं। गिरिजा की बीवी, गोल-मटोल विमला, हँस-हँसकर एक के बाद एक कमरा, गुसलखाना, संडास दिखाती जा रही है। विमला के गदराए शरीर में अभी भी बाँकपन है। बात करती हुई झट से मुड़ जाती है, फिर झट से हँसने लगती है, नाक में लगी हीरे की लौंग बात-बे-बात पर चमकने लगती है। गिरिजा सकुचाता-सा साथ चला आ रहा है।

मकान के पिछवाड़े में गिरिजा की पत्नी एक कमरे के दरवाजे के सामने रुकी, हमारी ओर मुड़कर हँस दी और बड़े नाटकीय ढंग से बोली, ''यह रहा आपके दोस्त का कमरा!'' और दरवाजा खोलकर हमें अन्दर चलने को इशारा किया।

छोटा-सा कमरा था। देखने में नौकर का कमरा लगता था। कमरे में सस्ते तम्बाकू की बू आ रही थी और फर्श पर चार मीनार सिगरेट की डिब्बियाँ और अधजली सिगरेटों के टुकड़े बिखरे पड़े थे। दीवार के साथ एक खाट पर गूदड़-सा बिस्तर पड़ा था...दो खुरदरे कम्बल और मैली-सी चादर और उसमें से अभी कोई आदमी निकलकर गया जान पड़ता था।

''इन्हें यहाँ सोना पसन्द है।'' विमला ने हँसकर कहा।

''तुम यहाँ सोते हो, गिरिजा? क्या भाभी ने अभी से... ?''

''रोज नहीं, कभी-कभी।'' विमला बीच में बोली, ''जब कभी पुराने कॉमरेडी दिनों की याद सताती है, तो यहाँ आ जाते हैं।''

''इसे क्या मालूम, यहाँ सोने में कितना मजा है!'' गिरिजा बोला।

''हाँ जी, क्यों नहीं! यहाँ पर बैठकर यह चार मीनार सिगरेट फूँकते हैं। मैंने यहाँ इनके लिए कॉमरेडी जिन्दगी का सब इन्तजाम कर दिया है।'' विमला हँसकर बोली, ''वह देखो, दासे पर केतली भी रख दी है और बड़ा-सा फौजी मग भी रख

दिया है। काली चाय बनाओ और पियो और इनकलाबी गीत गाओ! कॉमरेडी के दिनों के लिए तरस-तरस जाता है मेरा घरवाला...!''

''आप क्या जानें विमलाजी, उस जमाने का अपना रंग था!'' मैंने गिरिजा की ओर देखकर कहा।

''मैं खूब जानती हूँ। मैं नहीं जानती, तो कौन जानता है!'' फिर अपने पति का मानो मजाक उड़ाती हुई बोली, ''इन पर जब भी जुनून चढ़ता है, तो यहाँ आकर पड़े रहते हैं, या फिर अपनी दो पॉकेटोंवाली खाकी कमीज पहन लेंगे और साइकल पर निकल जाएँगे। घंटों घूमते रहते हैं। जाने क्या करते हैं, कहाँ जाते हैं! पर लौटते हैं, तो सारे शरीर पर धूल-ही-धूल!''

मैं जोर से हँस दिया, ''सुन लिया, गिरिजा, तेरे बारे में तेरी बीवी क्या सोचती हैं? मिट्टी में कौन लोटता है, विमलाजी?''

''मैं क्या जानूँ...हाय, आप तो मतलब निकालते हैं...''

गिरिजा सुन रहा था और मुस्कुरा रहा था। एक अजीब तृप्ति का-सा भाव उसके चेहरे पर आ गया था, ''हमारा क्या है, हमारी जगह तो सड़क की पटरी पर है। मकान बनवाया, तो क्या हुआ, एक दिन फिर बुकचा उठाएँगे और पटरी पर लौट जाएँगे!''

विमला ने मुस्कुराते हुए देखा और सिर हिला दिया, ''यह कहीं नहीं जाएँगे! यह गीदड़-भभकी मैं बरसों से सुन रही हूँ!''

गिरिजा कटकर रह गया, ''तुम मुझे जानती नहीं हो, विमला! मैं आज भी वही कुछ हूँ, जो बीस साल पहले हुआ करता था।''

''मैं खूब जानती हूँ जी, तुम तब भी वही कुछ थे, जो आज हो!'' विमला ने व्यंग्य से कहा, ''तुम समझते हो, दो पॉकेटोंवाली कमीज पहन ली, तो क्रान्तिकारी बन गए! अब तो वह भी पहनते हो, तो जुकाम लग जाता है तुम्हें!'' विमला कहकर हँसने लगी।

गिरिजा खिसिया गया, पर मुस्कुराता रहा।

''अब यह क्रान्ति यहीं पर कर लिया करो जितनी करनी है!'' और हँसते-बतियाते हम लोग कमरे से बाहर निकल आए।

गिरिजा किसी जमाने में कॉमरेड हुआ करता था, किसी यूनियन में काम किया करता था। फिर उसने ऐसा मोड़ काटा कि पता ही नहीं चला, कॉमरेडी कहाँ गई! मुझे नहीं मालूम था कि उसे कॉमरेडी के दिनों की याद सताती भी होगी, पर गिरिजा भावुक हो रहा था, बार-बार मुझसे बगलगीर हो रहा था। पत्नी के व्यंग्य के बावजूद उसे शायद इस बात की खुशी थी कि पत्नी ने भी चाहे-अनचाहे उसके कॉमरेडी दिल की तो गवाही दे दी है।

विमला बराबर हमें घर का कोना-कोना दिखाती जा रही थी। घर में अभी भी रोगन और वार्निश की बू आ रही थी।

"पूरे दस महीने तक हर रोज मैं यहाँ आती रही हूँ। नजर रखे बिना काम नहीं चलता। ठेकेदारों पर छोड़ दो, तो रुपए का चवन्नी हाथ लगता है।" विमला बोली।

हम बैठने वाले कमरे में लौट आए। अभी नया फर्नीचर नहीं आया था। दो-तीन सोफा-कुर्सियाँ थीं, फर्श नंगा था। केवल एक नया, लाल शेड वाला लैम्प कुर्सियों के पास रखा था।

"अब तो बड़ा तरद्दुद करना पड़ेगा।" विमला मेरी पत्नी से कह रही थी, "इतने बड़े घर की सफाई के लिए अलग आदमी चाहिए। फिर बगीचे की देख-भाल। अगर मोटर यह ले जाएँ, तो दिनभर मैं अकेली घर में बैठी क्या कौए उड़ाया करूँगी? शोफर रखने को कहती हूँ, तो यह नाक-भौं चढ़ाने लगते हैं। इन्हें बात-बात पर झेंप होने लगती है। कहती हूँ, बढ़िया कपड़े पहना करो, तो इन्हें बुरा लगता है। अगर यह बात थी, तो मकान नहीं बनवाना था। उधर पैसे कमाते हो, इधर झेंपते भी हो, यह क्या बात है?"

बैठक में पहुँचकर गिरिजा सहसा चहककर बोला, "आओ यार, नीचे फर्श पर दरी बिछाते हैं और उस पर बैठकर खाना खा लेते हैं। याद है, उन दिनों कैसे रहा करते थे?"

दरवाजे में खड़े दो नौकरों को अटपटा लग रहा था कि साहब पालथी मारकर फर्श पर बैठ गया है। एक नौकर भागकर गया और कुर्सी पर से गद्दी उठा लाया।

"इसकी क्या जरूरत है? इसकी कोई जरूरत नहीं।"

"ऐसे नहीं बैठो जी, ठंड लग जाएगी।" विमला झट से बोली।

"कुछ नहीं होगा, तुम चिन्ता न करो।"

"तुम्हें वे दिन याद हैं, जब तुम पुलिस को चकमा देकर भागे थे?" मैंने कहा, "विमलाजी, आपको याद है, जब गिरिजा पुलिस को चकमा देकर भाग गया था?"

"यह यों ही भागते फिरें, तो इनकी मरजी, पर इनसे पूछिए, कभी पकड़े भी गए थे? जिसके मामा पुलिस में हों, उसे किस बात का डर?"

"वे दिन बहुत अच्छे थे।" गिरिजा ने कहा। उसकी आँखें चमकने लगीं, "बड़ी बेपरवाही के दिन थे। जब भी वे दिन याद आते हैं, तो मॉडल टाउन को जानेवाले रास्ते पर दूर-दूर तक फैली बिजली के खम्भों की बत्तियाँ मेरी आँखों के सामने उभर आती हैं, जिनके नीचे मीलों चलता हुआ मैं स्टेशन से घर पहुँचता था।"

"कपूर की माँ तो तुम्हें शेर बच्चा कहकर बुलाती थी।" मैंने कहा।

विमला हँस दी और अपने पति के चेहरे की ओर देखने लगी, "क्यों जी, आपको शेर बच्चा कहा करते थे?"

"आप हँसती हैं, विमलाजी, पर कपूर की माँ सचमुच इन्हें शेर बच्चा कहकर बुलाती थी। और भी कितने लोग बुलाया करते थे। क्यों गिरिजा, बुलाया करते थे, या नहीं ? गिरिजा के बारे में तो कहा जाता था कि गिरिजा या तो घर लौट जाएगा, या फिर पेशेवर क्रान्तिकारी बन जाएगा।"

गिरिजा के चेहरे पर अभी भी तृप्ति का भाव तैर रहा था। बुदबुदाकर बोला, 'पर वह घर ही लौट गया!'

फिर वह सहसा उठा और दीवार में लगी अलमारी में से नारंगी रंग की व्हिस्की की बोतल उठा लाया, "हम जल्दी खाना नहीं खाएँगे, विमला! आज हम सेलिब्रेट करेंगे!"

"जो मन में आए, करो, मगर नौकरों के बारे में सोच लो। कितनी देर तक उन्हें बैठाए रखोगे! तुम्हीं मुझे लेक्चर दिया करते हो।" फिर मेरी पत्नी की ओर मुड़कर कहने लगी, "कॉमरेड पति होने से मुझमें बड़ा फर्क आ गया है। नौकरों के प्रति मेरा रवैया बदल गया है। पहले कभी नौकर आगे से जवाब देता था, तो मैं उसी वक्त उसे घर से निकाल देती थी, पर अब मैं नौकरों को निकालती नहीं। मैं कहती हूँ, डाँट-डपट से काम लो। किसी दूसरे को रखूँगी, तो वह कौन-सा शरीफ होगा!"

गिरिजा ने मेरे हाथ में गिलास पकड़ाया और अपना गिलास ऊँचा करके बोला, "चीअर्स! गिलास उठाओ, भाई!"

"चीअर्स! ऑल दि बेस्ट!" मैंने गिलास खनकाते हुए कहा और एक लम्बा घूँट भरकर अपनी जगह पर बैठ गया।

"हाँ, यार, सुनाओ वह किस्सा..." मैंने गिरिजा से आग्रह किया, "जब तुम पुलिस को चकमा देकर भागे थे।"

कमरा सिगरेटों के धुएँ से भरने लगा था, जिससे नए मकान में बैठने की झेंप दूर होने लगी थी। बोतल खुल जाने से माहौल में स्निग्धता आ गई थी, जिससे रहा-सहा परायापन भी जाता रहा था।

"छोड़ो यार, पुरानी बात है, बार-बार दोहराने में क्या मजा है!"

लेकिन गिरिजा खुद सरूर में आ रहा था और मुझे लगा, जैसे वह खुद बीते दिनों के किस्से सुनाना चाहता है।

"वे दिन बहुत अच्छे थे।" वह कह रहा था; "एक स्कूल के कमरे में हमारी मीटिंग चल रही थी—ऊपर की मंजिल में। पिछवाड़े हनुमानजी का मन्दिर था। तभी पता चला कि स्कूल को पुलिस ने घेर लिया है।"

गिरिजा को सुनाते-सुनाते गर्व का भास होने लगा और वह हिलोर में आने लगा, "मैंने सोचा, पिछवाड़े की सीढ़ियाँ उतरकर आँगन में चला जाऊँगा और आँगन पार कर चपरासियों के क्वाटरों के रास्ते बाहर निकल जाऊँगा। पर मैं क्या

देखता हूँ कि पीछे को उतरनेवाली कोई सीढ़ी ही नहीं है। मैंने आव देखा न ताव, छत पर से आँगन में छलाँग लगा दी।''

''वाह, खूब!''

''एक छोटी-सी दीवार आँगन और मन्दिर के बीच हदबन्दी का काम करती थी। शाम का वक्त था और अँधेरा पड़ रहा था। मैं पलक मारते दीवार फाँदकर मन्दिर के आँगन में। मैंने पहले तो सीधा मन्दिर का मुँह किया, बुश्शर्ट उतारकर बाँह पर रख ली, मन्दिर की एक खिड़की पर फूल रखे थे, वे उठा लिये और द। भक्तों के पीछे-पीछे चलता हुआ मन्दिर के बाहर आ गया।''

''वाह!''

''मन्दिर का फाटक पार करते ही क्या देखता हूँ कि आगे पुलिस के सिपाही खड़े हैं। पर मैं एक हाथ में फूल पकड़े, बुश्शर्ट कन्धे पर डालता हुआ ऐन उनके सामने से होकर दाएँ हाथ को घूम गया। उन दिनों, सच, बड़ी हिम्मत हुआ करती थी। फिर कुछ ही दूर चलने के बाद जब मैं अँधेरे में पहुँच गया और पुलिस के सिपाही पीछे छूट गए तो मैं सरपट भागने लगा।''

''वाह!''

विमला किस्सा सुनती रही। फिर गिरिजा की ओर देखते हुए हँसकर बोली, ''तुम्हें इतना भागने की क्या जरूरत थी? किसी गली में घुस जाते। फिर, जिसके मामा को पुलिस के बड़े-बड़े अफसर जानते हों, उसे कौन पकड़ेगा?''

''अरे, मेरा मामा तो खुद मुझे गिरफ्तार करवाने को फिरता था...!'' गिरिजा ने तनिक खीजकर कहा।

''रहने दो जी, मैं तो इतना जानती हूँ कि तुम्हारे मामाजी को पुलिस के सभी अफसर जानते थे। तुम यों ही भागते फिरो, तो कोई क्या करे? कभी छिप रहे हैं, कभी शहर छोड़ रहे हैं। पहले तो मैं बड़ी डरा करती थी। मैं कहूँ, यह कहीं पकड़े गए, तो मुसीबत आएगी। फिर मेरे पिताजी ने मुझे अपने पास बुला लिया। मुझसे कहने लगे, कुछ नहीं होगा। खाते-पीते घरों के लड़के ज्यादा दूर नहीं जाते। करने दे इसे जितना इनकलाब करना है!'' कहती हुई विमला हँस दी।

गिरिजा का चेहरा फीका पड़ गया। उसके सारे क्रान्तिकारी अतीत पर, जिसकी स्मृतियाँ वह बरसों से दिल में सँजोए हुए था, विमला राख पोते जा रही थी।

''और वह रामरतन भी तो...?'' मैंने गिरिजा से पूछा।

उत्तर विमला ने दिया, ''हाँ, वह भी वहीं पर था। वह भी क्रान्ति कर रहा था। उसका बाप सरकारी वकील था न!''

''आप तो आज हाथ धोकर गिरिजा के पीछे पड़ी हैं, विमलाजी! इस बेचारे के तो क्रान्ति के इन्तजार में बाल सफेद हो गए और आपको यह सारा मजाक लगता है!''

"मैं तो अभी भी सड़कों की खाक छान सकता हूँ।" गिरिजा बीच में बोला, "उसी में जिन्दगी का मजा था। उसी में जिन्दगी का कोई मतलब था...।" गिरिजा कहे जा रहा था। उसके हाथ में पकड़ा गिलास टेढ़ा हो रहा था।

विमला पति की ओर से मुँह फेरकर मेरी पत्नी से बोली, "सच, मैं पहले बहुत डरा करती थी। जब हम लोग जालन्धर में रहने लगे, तो हमारे पास पूरे साढ़े तीन हजार रुपए थे।" वह कहे जा रही थी, "मैंने इनसे कहा, 'चलो, कोई छोटा-मोटा काम देख लेते हैं, ताकि कुछ कमाई का साधन बन जाए।' पर यह हमेशा की तरह सिर झटक दें, 'ऊँह!' " विमला ने सिर झटककर गिरिजा की नकल उतारते हुए कहा। " 'क्रान्ति ज्यादा जरूरी है, या नौकरी?' मैं कहूँ, 'ठीक है, क्रान्ति ज्यादा जरूरी है, पर पल्ले पैसे भी तो हों। ये साढ़े तीन हजार रुपए कितनी देर चलेंगे?' कहने लगे, 'क्यों? हमारे लिए बहुत हैं। छह महीनों में तो क्रान्ति आया चाहती है, फिर समाजवाद आ जाएगा।' मैं कहूँ, 'समाजवाद में क्या नौकरी-धन्धा नहीं करोगे?' तो बोले, 'तब मैं समाजवाद की स्थापना करूँगा, या नौकरियाँ करता फिरूँगा?' " कहते हुए विमला खिलखिलाकर हँसने लगी, "खूब तमाशा किया करते थे यह साहब! याद है, जब रेलवे वालों की हड़ताल हुई थी?" उसने पति को सम्बोधन करते हुए कहा, पर गिरिजा की आँखें फर्श पर लगी थीं और वह चुपचाप गिलास को थामे बैठा था।

विमला कहे जा रही थी, "इन्हें रात को नींद नहीं आई। हड़ताल से एक दिन पहले की बात है। आधी रात हो गई और ये सोए नहीं। छत पर, कभी मुंडेर के एक सिरे पर, कभी दूसरे सिरे पर जा खड़े हों। और सिगरेट-पर-सिगरेट फूँकते जाएँ। मैं इनके पास गई, तो कहने लगे, 'कल जगह-जगह खून बहेगा! कल मुमकिन है, इन्कलाब आ जाए, तुम हिम्मत रखना। मुझे शायद इधर-उधर हो जाना पड़े। और कोई मुसीबत भी आ सकती है। क्रान्ति का डंका बजनेवाला है!' मैंने कहा, 'तुम इस वक्त तो आराम से जाकर सो रहो। जब क्रान्ति का डंका बजेगा, तो मैं तुम्हें जगा दूँगी।' पर नहीं जी, यह मुझ पर बिगड़ने लगे। मुझे देर तक लेक्चर पिलाते रहे। मैं चुपचाप जाकर सो रही।"

"यही आपकी सेहत का राज है, विमलाजी! इसीलिए आप वैसी की वैसी हैं!" मैंने कहा।

"मैं कोई बात भी दिल को नहीं लगाती।"

"गिरिजा को भी नहीं?"

"हत्!" विमला ने हँसकर कहा।

गिरिजा की आँखों में नशा उतर आया था—कुछ शराब का, कुछ पुरानी यादों का।

"मैं तो अभी भी सड़कों की खाक छान सकता हूँ...!" वह बुदबुदाया, मानो अपने-आपसे बातें करने लगा हो!

"अब कह दो कि मैंने तुम्हें अपने रास्ते पर से हटाया!" विमला बोली, "मैंने किसी को उसके रास्ते से नहीं हटाया। क्रान्ति करना चाहते हैं, तो जाएँ, मैं इन्हें पकड़े हुए हूँ?"

मैंने स्थिति को सँभालने की चेष्टा करते हुए कहा, "छोड़ो यार, मारो गोली! क्रान्ति होगी, तो विमलाजी को दिखा देंगे। गिरिजा, कोई बढ़िया-सी नज़्म सुनाओ, यार! तुम्हें तो बहुत-सी नज़्में याद थीं।"

गिरिजा हत्बुद्धि-सा मेरी ओर देखने लगा, मानो मैं भी उसकी पत्नी के साथ मिलकर उसका मजाक उड़ाने लगा हूँ!

"सुनाओगे? किताब ला दूँ?"

विमला बोली, "तुम बैठो, मैं ले आती हूँ। कौन-सी किताब चाहिए?" फिर हँसकर बोली, "क्रान्ति वाले कमरे में ही रखी है न?"

"नहीं, नहीं, मुझे किताब नहीं चाहिए। मुझे याद है।"

"सुना दो कोई बढ़िया-सी नज़्म। विमलाजी ने मूड खराब कर दिया है।"

"हाँ, मैंने मूड खराब कर दिया है!" विमला ने उलाहने के स्वर में कहा, "मैंने किसी का मूड खराब नहीं किया।"

गिरिजा गुनगुनाती-सी आवाज में सुनाने लगा :

'मुझसे पहली-सी मुहब्बत मेरी महबूब न माँग...'

नज़्म शुरू होने पर विमला छूटते ही हँस दी, "बड़ी घिसी-पिटी नज़्म है! मैं इनसे कहा करती हूँ, इस नज़्म से तो कॉमरेड लोग पितरों की पूजा आरम्भ करते हैं!"

"यह बहुत बढ़िया नज़्म है, विमलाजी! इस एक नज़्म ने हमारे अदब का रुख मोड़ दिया है।"

पर गिरिजा अपने सरूर में नज़्म सुनाए जा रहा था। मिसरे पढ़ते हुए उसका बदन धीरे-धीरे झूलने लगा था :

'और भी दुख हैं जमाने में मुहब्बत के सिवा
राहतें और भी हैं वस्ल की राहत के सिवा।'

सुनाते हुए गिरिजा की आवाज लरज उठी और वह पहले से भी ज्यादा जोश के साथ सुनाने लगा।

मैंने कनखियों से विमला की ओर देखा। उसका ध्यान नज़्म में नहीं था और वह मेरी पत्नी के साथ धीमे-धीमे बातें कर रही थी।

'लौट जाती है उधर को भी नजर क्या कीजे
अब भी दिलकश है तेरा हुस्न मगर क्या कीजे।'

इन पंक्तियों तक पहुँचते हुए गिरिजा की आँखें गीली हो रही थीं और सिर पेंडुलम की तरह दाएँ-बाएँ झुल रहा था।

"वाह, वाह!"

नज्म खतम होते-न-होते विमला मेरी पत्नी से कह रही थी, "अब तो नहीं, पर पहले इनके सिर पर अक्सर जुनून सवार हो जाया करता था, 'मैं वह काम नहीं करूँगा', 'मैं व्यापार नहीं करूँगा।' कभी कहते, 'बस, पाँच साल और काम करूँगा, इसके बाद तुम जानो, तुम्हारा काम। अपने राम तो वहीं लौट जाएँगे।' अभी भी कभी-कभी धमकियाँ देने लगते हैं। मैं मन-ही-मन कहूँ, तुम कहते रहो जो कहना है, देखो तो क्या होता है! इनकी चलती, तो मैं आज भी बच्चों के साथ सड़क पर पड़ी होती। इन्होंने मुझे थोड़ा परेशान किया है! कभी मायके और कभी ससुराल..."

"आप इन्हें रोका नहीं करो, विमलाजी, कुछ भी नहीं कहा करो।" मेरी पत्नी ने फुसफुसाकर कहा।

"मीना, मैंने इन्हें कभी किसी बात से रोका है? जाएँ, जहाँ जाना चाहते हैं। मैं इन्हें पकड़कर बैठी हूँ? दो दिन बाहर की रोटी खाएँ, तो पेट पकड़कर बैठ जाते हैं। साँस फूलने लगती है..."

इस बीच गिरिजा को शराब चढ़ गई थी। हाथ में शराब का गिलास टेढ़े कोण पर पकड़े कमरे के बीचोबीच खड़ा हो गया था। दोनों पैर खोले हुए, आगे को थोड़ा झुका हुआ, बार-बार सन्तुलन खो रहा था, "मैं राजनीति के लिए बना था...मैं क्रान्ति के लिए बना था...!" उसने कहा। और फिर अपना वाक्य अंग्रेजी में दोहराने लगा, "आई वाज मींट फॉर द रिवोल्यूशन..."

विमला लपककर अपने पति की ओर गई, "बस करो जी, कितनी पी जाओगे?" वह बोली, "यहाँ रोज यही हाल है! जब कभी कोई पुराना दोस्त चला आए, तो यह बोतल खोलकर बैठ जाते हैं। इन्हें तो कुछ नहीं होता, पर सँभालना तो मुझे पड़ता है।"

"विमला, तुम मेरे बच्चों की माँ हो। तुम जानती हो कि मैं क्रान्ति के लिए बना हूँ!"

"हाँ, हाँ, तुम क्रान्ति के लिए बने हो।" विमला ने पति की बाँह पकड़कर कहा, "आओ, आओ, कुर्सी पर बैठ जाओ।"

"मैं क्रान्ति के लिए बना हूँ! तुम मेरे बच्चों की माँ हो, विमला! मैं क्रान्ति के लिए बना हूँ!" वह बार-बार कहे जा रहा था और आँसुओं से उसके गाल गीले हो रहे थे।

"यह हमेशा ज्यादा पी जाते हैं और फिर लोगों को तमाशा दिखाने लगते हैं।" विमला उसे कुर्सी पर बैठने का आग्रह करने लगी, तो वह बिगड़ उठा और हाथ झटकने लगा।

''नहीं, मैं कहीं नहीं बैठूँगा!''

''अच्छा, तो यहीं खड़े रहो।'' विमला बोली, ''इन्हें छोड़ दो जी, यह अड़ जाते हैं, तो और मुसीबत खड़ी हो जाती है।'' फिर दीवार के साथ रखी एक कुर्सी गिरिजा के पास उठाकर ले आई, ''लो, अब इस पर बैठ जाओ।'' फिर बड़े दुलार से गिरिजा के बाल सहलाते हुए बोली, ''तुम्हें अपने क्रान्तिवाले कमरे में ले चलूँ? वहाँ आराम से पड़े रहना। तुम्हें कोई परेशान नहीं करेगा।''

गिरिजा ने आँखें ऊपर उठाईं। बच्चों की तरह मुस्कुराया और बुदबुदाने लगा, ''विमला, तुम मेरे बच्चों की माँ हो, क्रान्ति...''

विमला और मैं उसे सहारा देकर कमरे की ओर ले चले, जिससे वह सारा किस्सा शुरू हुआ था।

गिरिजा अपना वाक्य दोहराए जा रहा था, ''विमला, मैं क्रान्ति के लिए बना हूँ...''

''हाँ, हाँ, तुम क्रान्ति के लिए बने हो।'' विमला उसको ढाढ़स बँधाती जा रही थी।

दरवाजे के पास पहुँचकर जब विमला ने दरवाजा खोलने के लिए हाथ बढ़ाया, तो गिरिजा ने बुदबुदाते हुए कहा, ''विमला, तुमने मुझे कहीं का नहीं रखा! मैं क्रान्ति के लिए बना था!''

''लो, सुनो इनकी बातें!'' विमला बिफरकर बोली, ''मुझे ही दोष दिया जाएगा, यह तो मैं पहले ही जानती थी। पर तुम चलो अन्दर, अपने इन्कलाबी कमरे में! कर लो जितनी क्रान्ति करना चाहते हो!'' और विमला उसे धकेलती हुई अन्दर ले गई।

गिरिजा को कमरे के अन्दर छोड़कर हम लोग बाहर आ गए। विमला ने बाहर से दरवाजा बन्द कर दिया।

''यहाँ रोज यही हाल है।'' वह बड़बड़ाई, फिर मुझे अटपटा महसूस करते देखकर मुस्कुराकर बोली, ''यह बड़ी जल्दी उत्तेजित हो जाते हैं। पुराना दोस्त मिले, तो अपनी सुध-बुध खो बैठते हैं। घबराने की कोई बात नहीं। आपको यों ही परेशानी हुई।''

बन्द दरवाजे के पीछे ऊँची लड़खड़ाती आवाज में गिरिजा किसी इन्कलाबी गीत की पंक्तियाँ गा रहा था :

'यह जंग है...जंग-ए-आजादी...आजादी...'

तस्वीर

उसके मरने के तेरह दिन बाद घर-बाहर सब सुनसान हो गए। एकाध सम्बन्धी कभी आ जाता, तो आ जाता। मैं सुबह से शाम तक अपने ससुर के पीछे-पीछे घिसटने लगी—कभी किसी वकील के दफ्तर में, कभी बीमा कम्पनी के दफ्तर में। उसके मरने के बाद मैं और भी त्रस्त हो उठी थी—निराश्रय और त्रस्त। छोटे-से कद का मेरा ससुर, दुबला-पतला, घुटनों तक लम्बा कोट पहने और सिर पर बड़ा-सा पगगड़ रखे आगे-आगे चल रहा होता—बगल में कागजों की फाइल दबाए, और मैं पीछे-पीछे घिसटती जाती। मुझे नहीं मालूम था कि मेरे दोनों बच्चे कहाँ पर हैं, उनकी कोई सुध लेता है या नहीं! मेरा ससुर बड़ी रुखाई से बोलता था। दिन में दो-एक बार तो बड़ी कड़वी बातें कह देता। उसे विश्वास था कि मैं ही उसके बेटे की मौत का कारण बनी हूँ। वह कभी घर का सामान बेचने की बात करता, कभी कहता कि वह हमारे छोटे-से मकान को किराए पर चढ़ा देगा और मुझे और मेरे दो बच्चों को अपने घर पर ले जाएगा। कभी मेरे माँ-बाप को अपाहिज कहता। एक बूढ़ी बहरी माँ, गठिया की मारी, जो सोग मनाने आई और खाट पर पड़ रही—इस पर न भाई, न बहन।

''मैं इस बूढ़ी उम्र में कोई काम-धन्धा नहीं कर सकता कि तुम्हें और तुम्हारे बच्चों को खिलाऊँ।'' वह बोलता रहता और मैं सिर झुकाए काँपती हुई उसकी बातें सुनती रहती। वह जो कुछ कहता, मैं मन-ही-मन उसका वाक्य दोहरा देती। वह बड़बड़ाकर कहता, ''तुम्हारे घर में न भाई है, न बाप—सारा बोझ बुढ़ापे में मुझे उठाना पड़ रहा है।'' तो मैं मन-ही-मन दोहरा देती, 'न भाई है, न बाप, सारा बोझ बुढ़ापे में इन्हें सहना पड़ रहा है।' वह अपने बेटे को याद करके मुझे कोसता, ''तुम पढ़-लिखकर भी बेवकूफ हो। तुम कुछ करना-धरना जानती होती, तो वह इस वक्त जीता होता।'' और मैं गुम्बद की आवाज की तरह उसके शब्द दोहरा देती, 'मैं कुछ करना-धरना जानती, तो इस वक्त वह जीता होता।'

मेरा मन जड़ हो चुका था। सब बातें सुनती, पर उनका मुझपर केवल एक ही

असर होता, मुझ पर पहले से भी अधिक भय छा जाता। शाम को घर लौटती, तो बेटा और बेटी सहमे हुए कभी दहलीज पर आँखें फाड़-फाड़कर मेरी ओर देखते नजर आते, कभी एक-दूसरे से लिपटकर सो रहे होते। और बहरी माँ घुटने पकड़े खाट पर बैठी होती। मेरे अवचेतन में नई-नई बातें अंकित होने लगी थीं—मकानों के किराए, बिकाऊ कुर्सियाँ-मेज, पुराना रेफ्रिजरेटर, बीमे के सात हजार रुपए, तेज रोशनीवाले बिजली के बल्बों के स्थान पर मद्धिम रोशनी के बल्ब, किसी बालक के उतरे हुए कपड़े, जो जाने कौन मेरे बच्चों के लिए दे गया था।...

उसके आँखें बन्द करने की देर थी कि सारा दृश्य बदल गया था। मुझे लगा, जैसे घर के किवाड़ और खिड़कियाँ सब टूट गए हैं, और हू-हू करता अन्धड़ घर में चक्कर लगाने लगा है। मुझे लगता, जैसे मेरी आँखों के सामने कोई नाटक खेला जा रहा है। एक दृश्य वह था, जब वह जीता था; दूसरा दृश्य, जब वह मर चुका था। एक दृश्य के बाद जब दूसरा दृश्य बदला, तो पहला दृश्य झूठा पड़ गया—एक सपने की तरह झूठा। पर असंगत शायद कुछ भी नहीं था। दोनों दृश्य अन्दर से कहीं जुड़े हुए थे।

धीरे-धीरे मैं अपनी नई स्थिति को पहचानने लगी। मेरी जिन्दगी की बागडोर, जो पहले मेरे पति के हाथ में थी, अब मेरे ससुर के हाथ में आ गई थी। जिस भाँति मेरा पति मुझे हाँका करता था, अब मेरा ससुर मुझे हाँकने लगा था। जिस भाँति उसके जीते-जी मैं उसका मुँह ताका करती थी, उसके चले जाने के बाद अपने ससुर का मुँह ताकने लगी थी। अपने बाप की तरह वह भी कड़वा बोला करता था। एक ही छत के नीचे रहते हुए भी एक-दूसरे से कोसों दूर थे और दिन-प्रतिदिन दूर होते जा रहे थे। मैं नहीं जानती, उसने मुझे कभी प्रेम किया था या नहीं। प्रेम शब्द ही इतना बेतुका और निरर्थक जान पड़ता है।

ब्याह के बाद गृहस्थी की चक्की चलने लगी थी और मैं उसमें धीरे-धीरे पिसने लगी थी। वह सभी काम खुद किया करता था। सच पूछो, तो ये दो बच्चे भी, जो घर में आए, मुझसे बिना पूछे ही आए थे। वह घर में ज्यादा देर तक तो बैठ ही नहीं सकता था। काम पर से घर लौटता, तो थोड़ी ही देर बाद थैला उठाकर बाहर निकल जाता। कभी उसका मन आए, तो बता देता कि कहाँ जा रहा है, कब लौटेगा, वरना बाहर निकलने पर केवल उसकी पीठ ही नजर आती। कभी साइकिल उठाकर किसी ओर निकल जाता, कभी किसी ओर। मैं बैठी अनुमान लगाती रहती, थैला लेकर गए हैं, कुछ सौदा-सुल्फ लेने गए होंगे, जल्दी लौट आएँगे। साइकिल पर गए हैं, किसी से मिलने गए होंगे, देर से लौटेंगे।

सुबह काम पर जाने से पहले मुझे वह कोई काम सौंपकर जाता, तो मैं दिनभर घबराई रहती कि मुझसे ठीक ढंग से हो पाएगा, या नहीं! मामूली-सा भी काम होता, तो मुझे डर लगा रहता कि कहीं मुझसे भूल न हो जाए, और कभी-कभी

सचमुच भूल हो जाया करती थी। भूल हो जाने पर वह मुझे फटकार देता, या कभी व्यंग्य से हँसकर कहता, 'कोई बात नहीं, आगे से मैं खुद कर लूँगा।' कभी चुप बन जाता—न हूँ, न हाँ, गुमसुम दूसरी ओर चला जाता। उसे गुमसुम देखकर मैं और ज्यादा घबरा जाती। मैं जानती थी कि आज तो चुप रहेगा, पर दस दिन बाद, इसी घटना को याद करके विष में बुझा कोई वाक्य कहेगा, जो मेरा कलेजा साल देगा।

तभी, शादी के सात-आठ साल बाद ही मुझे कभी-कभी सिर में दर्द उठने लगा था, और मैं माथे पर पट्टी बाँधकर खाट पर पड़ी रहने लगी थी। पर जब उसके बाहर से लौटने का समय होता, तो मैं माथे पर से पट्टी खोल देती। हाथ-मुँह धो, बन-सँवरकर बैठ जाती, क्योंकि उसे करीना पसन्द था। मेरा फूहड़ बने घर में बैठना उसे बुरा लगता था। वह घर लौटते ही पूछता, 'राशन कार्ड बनवा लिया था?' या 'टपकता नल ठीक करवा लिया था?' तो ठीक करवा लेने के बावजूद मेरे हाथ-पाँव फूलने लगते थे।

वह ऐसा था, या मैं ऐसी हो गई थी, पर उसके घर लौटने पर दोनों बच्चे ऊधम मचाने लगते और एक साथ उसकी गोद में बैठने के लिए मचलने लगते। कभी बेटा अपने पिता से मेरी शिकायत करने लगता, 'पापा, आज माँ ने मुझे थप्पड़ मारा था। मुझसे दूध गिर गया, तो माँ ने मुझे थप्पड़ मारा।' और कहते हुए उछलकर उसकी गोद में चढ़ बैठता। तब मेरे मने में गहरी टीस उठती। मुझे लगता कि बच्चों को भी उसने अपने हाथों में कर लिया है। बच्चे भी लपक-लपककर उसी से मिलते हैं। पर बाद में मैं अपने को कोसती, बुरा-भला कहती। मेरे हक में न सही, बच्चों के हक में तो अच्छा है। बच्चे तो अपने पिता से प्रेम करते हैं। यदि उसके घर लौटने पर उससे डरकर भागते, तो क्या अच्छा होता?

पर उसके आँखें बन्द करते ही यह कहानी भी खत्म हो गई। फिर तो दूसरे ही बवंडर चलने लगे, जिनमें मेरी सुध-बुध ही जाती रही। पर धीरे-धीरे मैं सँभलने लगी थी, अपनी स्थिति को पहचानने लगी थी।

एक दिन मेरे ससुर उसका एक बड़ा-सा चित्र लेकर आए और उसे कमरे की दीवार पर टाँग दिया। बड़े आकार की तस्वीर थी, और वह उसमें मुस्कुरा रहा था। उसे देखते ही मेरा सारा शरीर झनझना उठा और सिर से पाँव तक कँपकँपी हुई। मेरे दिल में तूफान उठने लगा और मैं बेकाबू-सा महसूस करने लगी। दोनों बच्चे अपने बाप का चेहरा पहचानते ही लपककर तस्वीर के नीचे जाकर खड़े हो गए। मैं सोचती थी, वे रोने-बिलखने लगेंगे, पर वे मुझे बड़े खुश नजर आए। मुझे लगा, जैसे वह घर में लौट आया है और उसके आ जाने से घर फिर से भर गया है।

तस्वीर टाँगने के बाद मेरे ससुर ने रंगदार रेशमी धागों का बना एक हार तस्वीर के आर-पार टाँग दिया। हार टाँगते ही मुझे लगा, जैसे वह फिर दूर चला गया है,

और दूर से ही मुझे देख-देखकर मुस्कुरा रहा है। और घर फिर से खाली हो गया है। उस दिन मेरे दिल की कैफियत अजीब-सी रही। बरसों पुरानी कोई भावना, अतीत की किसी कन्दरा में डूबी-खोई फिर से कुलबुलाने लगी थी। तस्वीर टाँगने के थोड़ी देर बाद ससुर चले गए। वे कुछ चीजें बेचने के बारे में कह रहे थे, पर मैं ध्यान से सुन नहीं पाई। मैं तस्वीर के निकट ही दिनभर डोलती रही। तरह-तरह की भावनाएँ, परस्पर-विरोधी भावनाएँ, मेरा दिल मथती रहीं।

उस रात बच्चे सो गए, तो मैं देर तक करवटें लेती रही। जब ब्याहकर आई थी, तो मेरा पति मुझे लगा अच्छा था—गोरा-गोरा नाजुक-सा। यह क्षण-भर का ही भास रहा होगा। वह हमारे कमरे में दहेज का सामान तरतीब से रख रहा था और सामान रखते हुए उसने मेरी ओर घूमकर पहली बार देखा था और मुस्कुरा दिया था। उसके चेहरे पर वैसी ही मुस्कान थी, जैसी इस तस्वीर में उसके होंठों पर खेल रही थी। तभी वह मुझे अच्छा लगा था—गोरा-गोरा, नाजुक-सा। एकाध बार फिर भी ऐसी ही भावना मेरे अन्दर जगी थी, जब ऐसी ही मुस्कान उसके चेहरे पर खेल रही होती।

एक बार चाँदनी रात में छत पर लेटे-लेटे मेरे ऊपर झुके हुए उसने कुछ कहा था और मुस्कुरा दिया था। तब भी वह मुझे प्यारा और अपना लगा था। फिर न जाने वे क्षण कहाँ डूब गए थे! गृहस्थी की चक्की चलने लगी थी और हम एक-दूसरे से दूर होने लगे थे। क्या क्षण-भर की यह प्रतिक्रिया ही उसके प्रति मेरा प्रेम-भाव था? अन्त तक पहुँचते-पहुँचते मैं उससे डरने, घृणा करने लगी थी। क्या इसी कारण उसकी तस्वीर देखकर मैं भावावेश में खड़ी की खड़ी रह गई? पहले दिन का मेरा आकर्षण क्या मरा नहीं था? क्या कभी भी कोई भाव मरता नहीं है—केवल दब जाता है, और वक्त पाते ही फिर कुलबुलाने लगता है? क्या किसी के मर जाने के बाद भी वह प्यार जाग सकता है? क्या इसलिए भी कि मरने के बाद सभी व्यक्ति निर्दोष लगने लगते हैं? मौत की विकराल शक्ति के सामने प्रत्येक मनुष्य कितना निरीह, निर्दोष और निःसहाय लगने लगता है! मैं कुछ नहीं जानती, कुछ नहीं समझती, पर तस्वीर के लग जाने के बाद वह मुझे अच्छा लगने लगा था। वह था, तो घर था, परिवार था, गृहस्थी थी। अब वह नहीं है, तो कुछ भी नहीं है। बच्चों के रहते भी घर भाँय-भाँय करता है। क्या आश्रय का, अपनी जरूरत का ही नाम प्रेम है?

तस्वीर लग जाने से घर का वातावरण कुछ-कुछ हल्का होने लगा। विशेषकर बच्चों के लिए। आते-जाते वे तस्वीर को देखते, खड़े-खड़े उससे बातें करने लगते। उसे अपनी दिनचर्या सुनाते। उसके सामने नए-नए खेल खेलते।

एक दिन दोपहर को मैं थकी-माँदी बाहर से लौटी, तो छोटा नलिन तस्वीर के सामने खड़ा मेरी शिकायत कर रहा था, ''पापा, आज माँ ने हमें रोटी नहीं दी। मुझे

इतनी भूख लग रही है। तुम माँ को डाँटना। माँ गन्दी है। पापा, तुम अच्छे हो।''

मैं भागकर बेटे से लिपट गई। मैंने उसके चेहरे की ओर देखा, तो उसकी आँखें जाने कैसी हो रही थीं—भूख के कारण बड़ी-बड़ी, फैली-फैली-सी, और उद्भ्रान्त-सी। उसने मेरी ओर आँखें फेरीं। मुझे लगा, जैसे वह मुझे न देखकर उसकी तस्वीर को देख रहा है।

मैंने उसे बाँहों में लेकर चूम लिया, तो वह बोला, ''तुम मुझे चूम रही हो, ताकि मैं पापा से तुम्हारी शिकायत नहीं करूँ। पर तुम गन्दी हो, पापा अच्छे हैं।''

''नहीं-नहीं, तुम शिकायत करो। जितना मन में आए, शिकायत करो। मैं सचमुच गन्दी हूँ।''

पर इसी पर बस नहीं हुआ। उस रोज मेरे ससुर ने घर का पुराना रेफ्रिजरेटर बेचने का फैसला कर लिया था और एक आदमी से बात भी पक्की कर ली थी। रेफ्रिजरेटर के बाद घर का छोटा कालीन, दो दरियाँ, मेज और कुर्सियाँ बेचने का भी उसका इरादा था। उसके बाद घर किराए पर चढ़ा देने और हमें इस घर से ले जाकर अपनी दो कोठरियों में बसा देने की बात कर रहा था।

मैं उस रात लेटी, तो मेरे मन में अचानक ही गहरी टीस उठी। वह मरकर भी अच्छा है, मैं दर-दर की ठोकरें खाकर भी बुरी हूँ। उसने जीते-जी बच्चों को ऐसा अपने हाथ में किया था कि मरने के बाद भी वे उसके साथ हैं, उसी को अच्छा समझते हैं। उसके चले जाने के बाद भी बच्चे उसके साथ मेरी तुलना करते हैं। यह विचार अचानक ही मेरे मन में उठा और मैं अन्दर-ही-अन्दर छटपटाने लगी। मेरे मन पर फिर से बादल-सा घिरने लगा। मैं फिर से किसी गहरे कूप में गिरने लगी।

उस दिन के बाद मैं जब भी नलिन को अपने पिता की तस्वीर के सामने खड़ा पाती, तो मेरे दिल में डंक-सा चुभ जाता। वह जरूर उसके सामने मेरी बुराई कर रहा होगा। घर में रहते सारा वक्त मेरे कान नलिन और उसकी बहन की ओर लगे रहते, कि वे अपने बाप से क्या कहते हैं, मेरी क्या शिकायत करते हैं! भाई-बहन आपस में खुस-फुस करते तो मेरे कान खड़े हो जाते कि वे एक-दूसरे से मेरे बारे में क्या कह रहे हैं!

दूसरे दिन सुबह-सुबह ही एक सूट-बूट वाला आदमी रेफ्रिजरेटर लेने पहुँच गया। घर के बाहर एक ट्रक खड़ा था और वह आदमी दो-तीन मजदूरों को लिये घर के अन्दर आ पहुँचा। मैं उसी वक्त रेफ्रिजरेटर को धो-पोंछकर बैठी थी। मजदूर मोटे-मोटे रस्सों के साथ रेफ्रिजरेटर को बाँधने लगे, तो दहलीज पर खड़ा नलिन सहसा तड़प उठा। रेफ्रिजरेटर के बिक जाने का मुझे भी खेद था लेकिन ससुर के निर्णय के सामने मैं कुछ भी नहीं कह सकती थी।

जब मजदूरों ने रेफ्रिजरेटर को रस्से लपेटकर उठाया, ऐन उसी वक्त नलिन

दोनों हाथ फैलाए दरवाजे के बीचोबीच खड़ा हो गया, ''यह पापा का है।''

मजदूर ठिठक गए और मुस्कुरा दिये।

मैंने घूमकर देखा। नलिन का चेहरा तमतमा रहा था।

''यह फ्रिज पापा का है।'' वह फिर चिल्लाया।

पर जब मजदूर फ्रिज को ले जाने को हुए, तो नलिन अपने पिता की तस्वीर की ओर भागकर आ गया और चिल्लाकर बोला, ''देखो पापा, माँ ने तुम्हारा फ्रिज किसी को दे दिया है। देखो, देखो, ये उसे ले जा रहे हैं।'' और फिर लपककर आगे आ गया और दरवाजे के बीच फिर से अपनी दोनों बाँहें फैलाकर रास्ता रोकने लगा।

''इसे मैं नहीं जाने दूँगा, यह पापा का है।'' वह पागलों की तरह चिल्लाया।

मेरे अन्दर जैसे तूफान घुमड़ने लगा। एक ओर लाचारगी, दूसरी ओर दिल को सालनेवाला क्षोभ। फ्रिज न बेचूँ, तो घर में पैसे कहाँ से आएँगे? मेरी तौफीक ही क्या है? मैं स्वयं बेसुध हुई जा रही थी। इस पर मैं भी चिल्ला उठी, ''हट जाओ नलिन, क्या कर रहे हो? ले जाने दो इन्हें।''

''नहीं, यह तुम्हारा नहीं है, यह पापा का है। मैं नहीं ले जाने दूँगा।''

''हटते हो या नहीं?'' मैं जोर से चीखी और आगे बढ़कर उसे बाँह से पकड़कर खींच लिया।

नलिन का बस चलता, तो मेरा हाथ काट लेता। गुस्से से उसका चेहरा लाल हो रहा था और आँखें जाने कैसी हो रही थीं।

''तुम गन्दी हो, माँ, तुम गन्दी हो! तुमने पापा का फ्रिज दे दिया है।''

उसके बाद वह हाथ-पैर पटकने लगा, मेरे कपड़े खींचने लगा, मुझे धक्के देने लगा।

''चुप रह नलिन, बस, चुप हो जा! छोड़ दे मुझे!''

पर वह पागलों की तरह चीखे जा रहा था और मुझे दीवार के साथ पीछे धकेले जा रहा था।

''तुम गन्दी हो, गन्दी हो, पापा अच्छे थे।''

मैंने दोनों हाथों से उसके हाथ पकड़ लिये और उसे धकेलती हुई पिछले कमरे में ले गई।

''आ तो मैं तुझे बताऊँ कि मैं गन्दी हूँ या अच्छी हूँ!''

तभी कमरा लाँघते हुए, तस्वीर के सामने से गुजरते हुए वह चिल्लाया, ''देखो पापा, माँ मुझे पीट रही है, माँ ने तुम्हारा फ्रिज किसी को दे दिया है!''

सुनते ही मेरी टाँगों में जैसे पानी भर गया। मेरे हाथों में से सारी ताकत जाती रही। फिर भी मैंने नलिन को छोड़ा नहीं, और उसे घसीटकर पिछले कमरे में ले गई और नलिन को उसकी खाट पर पटककर बोली, ''बैठ इधर, खबरदार जो बाहर निकला!''

और फिर स्वयं बाहर आकर दरवाजे पर साँकल चढ़ा दी।

बैठक में लौटते ही मेरा अंग-अंग शिथिल पड़ गया। दीवार के साथ लगकर मैं बेसुध और निढाल-सी खड़ी रह गई।

'अब क्या होगा?' मैं बुदबुदाई, 'हे भगवान, अब क्या होगा?'

सारा वक्त कमला डरी-डरी-सी पिछले दरवाजे में खड़ी रही थी। कमला ग्यारह बरस की हो चली थी। उन दिनों वह भी अक्सर अविश्वास की दृष्टि से ही मुझे देखा करती थी। उधर ससुर की फटकार, इधर बच्चों की। वह चला गया, तो इसमें मेरा क्या दोष है? उसकी जगह मैं चली जाती तो अच्छा था। मुझे लगा, जैसे कमला मेरी ओर डर और उपेक्षा से देखे जा रही है। उसकी आँखों में मुझे धृष्टता का भास मिला। जैसे वह कुछ कहना चाहती हो, पर कह नहीं पा रही हो! फिर वह घूमकर रसोइघर में चली गई और मेरी ओर पीठ किए गुम-सुम खड़ी हो गई। उसके जीते-जी भी कई बार ऐसे सीन हुआ करते थे। वह बड़ी रुखाई से मुझ पर बरसने लगता था। तब भी बच्चे सहमकर अलग हो जाया करते थे। तब भी मन-ही-मन वे शायद मुझे ही कोसा करते थे।

अचानक ही मेरी आँख तस्वीर की ओर उठ गई। मुझे धक्का-सा लगा। वह तस्वीर में उसी तरह मुस्कुरा रहा था, जैसे जिन्दगी में मेरे किसी काम से असन्तुष्ट होकर मुस्कुराया करता था—तीखी, व्यंग्य-भरी मुस्कान, मेरी त्रुटियों पर हँसती हुई। यह क्यों लौट आया है? यह क्या चाहता है? यह मुझे मेरे हाल पर क्यों नहीं छोड़ देता? वह मरकर भी बलवान है। मैं जिन्दा भी मरी हुई के बराबर हूँ। वह ज्यों-का-त्यों व्यंग्य-भरी नजर से मेरी स्थिति पर मुस्कुराए जा रहा है, बच्चों को बढ़ावा दे रहा है, हमारी एक-एक बात सुनता रहता है...

तभी मैंने निश्चय किया कि मैं तस्वीर को वहाँ से हटा दूँगी। तस्वीर घर में नहीं होगी, तो घर में चैन होगा। बच्चे रोएँगे, चिल्लाएँगे, मुझे कोसेंगे, पर उसके सामने शिकायत तो नहीं करेंगे, रो-धोकर चुप हो जाएँगे। पर उसी समय मुझे अपने ससुर की याद आई और मेरा तन-बदन काँप गया। उसकी तस्वीर हटा देने पर न जाने ससुर के मुँह से क्या सुनने को मिलेगा! मेरा दिल धक्-धक् करने लगा। पर मैं बैठी और धीरे-धीरे चलती हुई तस्वीरवाले कमरे में आ गई। दोनों बच्चे चुपचाप सो रहे थे।

मैं कमरे में आई, पर मैंने नजर उठाकर उसके चेहरे की ओर नहीं देखा। मैं उसे वहाँ से हटाने के बारे में सोच ही रही थी, जब बाहर आँगन में आहट हुई। मैंने घूमकर देखा, ससुर आ रहे थे। मेरा दिल बैठ गया। क्या इन्हें मालूम हो गया था कि मैं तस्वीर हटाने जा रही हूँ? वे छड़ी उठाए, पैर पटपटाते रोज प्रातः पहुँच जाया करते थे और फिर मैं उनके पीछे-पीछे गली-गली की खाक छानती फिरती थी।

"कल सुबह एक फर्नीचर वाला आएगा।" वे बैठते हुए बोले, "कह गया था,

दस बजे आएगा। मेज-कुर्सियाँ और बड़ी अलमारी उसे दे देना।''

न जाने मुझे क्या हुआ, मैं भभक उठी, ''नहीं जी, मैं कुछ नहीं बेचूँगी।'' मेरे मुँह से छूटते ही निकल गया। ये शब्द कहते ही मैं इतनी अधिक घबरा गई कि मैंने पास पड़ी कुर्सी को सहारे के लिए पकड़ लिया।

ससुर अवाक् खड़े सुन रहे थे। वे हैरान थे कि मैं उनके सामने मुँह खोलने का कैसे साहस कर पाई हूँ! मुझे भास हुआ कि अब वे ऊँचा बोलेंगे, और अन्तः-प्रेरणावश मैंने कुर्सी को और भी ज्यादा कसकर पकड़ लिया। पर उनकी आवाज धीमी थी, ''तो बीबी, खाएगी कहाँ से? मेरे पास तुम्हें पालने के लिए पैसे नहीं हैं। और तेरे मायकेवाले जैसे जीते, वैसे मरे हुए।''

मैं चुप, बुत-की-बुत बनी खड़ी रही।

''दस बजे वह आएगा। मेज-कुर्सियाँ और अलमारी उसे दे देना।'' उन्होंने फिर कहा।

''जी नहीं, मैं नहीं दूँगी।''

इस पर वे बौखला उठे, ''तू कौन है फैसला करनेवाली?'' उन्होंने चिल्लाकर कहा, ''तेरे पास है क्या? चुपचाप सामान बाँधो और चलो मेरे साथ।''

मैं सिर से पाँव तक काँप उठी, पर मैं कुर्सी को कसकर पकड़े रही।

''जी नहीं, मैं यहीं पर रहूँगी। मैं यहीं बच्चों को लेकर रहूँगी। कोई छोटा-मोटा काम ढूँढ़ लूँगी।''

मैं जानती थी कि अब वे जली-कटी कहेंगे, कोसेंगे, चिल्लाएँगे, पर उनकी आवाज फिर धीमी पड़ गई, ''मेरे बेटे ने मेरी सुनी होती, तो तेरे साथ ब्याह ही नहीं करता। कंगालों की लड़की ले आया...'' फिर वे देर तक बोलते रहे।

दोनों बच्चे उठकर दहलीज पर आ गए थे और सहमे-से खड़े हमारा वार्तालाप सुन रहे थे।

फिर मेरे ससुर फुँकारते, छड़ी पटपटाते दरवाजे की ओर गए और घूमकर बोले, ''दस बजे फर्नीचर वाला आएगा, उसे मेज-कुर्सियाँ दे देना! मैं उससे बात कर आया हूँ।''

मैं चुप, ज्यों-की-त्यों खड़ी रही।

वे दरवाजे में ठिठके खड़े रहे। उनका बस चलता, तो छड़ी से मेरी पीठ धुन देते। जाने से पहले उन्होंने फिर एक बार कहा, ''अगर नहीं दिया, तो मुझ जैसा बुरा कोई नहीं होगा। मुझसे किसी प्रकार की मदद की उम्मीद नहीं रखना।'' कहकर वे बाहर निकल गए।

यह सब क्यों हो गया, कैसे हो गया? किस आवेश में मेरे मुँह से यह बात निकल गई थी? मैंने कभी सपने में भी नहीं सोचा था कि यह कांड होगा। मैं तो तस्वीर उतारने आई थी, पर यह सब कैसे हो गया?

मैं रसोइघर में चली गई। देर तक किचन में मैं कभी एक काम को हाथ में लेती, कभी दूसरे को, पर हाथ किसी काम पर टिक ही नहीं पाते थे। कभी अपनी धृष्टता पर अचम्भा होता, कभी सिर से पाँव तक लरज-लरज जाती। कभी एक अनूठी पुलक-सी सारे जिस्म में दौड़ जाती।

तभी मुझे बच्चों के चहकने की आवाज आई। दोनों हँस रहे थे, बतिया रहे थे। खुसफुस कर रहे थे। फिर मैंने सुना, नलिन अपने पिता की तस्वीर को सम्बोधन कर रहा था, ''पापा, माँ कुर्सियाँ-मेज नहीं बेचेगी। माँ ने कह दिया है। पापा, तुम्हारी चीजें घर में ही रहेंगी। पापा, दादाजी ने माँ को बहुत डाँटा, बहुत डाँटा, मगर माँ नहीं मानी। वह डरी भी नहीं। माँ ने उनसे कह दिया, मैं नहीं बेचूँगी, कभी नहीं बेचूँगी। और पापा, हम यहीं पर रहेंगे। और पापा, तुम माँ को पैसे देकर भी नहीं गए, वह इतनी गरीब है...''

मेरा रोम-रोम पुलक उठा। पहले तो मैं कान लगाए नलिन की बातें सुनती रही, फिर मुझसे नहीं रहा गया। मैं रसोईघर से दौड़ी आई और नलिन को छाती से लगा लिया। मेरी छाती में कोई हथौड़े मार रहा था और मैं बेसुध हुई जा रही थी। दोनों बच्चों को बाँहों में भरकर जाने कितनी देर मैं वहाँ बैठी रही, जैसे जिन्दगी में पहली बार मैंने कुछ पा लिया हो! जैसे पहली बार मेरे दिल को त्राण मिला हो!

मैंने आँख उठाकर ऊपर देखा। वह तस्वीर के चौखटे में से मेरी ओर देखे जा रहा था। उसके होंठों पर वही मुस्कान लौट आई थी, जिसकी झलक मुझे शादी के पहले दिन उसके होंठों पर मिली थी।

मौकापरस्त

मैंने कनखियों से उसकी ओर देखा। दोनों हाथ गोद में रखे वह बगलवाली सीट पर बैठा ऊँघ रहा था। मोटर भारी ट्रैफिक में से दाएँ-बाएँ हिचकोले खाती, अपना रास्ता बनाती हुई आगे बढ़ रही थी और वह मेरी बगल में बैठा ऊँघ रहा था। उसके गोल-गोल पिलपिले हाथ देखकर मुझे चिपचिपी-सी हुई। शायद सभी व्यवहार-पटु लोगों के हाथ गोल-गोल और पिलपिले होते हैं, मैंने मन-ही-मन कहा। वह ऊँघते हुए भी कुछ-न-कुछ सोच रहा होगा। स्कीमें बना रहा होगा। यों उसकी व्यवहार-कुशलता उसकी आँखों में से झाँकती रहती थी। साँप की-सी पैनी, छोटी-छोटी बेचैन आँखें, जो लगता, देखती भी हैं, सोचती भी हैं, और डसती भी हैं। क्षण-भर के लिए भी वे पैनी नहीं रह पाती थीं। पर जितनी उसकी आँखें पैनी थीं, उतना ही उसका बदन ढीला-ढाला और सुस्त था। लिबास भी ढीला-ढाला, चाल भी ढीली-ढाली। मैंने कभी उसे अपने कोट के बटन बन्द करते नहीं देखा था। जब दूर से आ रहा होता, तो उसके घुटनों तक लम्बे कोट के दोनों पल्ले, किवाड़ के दो पल्लों की तरह हवा में झूल रहे होते। इस पर वह सारा वक्त जेब में से कुछ-न-कुछ निकालकर खाता-चबाता रहता—कभी चने, कभी रेवड़ियाँ, कभी चिलगोजे। जब भी मेरे साथ बात करता, मेरे सिर के साथ अपना सिर जोड़कर बात करता और मुझे ढकेलता हुआ एक ओर ले जाता। पर वह सियासतदान था और बिगड़ते काम बना सकता था। उसकी व्यवहारपटुता के कारण ही मैं मिन्नत-समाजत करके उसे अपने साथ ले आया था। सभी को उसकी जरूरत रहती थी। किसी की सिफारिश डलवाना, किसी का मुकदमा खारिज करवाना हो, ब्याह हो, मरना हो, वह टोपी सिर पर रखकर सबके साथ चल देता था। उसके बारे में मशहूर था कि सुबह आठ बजे घर पर उसे पकड़ लो तो पकड़ लो, उसके बाद उसका कुछ पता नहीं चलता था।

शहर के दूसरे किनारे, एक गली में, शम्भू मर गया था और मुझे उसके दाह-कर्म का प्रबन्ध करना था। शम्भू का बेटा सारा शहर लाँघकर सुबह-सुबह मेरे घर पहुँचा था और खबर देने के बाद देर तक किंकर्तव्यविमूढ़-सा मेरे मुँह की ओर

देखता रहा था। तभी मुझे रामदयाल का खयाल आया था। यदि रामदयाल साथ में हुआ, तो सभी काम सुभीते से हो जाएगा, और मैं आठ बजते-बजते ही उसके घर जा पहुँचा था। पहले तो उसने इनकार कर दिया और टस-से-मस न हुआ। नगर-निगम का कोई इलेक्शन होने जा रहा था और दो दिन बाद वोट पड़ने वाले थे।

'बड़ा कड़ा मुकाबला है,' वह बोला, 'एक-एक वोट कीमती है। आज माफ कर दो। मैं तुम्हारे साथ नहीं चल सकता।'

मैंने मृतक का वास्ता डाला, शर्मिन्दा किया—जो आदमी मर गया था, वह भी हमारी पार्टी ही का आदमी था। अचानक हादसे में मारा गया था। उसके दाह-कर्म का प्रबन्ध करनेवाला कोई नहीं था।

'मैं मुर्दे जलाता फिरूँ, तो इलेक्शन कौन लड़ेगा? तुम चले जाओ, आज मैं नहीं जा पाऊँगा। मुझे बहुत काम है।'

पर आखिर वह चल पड़ा था और मोटर में बैठते ही ऊँघने लगा था।

शम्भू हमारी पार्टी का बहुत सक्रिय सदस्य तो नहीं था, मीटिंगों में चुपचाप एक ओर खड़ा रहता था और जो काम कह दो, कर देता था। छोटा-मोटा गवैया भी था, जो जलसे से पहले हारमोनियम लेकर गला फाड़-फाड़कर भीड़ जुटा दिया करता था। एक जलसे में भाग लेने ही जा रहा था, जब एक हादसे में सड़क पर ही ढेर हो गया था। मैं हैरान था कि उसकी दाह-क्रिया के प्रति रामदयाल क्यों इतना उदासीन है।

सड़क पर ट्रैफिक की मारा-मारी बढ़ गई थी। आकाश में मँडराती चील की भाँति मौत सारा वक्त शहर की सड़कों पर मँडराती रहती है और अवसर पाकर बार-बार झपट्टा मारती है। दिन में एक-आध बार जरूर सड़क पर कहीं खून के छींटे, कहीं खून के धब्बे से भरी सफेद चादर के नीचे कोई राहगीर, कहीं बिखरे हुए काँच के टुकड़े देखने को मिलते हैं, जिन्हें देखकर लगता है कि मौत अभी-अभी वहाँ से होकर गुजरी है। पर फिर भी ट्रैफिक की दौड़ कभी थमने में नहीं आती। इसी ट्रैफिक की किसी भँवर में शम्भू फँसकर जान से हाथ धो बैठा था।

बूचड़खाने तक पहुँचते-पहुँचते दस बज चुके थे। तभी एक जगह मोटर को फिर से रुक जाना पड़ा। बकरियों का एक रेवड़ सड़क पार कर रहा था। मैंने आँख उठाकर देखा, हम बूचड़खाने के नजदीक पहुँचे थे। सड़क के दाईं ओर मैदान में से बकरियों का एक रेवड़ धूल उड़ाता, सड़क लाँघकर दूसरी ओर बूचड़खाने की लम्बी बैरक की ओर बढ़ रहा था। बूचड़खाने में शाम चार बजे कहीं कटाई शुरू होनी थी पर बकरियों के रेवड़ बूचड़खाने की बैरक के सामने अभी से इकट्ठे होने लगे थे। मैं बड़बड़ाया और मोटर को एक ओर खड़ा कर दिया। मेरे साथी ने झटके से सिर हिलाकर आँखें खोलीं।

''क्या है ? पहुँच गए ? अरे, अभी यहाँ तक ही पहुँचे हो ? तुमने मुझे कहीं का न रखा!''

ढलती धूप में बकरियों की खाल चमक रही थी। बड़ी बेताबी से वे एक-दूसरे को ढकेलती बूचड़खाने की ओर भागी जा रही थीं। सभी बकरियाँ सामने की ओर देखे जा रही थीं। लगता था, बकरियों की आँखें झपकती नहीं हैं।

तभी मोटर के पीछे खटका हुआ। मैंने मुड़कर देखा, दो-तीन छोटे-छोटे बच्चों के अलावा मुझे कुछ नजर नहीं आया। शायद इन्हीं में से किसी ने मोटर को छेड़ा था। मैं मोटर में से उतर आया। लड़के मोटर को छेड़ नहीं रहे थे, उसके पीछे मानो छिपे खड़े थे। दो के हाथों में मिट्टी के कटोरे थे। वहाँ पर वे एक बकरी को पकड़े बैठे थे और उसका दूध दुहने की कोशिश कर रहे थे। एक लड़के ने बकरी को उसके सींगों से पकड़ रखा था। दूसरा घुटनों के बीच मिट्टी का कटोरा थामे, दोनों हाथों से उसका एक थन पकड़कर उसमें से खींच-खींचकर दूध निकालने की कोशिश कर रहा था। बकरी सींग छुड़ाकर मोटर के बगल की ओर आ गई थी और लड़के फिर से उस पर पिल पड़े थे और फिर वे उसके साथ जूझने लगे थे। बूचड़खाने की ओर जानेवाली बकरी का दूध अब किसे दुहना था! दो बूँद दूध कहीं बच रहा है और ये बच्चे थनों को खींच-खींचकर उसे निकाल रहे हैं। बकरियाँ अभी भी सड़क पार कर रही थीं। उनके थन बोझिल, दाएँ-बाएँ झूल रहे थे। लगता था, दूध से भर रहे हैं। दो-तीन बकरियों के थनों पर तो अभी भी कपड़ा बँधा था।

लड़कों को दूध हाथ लग गया था। वे चहक रहे थे और ही-ही करते बकरी के थनों को खींचे जा रहे थे। पर वे बकरी को सँभाल नहीं पा रहे थे। वह बार-बार आगे बढ़ जाती और वे उचकते हुए उसके पीछे-पीछे भागने लगते।

सहसा मोटर में से हँसने की आवाज आई।

''मौके का फायदा उठा गया लौंडा! बड़ा मौकाशनास है!''

रामदयाल था। मैं समझे बैठा था कि रामदयाल सो रहा है। मुझे मालूम नहीं था कि वह भी उसी ओर देखे जा रहा था।

''चलो, जो हाथ लग जाए! लड़का चतुर है!''

सामने की ओर से बकरियाँ बराबर सड़क पार करती हुई बैरक की ओर बढ़ रही थीं। सड़क के बाईं ओर बूचड़खाने के मैदान में तीन-चार और लड़के भी कटोरे उठाए बकरियों के पीछे भाग रहे थे। एक लड़की जमीन पर से बकरियों की मेंगनियाँ लपक-लपककर बटोर रही थी। तभी एक औरत बड़बड़ाती, गालियाँ बकती एक ओर से आई और मोटर की बगल में दूध दुहते बालकों पर झपट पड़ी। आव देखा न ताव, एक बालक का हाथ पकड़कर खींचती हुई उसे सड़क पर ले आई।

''नामुराद, देख तो तेरी टाँगें न तोड़ूँ। रोज मैं तेरे पीछे भागा करूँ! अंग-अंग

में कीड़े पड़ेंगे। मरती बकरी के थनों में से दूध खींचता है, उसकी हाय लगेगी। तिल–तिल कर मरेगा। मैं कलप–कलपकर मर गई, तू मेरी नहीं सुनता! ऐसा दूध का चस्का था, तो मेरी कोख से क्यों पैदा हुआ था... ?'' और लड़के को बाजू से झिंझोड़ती हुई वह उसे अपने साथ ले चली।

औरत की आँखों में से भय झाँक रहा था—भगवान के कोप का भय, संसार की अदृश्य शक्तियों का भय, और वह अपना तमतमाता, भयाकुल चेहरा पल्लू की ओट में छिपाती बच्चे को खींचकर वहाँ से ले गई। बालक अभी भी दूध खींचने की कोशिश कर रहे थे।

बकरियाँ निकल जाने पर सड़क खुली, तो मैं मोटर स्टार्ट करके सड़क पर आ गया। धूप तेज हो रही थी। फिर से ट्रैफिक छूटने पर गाड़ियों, मोटरों, स्कूटरों में से रास्ता बनाना कठिन हो रहा था। देर होने लगी थी और मैं चाहता था, जितनी जल्दी हो सके, शम्भू के घर पहुँचूँ। जाने उसके परिवार के लोग क्या सोचते होंगे?

मैंने रामदयाल की ओर देखा। वह फिर से ऊँघने लगा था। उसके गोल–गोल हाथ उसकी गोद में जुड़े थे और ठुड्डी झुककर छाती से लगी थी। मुझे फिर इससे ईर्ष्या हुई। उसे कोई बात विचलित नहीं कर पाती थी। जिन्दगी में मजबूत कदमों से चलता है, सहमा–सहमा जिन्दगी की परिधि पर डोलता नहीं रहता। कोई बात उसके दिल को कचोटती नहीं। चुनावों के बीच उसका समूचा व्यक्तित्व जैसे निखर उठता है। नगर निगम के तीन चुनाव अपने बूते पर जीत चुका है। पार्टी के प्रत्येक चुनाव की बागडोर उसके हाथ में रहती है। नगर की राजनीति उसकी हथेली पर रहती है, उसके बिना पार्टी एक कदम नहीं उठा सकती।

''रुको जी, गाड़ी रोको! रोको यार... !'' रामदयाल ने सहसा मेरे हाथ पर हाथ रखते हुए कहा, ''तुम मुझे यहीं उतार दो।''

''तुम मेरे साथ शम्भू की अन्त्येष्टि पर नहीं चलोगे?''

''चलूँगा, चलूँगा, जरूर चलूँगा!''

''यहाँ क्यों उतरना चाहते हो?'' मैंने खीजकर पूछा।

''यहाँ मुझे दो मिनट का काम है। बाद में बताऊँगा। रोको।''

''तुम नहीं आओगे, मैं जानता हूँ। तुम चुनावों के चक्कर में पड़े हो, तुम्हें किसी और बात की सुध–बुध नहीं है!''

''कौन कहता है, नहीं आऊँगा? तुम्हारे साथ आया किसलिए? तुम चलो, मैं पहुँचता हूँ।''

मैंने मोटर रोक दी। वह झट से दरवाजा खोलकर निकल गया। मैं फिर कुछ कहना चाहता था पर वह जा चुका था। उसके कोट के बड़े–बड़े पल्ले फिर से झूलने लगे थे और उसकी चौड़ी पीठ बड़ी दृढ़ता से दूर होती जा रही थी। मैं निराश हो गया। उसे साथ में लाना ही भूल थी।

अरथी अभी नहीं निकली थी। जो इन्तजाम मुझे करना था, वह जैसे-तैसे घरवालों ने पड़ोसियों की मदद से कर लिया था। तंग-सी गली में शम्भू की अरथी जमीन पर घर के सामने रखी थी। उसका बेटा घर के चबूतरे पर बैठा नाई से सिर मुँडवा रहा था और उसकी पत्नी पड़ोस की दो-एक स्त्रियों के साथ अन्दर बैठी कराह रही थी। गली में दो-एक आदमी थे—एक बड़ी उम्र का बुजुर्ग गले में सफेद पल्ला डाले खड़ा था। दूसरा शक्ल-सूरत से डोम नजर आता था।

शम्भू की अरथी इतनी हल्की थी कि उसे हम तीन आदमी भी उठा सकते थे। चलने से पहले मैंने इधर-उधर देखा। रामदयाल का कहीं नाम-निशान नहीं था। मैं थोड़ी देर तक अरथी को रोके भी रहा कि सम्भव है, वह अभी आता हो, पर लगभग घंटा-भर बीत गया और मैं खिन्न और निराश हो उठा। हम अरथी को कन्धा दिये कुछ ही कदम चल पाए कि मेरी खिन्नता दूर होने लगी। शम्भू की अरथी को देखकर कोई-कोई राह जाता आदमी रुक जाता और प्रथानुसार झुककर नमस्कार करता। जाने-पहचाने सभी लोग उसे विदा दे रहे थे। बाजार में से जाते हुए दोनों ओर के दुकानदार नतमस्तक हो अपनी-अपनी जगह खड़े हो जाते। कहीं पर कोई आदमी साथ भी हो लेता और कुछ कदम अरथी को कन्धा दे देता। मुझे लगा, जैसे बीसियों आदमी शम्भू के साथ हैं। निःसहायता और अकेलेपन की भावना धीरे-धीरे जाती रही और उन सबके प्रति मुझे गहरी आत्मीयता का भान होने लगा।

तभी सहसा रामदयाल पहुँच गया। पहले मैंने रामदयाल को नहीं देखा। सड़क के मोड़ पर एक ट्रक खड़ा था और ट्रक के पास सड़क पर रामदयाल खड़ा था। मैंने उसे तब देखा, जब वह हाथ झुला-झुलाकर अरथी वालों को रोक रहा था।

"ठहर जाओ! रुक जाओ! रुक जाओ!"

तभी मेरी नजर ट्रक पर पड़ी, ट्रक बड़ा सजा-धजा था। उस पर जगह-जगह फूलों के गजरे लटक रहे थे और दोनों ओर सफेद चादरें टँगी थीं।

"क्या है, रामदयाल?"

पर मैं समझ गया था कि क्या बात है। रामदयाल ही वह ट्रक लाया था। वह चाहता था कि अरथी को ट्रक में सज-धज के साथ ले जाया जाए। मुझे रामदयाल की तत्परता और व्यवहार-कुशलता पर आश्चर्य हुआ। आखिर जो देर से आया, तो उसका कोई कारण ही था। पर उस समय, जब हम लगभग आधा रास्ता तय कर चुके थे, मुझे अरथी को ट्रक में ले जाना कुछ-कुछ अनावश्यक और आडम्बरपूर्ण लगा। पर मन में यह भी आया कि क्या बुरा है, शम्भू इस सत्कार का हकदार भी तो है। उसकी पत्नी को भी, जो दो पड़ोसियों के साथ-साथ पाँव घसीटती अरथी के पीछे-पीछे चली आई थी, सन्तोष होगा कि किसी ने उसके पति को मान दिया है।

जब अरथी को ट्रक में रखा गया तो वह कुछ नहीं बोली। मूक आँसुओं से भीगी आँखों से देखती-भर रही। उसके दोनों बेटे लपककर ट्रक पर चढ़ गए और

एक ओर जाकर बैठ गए। देखते-देखते सारा दृश्य बदल गया। ट्रक में एक ऊँची मेज पर शम्भू की देह रख दी गई, उस पर पार्टी का झंडा बिछाया गया, फूलों के गजरों से शम्भू की देह को लाद दिया गया। पार्टी के ही दस-बारह स्वयंसेवक ट्रक के चारों ओर दिखाई देने लगे। ट्रक के दाएँ-बाएँ जहाँ सफेद चादरें टँगी थीं, फूलों के गजरे लटका दिये गए और पार्टी के झंडे लगा दिये गए। मौत का समाँ इतना नहीं रहा, जितना किसी समारोह का। अवसाद के स्थान पर जोश हिलोरें लेने लगा। ट्रक रवाना हुआ, तो भीड़ बहुत-कुछ बढ़ गई थी। पार्टी के बहुत-से सहृदय, जिन्हें रामदयाल बुलाता लाया था, एक-एक करके अरथी को खोजते पहुँच गए थे।

इस अप्रत्याशित सम्मान को देखकर मेरा गला बार-बार रुँधने लगा। बड़ी बात यह थी कि एक साधनहीन, विनम्र स्वयंसेवक को यह सम्मान दिया जा रहा था। लोगों की उमड़ती भीड़ में ट्रक चौराहे के पास पहुँचा तो दो स्वयंसेवक उस पर चढ़ गए और उस पर माइक्रोफोन फिट करने लगे। क्या संगीत होगा? क्या भाषण होंगे? पर मुझे सोचने का मौका दिये बिना ही जैसे रामदयाल माइक्रोफोन के पीछे खड़ा था!

शहीदों की चिताओं पर लगेंगे हर बरस मेले,
वतन पर मरनेवालों का यही बाकी निशां होगा!

उसने ऊपर हाथ उठाकर शेर पढ़ा और फिर वह भाषण करने लगा, जिसमें स्वर्गीय शम्भूनाथ की जन-सेवा, पार्टी के प्रति उसकी निष्ठा और वफादारी पर प्रकाश डाला गया, और उसके बाद उन विरोधी पार्टियों की कड़ी आलोचना की जाने लगी, विशेषकर उस पार्टी की जो हमारी पार्टी के विरुद्ध नगर निगम का चुनाव लड़ रही थी और जिसका मतदान दो दिन बाद होने जा रहा था। अन्त में रामदयाल ने शम्भूनाथ की आत्मा की सद्गति के लिए भगवान से प्रार्थना की और फिर एक बार हाथ उठाकर जोश-भरे लहजे में बोला, "हम अपने स्वर्गीय साथी शम्भूनाथ की लाज रखेंगे। जिस ध्येय के लिए संघर्ष करते हुए उन्होंने अपना जीवन निछावर किया है, हम उसे पूरा करेंगे... !"

भाषण लम्बा नहीं था, उसमें शम्भू के गुणों का बखान था, पर साथ ही उसमें होनेवाले चुनाव की ओर भी इशारा था, जो मुझे असंगत-सा लगा। लेकिन रामदयाल के दिमाग पर चुनाव छाया हुआ था। उसे अन्य किसी बात की सुध नहीं थी। जाहिर है, मृतक की आत्मा के लिए शान्ति की प्रार्थना करते समय भी वह चुनावों का जिक्र करने लगा था।

ट्रक फिर चलने लगा। अब इसके बाद ट्रक के पीछे-पीछे 'रामनाम सत्त है!' का उच्चारण बड़ा अटपटा और बेतुका होता। ज्योंही ट्रक चला, ट्रक के आगे-आगे एक बैंडबाजा बजने लगा। मैंने किसी बैंडबाजे को नहीं देखा था। रामदयाल बैंडबाजे का भी प्रबन्ध कर आया था। अरथी क्या, मानो शम्भूनाथ का जुलूस

निकाला जा रहा हो! बैंडबाजा अवसादपूर्ण धुन ही बजा रहा था लेकिन कुछ-कुछ बाजारू ढंग से। बैंडबाजा भी वह था, जो शादियों के समय बारात के आगे-आगे जाता है। उधर हर दूसरे-तीसरे मिनट के बाद कोई-न-कोई स्वयंसेवक माइक्रोफोन के पीछे खड़ा होकर, हाथ उठाकर दो-तीन नारे लगा देता। तभी रामदयाल की नजर फिर मुझ पर पड़ी। उसका चेहरा खिल उठा, मानो कह रहा हो—अब तो खुश हो? तुम्हें मुझ पर विश्वास नहीं था, देखा मेरा बन्दोबस्त? मिनटों में अरथी का रूप बदल दिया है! एक साधारण व्यक्ति की अरथी से अब यह एक नेता की अरथी बन गई है! मेरे पास आकर रामदयाल ने मुझे जबरदस्ती ट्रक पर चढ़ा दिया।

"तुम ट्रक के पीछे-पीछे कहाँ तक चलते रहोगे! ऊपर चढ़ जाओ। अभी श्मशान-भूमि पहुँचने में बहुत वक्त लगेगा।"

मैंने पूछा, "क्या ट्रक को घुमा-फिराकर ले जा रहे हो?"

"हाँ, तो। जब जुलूस की शक्ल में ले जाएँगे, तो कुछ इलाकों में से तो लेकर जाना ही चाहिए। यों सीधे श्मशान-भूमि में ले जाने में क्या तुक है? साथ में थोड़ा प्रचार भी हो जाएगा।"

शम्भू की देह फूलों से लदी थी। उसे देखकर मेरा दिल भर आया। गली में बाँसों की खपच्चियों के बीच बँधा शम्भू मुझे दीन-हीन लगा था, यहाँ वह बड़ा प्रभावशाली लग रहा था। लेकिन उसका चेहरा कुछ-कुछ सूजने लगा था—कुछ-कुछ नीला और सूजा हुआ, और ठुड्डी कुछ-कुछ टेढ़ी-सी लगने लगी थी और आँखें खुली थीं। एक आँख सिकुड़ने लगी थी जब कि दूसरी थोड़ी ज्यादा खुल गई थी। तेज धूप उसके चेहरे पर पड़ रही थी। मैंने आगे बढ़कर, साहस बटोरकर, उसकी दोनों आँखें दबाकर बन्द कर दीं।

मैं लौटकर पीछे एक स्टूल पर जा बैठा। ट्रक मन्थर गति से चलता जा रहा था। और सबसे ज्यादा जोश और बलबले का दृश्य उस समय देखने में आया, जब ट्रक पार्टी-उम्मीदवार हरनारायण के घर के सामने रुका। बैंडबाजा बन्द हो गया। हरनारायण पहले से घर के चबूतरे पर खड़ा था। फूलों के गजरे हाथ में लेकर वह चबूतरे पर से उतरा और ट्रक पर चढ़ गया। पहले तो कुछ देर तक शम्भू के चरणों पर दोनों हाथ रखे नतमस्तक खड़ा रहा, फिर सिर नवाकर शम्भू को नमस्कार किया और अपनी श्रद्धांजलि अर्पित करते हुए पुष्पहार उसके पाँवों के पास रख दिये। वातावरण तालियों की गड़गड़ाहट से गूँज उठा। फिर वह हाथ बाँधे वहीं मिनट-भर के लिए खड़ा रहा और फिर मुड़कर जनता के सामने आ गया और हाथ जोड़कर उसने चारों ओर नमस्कार किया। इसके बाद वह लोगों के आग्रह पर माइक्रोफोन के पीछे आ गया और शम्भूनाथ की सेवाओं की चर्चा करने लगा। बार-बार उसका गला भर आता।

"स्वर्गीय शम्भूनाथ का जीवन हम सबके लिए एक मिसाल है। मरते दम तक उन्होंने देश और जाति की सेवा की। जिस पार्टी में ऐसा आदमी काम कर गया हो, वह कभी मर नहीं सकती! वह सदा जिन्दा रहेगी और जनता की दिन दूनी, रात चौगुनी सेवा करेगी!"

और हरनारायण के भाषण खतम करते ही ट्रक पर लगे माइक से नारे लगने शुरू हो गए : 'अपना कीमती वोट किसको दोगे?'

'हरनारायण को!'

'देश का सच्चा सेवक कौन है?'

'हरनारायण!'

एक स्वयंसेवक माइक्रोफोन पर खड़ा यह सवाल पूछ रहा था और सड़क पर ट्रक के साथ-साथ चलनेवाले वालंटियर, जिनके गले महीनों की नारेबाजी के कारण बैठे हुए थे, उत्तर में हाथ उठा-उठाकर नारे लगा रहे थे। मैंने माइक्रोफोन से कुछ दूर हटकर खड़े रामदयाल की ओर देखा। मुझे लगा, जैसे नारे लगाने के बारे में उसकी अनुमति प्राप्त कर ली गई है, या शायद उसी के सुझाव पर ये नारे लगाए जाने लगे हैं। फिर तो एक बँधा-बँधाया क्रम चल पड़ा। हर चौक के पास ट्रक खड़ा हो जाता, रामदयाल या पार्टी का कोई सदस्य छोटा-सा भाषण करता, फूलों के दो-चार और गजरे शम्भू के पैरों पर डाल दिये जाते और शम्भू के नाम के साथ-साथ पार्टी और हरनारायण के नाम के नारे भी लगाए जाने लगते।

साढ़े बारह बज रहे थे। जब ट्रक ने लारेंस पुल पर किया, मैंने इत्मीनान की साँस ली। यहाँ से एक रास्ता श्मशान-भूमि को जाता था, दूसरा शिवपुरा को। मैं कुछ देर से अटपटा महसूस करने लगा था और चाहता था कि यह जुलूस खत्म हो और शम्भू को ठिकाने लगाया जाए, पर लारेंस पुल पार करके ट्रक श्मशान-भूमि वाली सड़क पर जाने की बजाय शिवपुरा की ओर घूम गया। शिवपुरा चुनाव-क्षेत्र का ही एक मोहल्ला था और उसे विरोधी पार्टी का गढ़ माना जाता था। मेरा दिल धक्-से रह गया। हमारी पार्टी के लोग अभी तक प्रचार करने उस मोहल्ले में केवल एक ही बार गए थे। यहाँ उन पर पथराव हुआ था और वे दोबारा उस ओर जाने की हिम्मत नहीं कर पाए थे। रामदयाल की सूझ-बूझ पर मुझे गहरा यकीन था लेकिन यह कदम मुझे बड़ा गलत और जोखिम-भरा लगा।

पुल पार करते ही बैंडबाजा बन्द हो गया और नारे गूँजने लगे। नारों के बाद ग्रामोफोन पर एक धुन बजाई जाने लगी और इस तरह बीसियों वालंटियरों, पार्टी-सदस्यों और राह जाते दर्शकों की भीड़ के बीच ट्रक शिवपुरा में दाखिल हुआ। शिवपुरा की छतों पर से लोग जुलूस को देखे जा रहे थे। ट्रक पर हमारी पार्टी के झंडे-ही-झंडे लहरा रहे थे और जो स्वयंसेवक तथा सदस्य इस ओर आने की सोच भी नहीं सकते थे, वे भी जोश में नारे लगाते जा रहे थे। ट्रक को सीधा बड़े चौक

में लाकर खड़ा कर दिया गया। ट्रक को ही मंच बनाकर उस पर से भाषण किए जाने लगे। रामदयाल फिर से माइक्रोफोन के पीछे खड़ा था। उसने फिर हाथ उठाकर अपना भाषण आरम्भ किया :

शहीदों की चिताओं पर लगेंगे हर बरस मेले,
वतन पर मरनेवालों का यही बाकी निशां होगा!

मैंने शम्भू के चेहरे की ओर देखा। उसकी आँखें फिर से खुल गई थीं और पथराई-सी आसमान पर लगी थीं। चेहरा पहले से ज्यादा सूजा हुआ था और धूप के कारण चमड़ी जगह-जगह से फटने लगी थी। मेरा मन चाहा, फूलों के कुछ-एक गजरे लेकर ही उसका चेहरा ढँक दूँ, लेकिन यह सम्भव नहीं था। जुलूस की शक्ल में ले जाई जानेवाली अरथी में मुँह को उघाड़े रखा जाता है कि लोग दर्शन कर सकें।

मैं अभी उसकी आँखें बन्द करके स्टूल पर बैठा ही था कि एक उड़ता हुआ पत्थर कहीं से आया और ट्रक की दीवार के साथ लगा। फिर एक और पत्थर आया और सीधा उस मेज के पास गिरा, जिस पर शम्भू की लाश रखी थी। पर रामदयाल ने अपनी सूझ नहीं खोई। उसने फौरन दोनों पत्थर उठा लिये और माइक्रोफोन पर से बोला, ''साहबान, किसी दोस्त ने हमारे स्वर्गीय साथी शम्भूनाथ की अरथी पर पत्थर फेंके हैं। हम इन्हें पत्थर नहीं, फूल मानकर स्वीकार करते हैं और फेंकनेवाले को धन्यवाद देते हैं! ऐसे बरसते फूलों के बीच ही हमारे साथी ने जान दी है।''

बात जम गई। सनसनी जोश में बदल गई। 'पार्टी जिन्दाबाद' के नारे गूँज उठे, 'शम्भूनाथ जिन्दाबाद' के नारे भी और 'हरनारायण जिन्दाबाद' के नारे भी। एक ही नारा बार-बार दोहराया जाने लगा।

'वोट किसको दोगे?'

'हरनारायण को!'

'देश का सच्चा सेवक कौन है?'

'हरनारायण!'

स्वयंसेवकों के चेहरे तमतमा रहे थे। लगता था, उन्होंने अपने नारों से विरोधी पार्टी के छक्के छुड़ा दिये हैं। जुलूस किसी चलते सैनिक-शिविर का-सा लगने लगा था, जो सीधा दुश्मन की छावनी में घुस आया था।

इसी तनाव के बीच ट्रक चौक में से निकलकर फिर से बैंड की अवसादपूर्ण धुन के साथ चलता हुआ शिवपुरा की एक-एक गली, एक-एक सड़क पर से गुजरा—विरोधी उम्मीदवार के घर के सामने से भी विरोधियों को ललकारता हुआ गुजरा, फिर जयघोष करता हुआ श्मशान-भूमि की ओर रवाना हुआ।

लगभग दो बजे ट्रक ने फिर लारेंस पुल पार किया। शिवपुरा पार करते ही ट्रक के आसपास की भीड़ छँटने लगी थी। पुल पार करने के बाद तो गिने-चुने वालंटियर

ही उसके साथ रह गए। लारेंस पुल पार करने के बाद रामदयाल ने बैंडबाजे को भी लौटा दिया। बिजलीवाले माइक्रोफोन को और उसके साथ जुड़े सभी तारों को भी उतारकर ले गए। पुल पार करने के बाद ट्रक की रफ्तार तेज कर दी गई। दो-तीन स्वयंसेवक कूदकर ट्रक में चढ़ गए और बाकी पार्टी के चुनाव-दफ्तर की ओर लौट गए क्योंकि दो रोज बाद वोट पड़नेवाले थे। रामदयाल मेरा लिहाज करके श्मशान तक चला आया।

श्मशानभूमि में शम्भू की पत्नी अपनी दो गरीब पड़ोसिनों के साथ घंटों से एक चबूतरे पर बैठी हमारी राह देख रही थी। वह घबरा रही थी कि जाने कब अरथी पहुँचेगी और उन्हें जलाने के लिए कुंड भी मिल पाएगा या नहीं। हम पहुँचे तो वह घबराई हुई मेरे पास आई।

"भाई साहब, जलाने को कुंड भी मिलेगा या नहीं? पाँचों के पाँचों कुंड भरे हुए हैं, एक भी खाली नहीं है!"

मैंने आसपास देखा, सचमुच कुंडों में चिताएँ जल रही थीं। पर मैंने उसे ढाढ़स बँधाते हुए कहा, "चिन्ता की कोई बात नहीं, रामदयाल हमारे साथ है। सारा प्रबन्ध कर देगा।"

लगभग चार बजे रामदयाल और मैं फिर अपनी मोटर में बैठकर घर को लौट रहे थे और रामदयाल मोटर में बैठा-बैठा फिर से ऊँघने लगा था। उसके दोनों गोल-गोल पिलपिले हाथ गोद में रखे थे और ठुड्डी पहले से भी कहीं ज्यादा छाती पर झुक आई थी और बार-बार दाएँ-बाएँ झूल रही थी। मेरा मन उखड़ा-उखड़ा था। मैं थक गया था।

बूचड़खाने के पास पहुँचकर मोटरकार को फिर से रुक जाना पड़ा। वही, लगभग वैसा ही दृश्य था। केवल बूचड़खाना चालू हो गया था और खट-खट, खटाखट की आवाजें आ रही थीं। बैरक के बाहर अभी भी बकरियों की भीड़ खड़ी थी और उसमें सुबह ही की तरह कुछ बच्चे झपट-झपटकर दूध दुहने की और मींगनियाँ बटोरने की चेष्टा कर रहे थे।

ट्रैफिक के कारण मोटर रुक जाने से रामदयाल की आँखें खुल गईं। वह इधर-उधर देखने लगा और फिर अपना गोल पिलपिला हाथ मेरे घुटने पर मारकर अपनी घरघराती हँसी के साथ बोला, "अगर अब भी हरनारायण नहीं जीते, तो उसकी किस्मत! हमसे तो जो बन पड़ा, हमने कर दिया। दुश्मन के गढ़ को तोड़ आए, और क्या कर सकते थे! हमारे लिए तो उनके इलाके में घुसना मुश्किल हो रहा था। सब मौके-मौके की बात है...!"

और मोटर चली तो वह थोड़ी ही देर बाद ऊँघने लगा।

जख्म

गाड़ी चली, तो वह देर तक दरवाजे में खड़ा बाहर देखता रहा—कभी दाईं ओर इंजन की दिशा में सिर घुमाता, कभी बाईं ओर पीछे की तरफ। बूढ़ा आदमी क्या देखे जा रहा है, यह जान पाने के लिए मैंने भी खिड़की में से सिर बाहर निकाला। मुझे कोई खास बात नजर नहीं आई, सिवा इसके कि स्टेशन पीछे छूट जाने पर रेलगाड़ी साँप की भाँति बल खाती हुई लाइन बदल रही थी। लगा, जैसे डिब्बों के नीचे पहिए नहीं हैं और गाड़ी पेट के बल लाइन काट रही है। गाड़ी के अगले डिब्बे अब एक और लाइन काटकर तीसरी लाइन पर जा रहे थे। मैंने पीछे की ओर देखा—गाड़ी तीन-तीन बल खा रही थी और उसमें लहरिए पड़ रहे थे। क्या बुढ़ऊ यही कुछ देख रहा है ? बूढ़े का उत्साह मुझे बड़ा बचकाना और बेमानी-सा लगा। गाड़ी रफ्तार पकड़ रही थी और लाइन के साथ-साथ खड़े पेड़ सरपट भागने लगे थे, जबकि घाटी के पार खड़े पेड़ लपक-लपककर आगे की ओर आने लगे थे। आसपास का सारा इलाका गाड़ी की गति के साथ गतिशील हो उठा था।

तभी वह दरवाजा बन्द करके अपनी सीट पर आ गया। अब वह जरूर गाड़ी के बारे में कोई टिप्पणी करेगा। जब से सफर शुरू हुआ था, उस वृद्ध के टिप्पण चल रहे थे। बात-बात पर अपने सुझाव, मत, टिप्पण देता आ रहा था।

''अब गाड़ी छूटने पर झटका नहीं लगता, जैसा पहले लगा करता था।'' उसने बड़ी तृप्ति के भाव से कहा, ''गाड़ी बड़ी समतल गति से रफ्तार पकड़ती है।'' फिर अपना दायाँ हाथ उठाकर हवा में तैरता हुआ-सा गाड़ी की समतल गति का संकेत करने लगा, ''अब इंजन डीजल से चलते हैं, पहले स्टीम से चला करते थे। स्टीम से चलनेवाले इंजन में झटका लगता था।''

मैंने औपचारिकता में सिर हिला दिया।

''स्टीम-इंजनों का जमाना अब खत्म हो चुका है। वे उन दिनों चलाए गए थे, जब कोयला आम हुआ करता था। अब कोयला महँगा पड़ता है।'' फिर सहसा उसने नाक-भौं सिकोड़कर कहा, ''भट्ठी में सारा वक्त कोयला झोंकते रहो, क्यों

भला ? इससे कपड़े भी गन्दे होते हैं, हाथ भी गन्दे होते हैं। बिजली साफ-सुथरी चीज है। बटन दबाओ, और गाड़ी चलने लगती है...''

मैंने फिर सिर हिला दिया। पर वह मेरे सिर हिला देने भर से सन्तुष्ट नहीं हुआ।

''फ्रांसवालों ने एक बहुत बढ़िया तरकीब निकाली है...वे दो-ट्रैक लाइनों की जगह अब एक-ट्रैक लाइन पर गाड़ियाँ चलाने लगे हैं। बिजली की करेंट नीचे पटरी के रास्ते से आती है।'' वह बड़े उत्साह से सुनाए जा रहा था, ''गाड़ी के नीचे उन्होंने ट्रासफॉर्मर लगा दिये हैं। अब होता क्या है, ट्रांसमिशन लाइन तो ए.सी. में रहती है, जबकि ट्रांसफॉर्मर लग जाने से इस्तेमाल डी.सी. होती है। वह सस्ती भी रहती है और काम भी साफ-सुथरा होता है...''

बूढ़ा अपना ज्ञान बघार रहा था। इससे अधिक अखरनेवाली बात यह थी कि वह बड़े उत्साह के साथ बोले जा रहा था। मैं ऐसे अनेक लोग देख चुका हूँ, जो बड़े उत्साह से बातें करते हैं, बात-बात पर हँसते हैं, अपनी आशावादिता की नुमाइश करते हैं। यह आदमी कोई अवकाश-प्राप्त इंजीनियर जान पड़ता था। इसे बढ़ावा दिया, तो रेलवे की सारी हिस्टरी सुनाएगा। और डिब्बे में हम दो ही मुसाफिर हैं, मुझे ही सब सुनना पड़ेगा। पर उसे बढ़ावा देने की जरूरत नहीं थी।

''हमारे एयर-कंडीशंड कोच दुनिया में सबसे बढ़िया हैं...पर अभी भी कहीं-कहीं दोष पाए जाते हैं...धूल-मिट्टी अभी भी अन्दर आ जाती है। फिर एक ही कमरे में चार-चार कॉल-बेल लगाने की क्या जरूरत है ? एक ही कॉल-बेल से डिब्बे के सभी मुसाफिरों का काम चल सकता है। मैंने रेलवे बोर्ड को इस बारे में लिखा है।''

बूढ़ा लगभग 70 साल का रहा होगा—अपने अड्डे से टूटा हुआ कोई इंजीनियर, जो अवकाश प्राप्त कर चुकने के बाद भी अपने माहौल से छुटकारा नहीं पा सकता था। दुबला-सा साँवले रंग का आदमी, ऊपर से नीचे तक पिचका हुआ और सिर पर सफेद किश्तीनुमा टोपी।

मुझे उसके साथ घुल-मिलकर बातें करने की कोई इच्छा नहीं थी। मैं चुपचाप अपनी सीट पर अलग-अलग पड़े रहना चाहता था। मुझे यह पूछने की इच्छा भी नहीं थी कि वह कौन है, कहाँ जा रहा है। हर राह जाते मुसाफिर से भाईचारा कौन करे!

उसने शायद मेरी बेरुखी को भाँप लिया, ''आपको इसमें कोई विशेष रुचि नहीं जान पड़ती ?'' उसने ठिठककर कहा।

मैं उसकी ओर देखता रहा।

''नहीं...नहीं, आजकल कितना कुछ हो रहा है, इसमें रुचि तो होनी ही चाहिए।''

थोड़ी देर तक वह चुप रहा—शायद मेरी बेरुखी के कारण। पर मैं जानता था,

वह बोलेगा, बोले बिना नहीं रह सकता। बुढ़ापे में कदम रखने पर सभी हिन्दुस्तानियों के मस्तिष्क में से सुझाव फूट-फूटकर निकलने लगते हैं। सभी बूढ़ों के पास देश की सभी बीमारियों के नुस्खे मौजूद होते हैं—गरीबी दूर करने के, भ्रष्टाचार दूर करने के, भारतीयों का चरित्र ऊँचा उठाने के। यह भी कोई ऐसा ही समाज-सेवक जान पड़ता था। ऐसे लोगों से मुझे चिढ़ है।

''आप दिल्ली से आ रहे हैं। दिल्ली में आपकी मुलाकात प्रधानमंत्री से हुई होगी?'' मैंने व्यंग्य में कहा।

उसने बड़े सहज ढंग से मेरी ओर देखकर कहा, ''वह बहुत व्यस्त थीं। मैंने दरख्वास्त तो दी थी, पर उनसे मुलाकात नहीं हो पाई।''

''व्यस्त तो राष्ट्रपति भी रहे होंगे?'' मैंने फिर व्यंग्य में कहा।

''उन्हें क्या काम है? सैनिकों की छाती पर मेडल लगाना, भाषण देना, अस्पतालों का उद्घाटन करना...'' उसने सिर झटक दिया।

मुझे लगा, राष्ट्रपति की भूमिका से वह सन्तुष्ट नहीं है। पर पता चला कि वह सचमुच राष्ट्रपति से मिलकर आया था और उन्हें अपने सुझाव भी देकर आया था।

''वास्तव में दिल्ली में मैं इनकम-टैक्स बोर्ड के किसी सदस्य से मिलना चाहता था। इनकम-टैक्स पद्धति में सुधार की बड़ी जरूरत है। मैं अपने सुझाव लिखकर दे आया हूँ।''

अवकाश जो न कराए, कम है, मैंने मन-ही-मन कहा। किसी भाँति डूबने से बच पाओ। जिन्दा बने रहने के लिए इस आदमी ने समाज-सेवा का दामन पकड़ रखा है।

वह उठा और सीट के नीचे से एक छोटा-सा बक्सा निकाल लाया। बक्सा कागजों से भरा था। छोटे-छोटे, दो-दो, तीन-तीन पन्नों के लेख अंग्रेजी में टाइप किए हुए, वह निकाल-निकालकर और उनके शीर्षक पढ़-पढ़कर अपनी बगल में रख रहा था। पर उसे इनकम-टैक्स सम्बन्धी सुझावों के कागज नहीं मिले।

''मैं अपने विचार लिख डालता हूँ। विचारों को लिख डालो, तो अपने ही मन में एक प्रकार की स्पष्टता आ जाती है।''

और उसने चार-पाँच लेख चुनकर मेरी ओर बढ़ा दिये। लेख ही थे—छोटे-छोटे, विभिन्न विषयों पर। मैंने शीर्षक पढ़े, तो अब ऊब के बावजूद हँसी आ गई: 'जनतंत्रवाद के दोष', 'हिन्दू समाज में विधवा की स्थिति', 'राम की कॉमेडी', 'सीता की ट्रैजिडी', 'एक वार्तालाप : एक वैज्ञानिक, पंडित तथा भगवान के बीच', 'नंगा सच' आदि। पर फिर मन ऊब से भर उठा, वही बरसों के घिसे-पिटे निष्कर्ष, 'लड़की को स्वयं अपना वर चुनने का हक होना चाहिए', 'दहेज की प्रथा नहीं होनी चाहिए', 'विधवा को पुनर्विवाह की इजाजत होनी चाहिए'। मैंने नजर उठाकर उसकी ओर देखा। तीन-चार बरस का और खेल है, ज्यादा-से-ज्यादा सात-आठ

बरस का, मैंने मन-ही-मन कहा—लिखने दो, कितने लेख और लिख लेगा! समाज-सुधार के कितने सुझाव और पेश कर लेगा! मैंने लेख लौटाते हुए उसके चेहरे की ओर देखा। उसकी छोटी-छोटी आँखें निस्तेज थीं। किन्तु उनमें भटकन ही थी। स्थिर, आश्वस्त दृष्टिवाली आँखें, मानो जिन्दगी भर की बेचैनी से छुटकारा पा गया हो! पर ऐसी आँखें तो किसी घटिया कलाकार के चेहरे पर भी मिल जाती हैं, जो भोंडी रचना रच चुकने के बाद आश्वस्त, मुस्कुराता हुआ चलता है; और अब अनगिनत साधुओं के चेहरे पर भी, जिन्होंने एक ओढ़नी ओढ़ रखी होती है।

फिर सहसा उस आदमी के प्रति मेरा रुख बदल गया। इस आदमी को कुरेदो, मैंने मन-ही-मन कहा। जो आदमी सुधार करने निकलते हैं, वे जरूर अन्दर से कहीं टूटे होते हैं। यह आदमी जरूर कहीं से भागकर समाज-सेवा की शरण में आया है। इसे कुरेदो। जो आदमी इस उम्र में समाज को पटरी पर बैठाने निकला है, उसके अन्दर गहरे में कहीं जरूर कोई जख्म होगा। ऐसे लोग दुनिया को तो धोखा देते ही हैं, सबसे बढ़कर अपने को धोखा देते हैं।

वह आदमी मुस्कुरा रहा था—शान्त, स्थिर मुसकान। जी में आया, उसके चेहरे पर से इस ओढ़ी हुई मुसकान का आवरण नोच डालूँ, ताकि उसका असली चेहरा—जीवन से त्रस्त और भयाकुल चेहरा—सामने आ जाए।

"आपका परिवार तो गाँव में ही रहता होगा?"

मैंने ठीक सवाल पूछा है। सभी जख्म परिवार में ही लगते हैं। उसका चेहरा साफ बता रहा है कि तीर निशाने पर बैठा है। उसके चेहरे पर छाया-सी दौड़ गई।

उसने अपने बेटे के बारे में बाद में बताया, पागल बेटी के बारे में सबसे पहले। "वह बत्तीस बरस की है, पर चिल्लाती नहीं—चुपचाप बैठी रहती है। छोटा-मोटा अपना काम भी कर लेती है। मैंने उसे अपनी बहन के पास दूसरे गाँव में छोड़ रखा है। मैं घर-खर्च देता हूँ। बेटे की मृत्यु पाँच बरस पहले हुई है...मेरे रिटायर होने के बाद...दिल की गति रुक जाने से। वह बहन से तीन बरस छोटा था।" बोला, "लेकिन मुझे इसका खेद नहीं है। सभी को देर-सवेर मरना ही है, मर जानेवाले व्यक्ति पर क्या रोना!"

अब यह झूठ बोलने लगा है। अपने जख्म को फिर से ढकने लगा है। मुझे फिर से भ्रम में डालने लगा है। साफ-साफ क्यों नहीं कहता कि बेटे के मर जाने और बेटी के पगला जाने के ही कारण वह समाज-सुधार करने निकला है? मैं भी तो शिष्टतावश सिर हिलाए जा रहा हूँ! यह शिष्टता ही तो हमारी सबसे बड़ी दुश्मन है, हमें यथार्थ से चार आँख नहीं होने देती। मैं चाहता हूँ, यह आदमी अपने जख्म को देखे और कहे कि यह कभी भर नहीं पाएगा, कि वह अपने को झुठला रहा है। यह जानता भी है, फिर भी इस बात को कबूलता क्यों नहीं?

"क्या आपके बेटे का विवाह हो चुका था?" मैं फिर कुरेदने लगा हूँ।

क्षण-भर के लिए उसकी आँखें मेरी ओर ताकती रहीं, फिर कहने लगा, "बेटे की पत्नी अब एक स्कूल में पढ़ाती है। अपने गाँव में हमने बच्चों के लिए एक स्कूल खोल रखा है, वह उस स्कूल को देखती है। हमारा स्कूल जिले-भर में सबसे बढ़िया स्कूल माना गया है। इस साल हम स्कूल में दो कक्षाएँ और बढ़ा देंगे।" उसने फिर से वैसे ही अपना हाथ हवा में तैराया, जैसे स्टीम की तुलना में बिजली के गुण बताते हुए तैराता रहा था। उसका उत्साह फिर बढ़ने लगा था।

वह आदमी अपने कागज समेटकर बक्से में डाल रहा था। मैंने मन-ही-मन कहा, 'आज से पाँच साल बाद इस आदमी के हाथ कागज समेटते समय काँप रहे होंगे।' कह चुकने के बाद मैंने पाया कि मेरे मन पर कोई असर नहीं हुआ। 'आज से दस बरस बाद यह आदमी दुनिया में नहीं होगा, कहीं पर भी नहीं होगा।' मैंने आँख उठाकर उसकी ओर देखा। इस वाक्य का भी मुझ पर कोई असर नहीं हुआ। यह जीते-जी भी उतना ही असंगत है, जितना मरने के बाद हो जाएगा। इस बीच उसने चश्मा उतारकर हाथ में ले लिया था और बड़ी दार्शनिक-सी आवाज में कह रहा था, "अभी तक जितने भी धर्म हुए हैं, उनमें नैतिक नियमों का तो दखल था लेकिन साइंस और अर्थशास्त्र का दखल नहीं था। अब हमें एक ऐसे धर्म की जरूरत है, जो विज्ञान, अर्थशास्त्र और नीतिशास्त्र पर आधारित हो..."

अपने एक-एक वाक्य से वह मेरे सामने नंगा हो रहा था। यह धर्म की बात इसलिए करता है कि इसे स्वयं धर्म की सबसे अधिक जरूरत है। बेटे की मौत को न समझ पाने के ही कारण यह नए धर्म की कल्पना करने लगा है। पर यह मानता क्यों नहीं?

मेरे अन्दर सहसा एक भभूका-सा उठा। मैं नहीं जानता, क्यों मेरे मन में उस व्यक्ति के प्रति वैमनस्य का इतना तीखा भाव उठ खड़ा हुआ था। क्या इसलिए कि वह बूढ़ा हो चला था? क्या इसलिए कि वह मुझे बहुत बड़े भ्रम और पाखंड का शिकार लगने लगा था? जो झूठ का लबादा ओढ़े मुस्कुराते रहना चाहता है? जो न इनसान को समझता है, न इनसान की नियति को?

"आपके इन सुझावों से क्या देश में रामराज्य आ जाएगा?"

वह ठिठक गया। बोला, "कौन जाने! शायद कुछ भी नहीं होगा!" फिर बड़ी विनम्रता से बोला, "क्या सचमुच मेरे विचारों में कोई सार नहीं है? आप क्या सोचते हैं? हमें क्या करना चाहिए?"

मैं चुप रहा। उसकी विनम्रता और साफगोई में मुझे अहं की बू आने लगी थी।

गाड़ी अब बीहड़ मैदानों के बीच भागती चली जा रही थी। अँधेरा पड़ चुका था और खिड़की में से झाँककर भी देखो, तो अन्धकार के पुंज-ही-पुंज नजर आते

थे। यह आदमी किसी शहर में मुझसे मिलता, तो इस वार्तालाप का कोई सन्दर्भ होता। भागती गाड़ी में तो इनसान न केवल अपने परिवेश से, बल्कि दीन-दुनिया से ही कट जाता है। केवल भागती गाड़ी के परिप्रेक्ष्य में ही हम एक-दूसरे को देखे जा रहे थे। किसी चीज का कोई स्थायी अस्तित्व नहीं रह गया था। अस्तित्व था, तो दौड़ती गाड़ी का, क्षण-प्रतिक्षण भागते समय का। लगता, जैसे गाड़ी पृथ्वी की बीहड़ घाटियाँ पार करती जा रही है और शताब्दियाँ पीछे छूटती चली जा रही हैं। और दो मानव-प्रेत एक-दूसरे को घूरते जा रहे हैं। जब किसी चीज का कोई अर्थ नहीं रह गया है, तो यह किस चीज से चिपटा हुआ है ? जहाँ सबकुछ टूट रहा है, वहाँ यह किन टुकड़ों को जोड़ने की कोशिश कर रहा है ?

मेरा मन चाहा, आगे बढ़कर उसकी टोपी सिर पर से उठाकर उछाल दूँ। और मैंने वही किया। मैं अपनी सीट पर से उठा। उस समय वह अपने लेखों की पिटारी खोले उन पर झुका हुआ था। उसने मेरी आहट पाकर सिर ऊपर उठाया, ''यह देखो, इनकम-टैक्सवाला लेख मिल गया है!' और वह अपनी भोंडी विनम्रता में मुस्कुराता हुआ मेरी ओर देख रहा था।

क्षण-भर के लिए मेरे हाथ ठिठके...मैं भी तो अपने संस्कारों के चंगुल से छटपटाकर ही निकलता हूँ! मैंने अपनाा हाथ बढ़ाया। उसने अपना लेख उठाकर मेरी ओर बढ़ाया और मैंने लेख की ओर हाथ बढ़ाने की बजाय उसके सिर की ओर उसकी सफेद, चमचमाती किश्ती-टोपी की ओर हाथ बढ़ाया और उसे एक झटके से ऊपर फेंक दिया।

टोपी उड़ी, डिब्बे की छत से टकराई, बिजली के पंखे से टकराई और उड़ते पंछी की भाँति फड़फड़ाती दाईं ओर की दीवार के साथ जाकर टकराई, जहाँ खूँटी पर उसकी थर्मस-बोतल लटक रही थी। और वहाँ से फटे चिथड़े की भाँति झूलती नीचे आ गिरी।

''यह क्या मजाक है ? इसका मतलब ?''

''यही नहीं, मैं कुछ और भी करने जा रहा हूँ!'' और मैंने आगे बढ़कर एक के बाद एक, दो थप्पड़ उसकी चाँद पर जड़ दिये।

वह उठकर खड़ा हो गया, ''तुम मेरा अपमान कर रहे हो जी! मैं तुम्हारे बाप की उम्र का हूँ! तुम हो कौन ? कौन हो तुम ? इसका मतलब ? मैं अभी चेन खींचूँगा! तुम समझते क्या हो ?''

वह दाएँ हाथ की दीवार की ओर बढ़ा। मैंने सोचा, चेन खींचने जा रहा है लेकिन चेन खींचने के बजाय वह वास्तव में अपनी टोपी उठाने गया था। उसने नीचे झुककर सामान के बीच गिरी अपनी टोपी उठाई, उसे आस्तीन के साथ पोंछा और सिर पर पहन लिया।

वह चुपचाप मेरी ओर देखता रहा। उसकी साँस फूल रही थी। फिर धीरे-धीरे

उसके चेहरे की मांसपेशियाँ कुछ-कुछ ढीली पड़ने लगीं। मुझे ऐसा भास हुआ, जैसे उसके होंठों पर हल्की-सी मुस्कुराहट लौट आई है। वह फिर से पाखंड की ओढ़नी ओढ़ रहा है, ''तुमने मेरी परीक्षा ली है क्या? पर मैं पूरा नहीं उतरा! मेरी बातें तुम्हें अखरेंगी, यह मैं समझ सकता हूँ, पर तुमने किस बात का विरोध किया है? जब मैं तुम्हारी उम्र का था, तो मैंने एक अंग्रेजी अफसर की टोपी उतारकर फेंक दी थी और मैं तीन साल तक जेल में रहा था। पर वह जमाना दूसरा था।'' फिर धीरे से बोला, ''मगर वह तो देश का दुश्मन था, मैं तो दुश्मन नहीं हूँ! मैं किसका दुश्मन हूँ?''

मैंने आगे बढ़कर सीधा एक झापड़ उसके मुँह पर जड़ दिया। उसका मुँह दोहरा हो गया। उसकी नाक बह आई जिससे मेरी सारी हथेली सन गई। उसकी टोपी फिर नीचे जा गिरी थी। इतने जोर का झापड़ देने का मेरा कोई इरादा नहीं था। मेरा अपना दिल दहल गया। मैं भी तो अपने संस्कारों से अपना पिंड पूरी तरह से छुड़ा नहीं पाया हूँ। उसके मुँह से चीख-सी निकली।

''सुअर के बच्चे!'' वह चिल्लाया। फिर जैसे रोकर बोला, ''मार डाल...मुझे मार डाल! मैं अकेला हूँ, बूढ़ा हूँ। मेरे बदन में ताकत नहीं है। क्या इसीलिए तू मुझे मार डालना चाहता है?''

मैं जितना अधिक अपने व्यवहार पर हैरान हो रहा था, उतना अधिक मुझे बढ़ावा मिल रहा था। मैं उसे जलील करना चाहता था। वह आदमी मुझे चिथड़ा-सा लग रहा था, जिसे मैं अपने पैरों तले रौंद डालना चाहता था। मेरे मन में आया, आगे बढ़कर उसके कपड़े फाड़ दूँ, उन्हें तार-तार कर दूँ। मुझे लगा, जैसे वह मेरे साथ चिपटा हुआ है और मैं उसे अपने जिस्म से अलग नहीं कर पा रहा हूँ। मैं उसे उखाड़कर अपने से अलग कर देना चाहता था।

मैंने आगे बढ़कर खिड़की का पल्ला उठा दिया। फिर उसकी ओर लौट आया। वह अपनी सीट में धँस गया था और मेरी ओर देखे जा रहा था। पर उसने मेरे सामने हाथ नहीं जोड़े, बिलबिलाया-गिड़गिड़ाया भी नहीं। मैंने आव देखा न ताव, नीचे झुककर उसके लेखों का बक्सा उठाया और उसे खिड़की से बाहर फेंक दिया। बाहर गिरने के पहले ही बक्से में से लेख उड़ने लगे थे। दो-एक कागज तो खिड़की में से उड़ते हुए फिर अन्दर आ गए थे।

फिर मैंने खिड़की का पल्ला गिरा दिया।

पर यह काम करने के बाद सहसा मेरा मन खिन्न हो उठा। उस आदमी की भाँति, उसके छिछले लेखों की भाँति मुझे अपनी यह हरकत भी छिछली और बेहूदा लगी। अचानक ही मुझे गहरे अवसाद का भास हुआ। मुझे यह सारा सफर, इस सफर का सारा कार्यकलाप बेमानी और बेहूदा लगने लगा। पर शायद मैं फिर से कमजोर पड़ रहा था। सचमुच, पुराने संस्कार मरकर भी नहीं मरते।

मैंने सिगरेट सुलगाई और अपनी सीट पर लौट आया। मेरे अन्दर की खिन्नता को केवल सिगरेट के गहरे कश ही दूर कर सकते थे। वह पहले की ही तरह दुबककर बैठा मुझे घूरे जा रहा था।

लम्बे-लम्बे कश खींचते हुए मुझे गहरी ऊब ने जकड़ लिया। कब यह सफर खत्म होगा? मैं यहाँ क्यों बैठा हूँ? मेरी बेचैनी का, मेरे फटते सीने का, मेरी असह्य वेदना का कोई इलाज नहीं था। बक्सा फेंकने की बजाय मुझे स्वयं गाड़ी में से कूद जाना चाहिए था। ऐसे सफर का यही अन्त हो सकता है। मुझे पहले वह आदमी असंगत-सा लग रहा था, अब मैं स्वयं अपने को असंगत महसूस करने लगा था। मैं उसके जख्म कुरेदना चाहता था, जबकि मेरा अपना कलेजा जख्मों से छलनी हो रहा था। मेरा मन हुआ, उठकर डिब्बे की दीवार से अपना सिर फोड़ लूँ। उस बूढ़े से अभी भी मुझे घृणा थी, पर मेरा ध्यान मेरी अपनी असह्य स्थिति पर लौट आया था...मैं क्या हूँ? मैं यहाँ क्योंकर हूँ?

वह आदमी सीधा होकर बैठ गया था। वह बोला कुछ नहीं, केवल शंकित-सी आँखों से मेरी ओर देखता रहा। अच्छा ही हुआ, जो वह कुछ नहीं बोला, वरना मैं फिर उस पर टूट पड़ता और शायद उसका गला घोंट देता।

देर तक सीट पर बैठे रहने और एक के बाद एक तीन सिगरेटें फूँक चुकने के बाद मैं थककर चूर हो गया था। वहीं बैठे-बैठे मैं उकड़ूँ होकर सीट पर लुढ़क गया।

गाड़ी दहाड़ती हुई चली जा रही थी। शायद यह सारा बीभत्स नाटक इस चिंघाड़ती गाड़ी के कारण हुआ था। मैं उसे बरदाश्त नहीं कर पा रहा था। शायद इस आदमी की समतल आवाज ने मुझे बेचैन कर दिया था...उसके इस गूढ़ विश्वास ने कि जीवन को बदला जा सकता है, बेहतर बनाया जा सकता है।

जब मेरी आँख खुली तो गाड़ी किसी स्टेशन पर रुकी थी। न जाने कितनी देर से रुकी खड़ी थी! मेरा जिस्म अकड़ रहा था। टेढ़ा औंधे मुँह पड़े रहने के कारण मेरा अंग-अंग अकड़ गया था। गाड़ी खड़ी थी और चुप थी, जैसे कोई चिंघाड़ता जन्तु सहसा चुप हो गया हो! न जाने रात कितने पहर बीत चुकी थी!

तभी मेरी नजर सामने की सीट पर गई। वह आदमी सीट के एक कोने में बैठा, घुटनों पर कॉपी रखे कुछ लिखे जा रहा था। कोई लेख लिख रहा है, मैंने सोचा। स्थिति की विडम्बना को देखते हुए हँस देना चाहिए था, पर इसके विपरीत मेरा गला रुँधने लगा। मुझे लगा, जैसे मैं कोई भयानक सपना देखकर उठा हूँ!

तभी गार्ड के सीटी देने की आवाज आई और गाड़ी रुकने लगी। उसकी गरदन कागज पर झुकी हुई थी और टोपी फिर से सिर पर थी। मुझे लगा, जैसे अब वह मुझ पर हँस रहा है, मुझे जलील कर रहा है। अब की बार उसकी टोपी उतार फेंकने

का उत्साह मुझमें नहीं रह गया था।

फिर उसने एक अजीब बात की। मुझे अपनी सीट पर उठकर बैठा देखकर वह ठिठका और देर तक चुपचाप मेरी ओर देखता रहा। एक क्षीण-सी मुसकान उसके होंठों पर आई। उसने लौटकर अपने कागज की ओर देखा, जिस पर वह लिख रहा था। फिर उसने मुड़कर खिड़की की ओर हाथ बढ़ाया, उसका पल्ला उठाया और हाथ में पकड़ा कागज मरोड़कर बाहर फेंक दिया।

''यही ठीक है न?'' उसने मुस्कुराकर कहा, ''शायद तुम ठीक कहते हो, बूढ़ों को जिन्दगी से किनारा कर लेना चाहिए! बेहतर है, ये अन्धकार में डूब जाएँ! जन्म लेते ही मर जाएँ!'' फिर धीरे से बोला, ''मैं तो दो-तीन बरस में जाऊँगा। पर तुम... ? तुम्हारा क्या होगा?''

गाड़ी धीरे-धीरे रुकने लगी थी। वही शीतल पाखंडपूर्ण मुसकान उसके चेहरे पर लौट आई थी, मानो उसके अन्दर फिर से कोई सरगम बजने लगी थी और वह उसकी लय पर अपना हाथ तैराते हुए फिर कुछ बोलने जा रहा था, फिर से कोई उपदेश झाड़ने जा रहा था! मैंने मुँह फेर लिया और बाहर फैले निबिड़ अन्धकार में आँखें फाड़-फाड़कर देखने लगा।

पैरों का निशान

अस्पताल के लम्बे बरामदे, एक के बाद एक लाँघते हुए हम जाने कहाँ से कहाँ पहुँच गए! फिजियो-थेरैपी विभाग का कहीं नाम-निशान नहीं मिल रहा था। लम्बे गलियारों-बरामदोंवाले स्थान यों भी भयावह-से लगने लगते हैं। चारों ओर लगता है, सूखा मार गया है। अँधेरे, अन्तहीन, दिशाहीन! न किसी से जान न पहचान, अपना दुखता अंग लिये घूमते रहो—न कोई बतानेवाला, न कोई सीधे मुँह बात करनेवाला। बरामदे भी लम्बे और लाइनें भी लम्बी और सेक्रेटेरियट और जेलखाने जैसा अँधेरा।

''बोलो, अब मैं अकेली आती तो कहाँ मारी-मारी घूमती? एक को दूसरे का सहारा होता है। तुमने तो बस कह दिया, अपने-आप चली जाओ!''

पत्नी पीछे-पीछे घिसटती आ रही थी और हम बरामदे पर बरामदा लाँघ रहे थे।

पत्नी को गर्दन के पीछे दर्द उठा था और मैं खीजा हुआ था। हर बार, हर आए दिन कोई-न-कोई नया बखेड़ा उठ खड़ा होता है जिससे मुझे या तो लाइनों में खड़ा होना पड़ता है या लम्बे बरामदे लाँघने पड़ते हैं। हमारी सड़कें भी लम्बे बरामदों जैसी ही बन गई हैं, तुम लाँघते जाओ और धक्के खाते जाओ, एक राहगीर दूसरे को नहीं देखता, केवल ठोकर लगने पर गाली बकता है और अपनी परेशानी का मारा आगे बढ़ जाता है। मैं अपने मन की खीज निकाल भी नहीं सकता था क्योंकि इस पर पत्नी रो पड़ती है और एक और बखेड़ा खड़ा हो जाता है। वह हमेशा सहानुभूति की रट लगाए रहती है कि इनसान को इनसान का दर्द होना चाहिए। अब सहानुभूति को कोई चाटे जब आराम से बैठना ही नसीब न हो!

तभी कुछ दूर मुझे एक पंगु नजर आया, फिर दूसरा नजर आया, फिर तीसरा और मैं समझ गया कि फिजियो-थेरैपी विभाग नजदीक आ रहा है। यहाँ विभाग विशेष के रोगी एक-आध गलियारा पहले ही नजर आने लगते हैं, जैसे रेलगाड़ी के स्टेशन पर पहुँचने से पहले ही परिचित चिन्ह नजर आने लगते हैं। हम पिछले पाँच

मिनट ठीक दिशा में बढ़ते आए थे। दाएँ हाथ दीवार पर चित्रों के फ्रेम लगे नजर आए। मैं एक फ्रेम के सामने रुक गया। पलंग पर बैठे एक रोगी का सिर एक खोल में बँधा था, और खोल के ऊपर रस्सी उसे ऊपर की ओर खींचती हुई एक गरारी के ऊपर से होकर पलंग के पीछे चली गई थी, जहाँ उसके साथ बड़े-बड़े लोहे के बट्टे लटक रहे थे। रोगी की आँखों में नि:सहायता और त्रास झलक रहे थे। मेरे मन में आया कि पत्नी के पास पहुँचने के पहले ही आगे बढ़ जाऊँ, उसे यह चित्र देखना ही न पड़े। फिर मन में आया, खड़े रहो, वह भी देख ले कि उसकी लापरवाही के कारण अब उसे क्या भुगतना पड़ेगा। हम जो कुछ सीखते हैं, दुःख और कलेश से ही सीखते हैं, सुख और आराम से कभी किसी ने क्या सीखा है? पर पत्नी पहले से ही पहुँच चुकी थी और मेरे पीछे खड़ी अपनी बड़ी-बड़ी आँखों से चित्र की ओर देखे जा रही थी।

''इस आदमी को कोई दूसरी बीमारी है,'' मैंने उसका ध्यान हटाने की चेष्टा करते हुए कहा।

पत्नी कुछ नहीं बोली, चुपचाप सिर हिला दिया और चित्र की ओर देखती रही। उसकी चुप्पी के पीछे कौन-से बादल घुमड़ने लगते हैं? उसकी चुप्पी और बड़ी-बड़ी आँखें। मैं सिर पीट लूँ तो भी नहीं बताएगी कि उसके मन में क्या है।

फिर वह बोली, ''तुम इतना तेज-तेज चलते आए हो। मेरी गर्दन में दर्द है, मुझसे चला भी नहीं जा रहा था। तुम्हें कुछ तो सोचना चाहिए। मैं कहीं खो जाती तो? दिनभर भटकती रहती।''

मैंने अपनी खीज का घूँट पी लिया।

''इस जगह को भी तो ढूँढ़ना था। चार बजे विभाग बन्द हो जाता है। अब वक्त ही कितना रह गया है!''

मेरी सदा यह कोशिश रही है कि पत्नी अपने पैरों पर खड़ा होना सीखे, बाहर के सभी काम खुद कर सके ताकि मुझे थोड़ी आजादी मिले। अस्पताल खुद जा सके, अपनी बीमारी से भी स्वयं जूझ सके...।

बरामदे के सिरे पर रोशनी थी, उजाला था। हम धीरे-धीरे उस ओर बढ़ने लगे। तभी एक बहुत बड़ी घटना की भाँति एक खुला चौड़ा कमरा हमारे सामने खड़ा था—धूप में नहाया, रोशनी से भरा, और उसमें बड़ी हरकत थी। हम दहलीज पर ठिठक गए। काँच की बीसियों खिड़कियाँ थीं और उनमें जैसे रोशनी बरस रही थी। एक स्वस्थ, सुन्दर, युवा लेडी डॉक्टर चटकीली साड़ी पहने इधर-उधर आ-जा रही थी। जब भी वह कमरा लाँघकर जाती, सुख की किरण-सी छिटक जाती। पत्नी भी देर तक वहाँ ठिठकी खड़ी थी। उसके चेहरे पर फिर वैसा ही भाव आ गया था—होंठ बन्द और आँखें सामने की ओर देखती हुई।

दाएँ हाथ, दीवार के साथ बैसाखियों के जोड़े रखे थे—एक के ऊपर दूसरा।

बीसियों बैसाखियों के जोड़े। सभी तरह की बैसाखियाँ थीं। बच्चों के लिए बैसाखियाँ—छोटी-छोटी, जो देखने में खिलौना-जैसी लग रही थीं। बड़ी उम्र के लोगों के लिए बैसाखियाँ, जो इस्तेमाल से चिकनी पड़ गई थीं। बच्चों के साइज की एक बैसाखी अलग से फर्श पर गिरी पड़ी थी। लगता था, कोई अल्हड़ बच्चा खिलौने की तरह इसे फेंककर चला गया है।

फिर कमरे में कितने ही तख्ते बिछे थे, और लोहे के पलंग, जिस पर तरह-तरह की कमानियाँ, रस्सियाँ, खोल लटक रहे थे और पीछे दीवार के साथ लोहे के बट्टे और तरह-तरह के उपकरण रखे थे। कमरा किसी स्कूल की व्यायामशाला-सा लग रहा था।

तीन तख्तों में से बीचवाले तख्ते पर लेटी बड़ी उम्र की औरत बार-बार अपने दाएँ-बाएँ देख रही थी। उसका बायाँ पैर चमड़े के खोल में बँधा था और खोल के साथ चमकता लोहे का स्प्रिंग, और स्प्रिंग के साथ रस्सी जो सात फीट ऊपर डंडहरे तक चली गई थी, और डंडहरे पर से होकर एक गरारी के रास्ते पीछे दीवार के पास चली गई थी। महिला दोनों हाथ कमर पर रखे अपने उठे हुए पैर को नीचे की ओर खींचने की कोशिश करती। लगता, खोल में जकड़ा पैर सचमुच नीचे की ओर झुका है। हर बार पैर नीचे खींचने के बाद औरत दाएँ-बाएँ देखती, जैसे स्टेज का एक्टर देखता है, कि लोग उसकी हिम्मत की दाद देंगे, तालियाँ बजाएँगे।

मैंने पत्नी की ओर देखा। पत्नी अभी भी चुप्पी साधे खड़ी थी। उसकी आँखों की ओर देखने पर मुझे लगा, जैसे उन बड़ी-बड़ी आँखों के पीछे त्रास और भय इकट्ठा होने लगा है। यह कुछ भी बोलती क्यों नहीं? पर वह किसी दूसरी ओर देखे जा रही थी। तभी मेरी नजर फर्श पर बने पद-चिन्हों पर गई। दाएँ और बाएँ पैर के निशान कमरे के बीच, एक के आगे दूसरा, दूसरे कमरे की निचली दीवार तक चले गए थे। लगता, कोई प्रेत वहाँ से निकलकर चला गया है और अपने पैरों के निशान छोड़ गया है! काले रंग का एक भारी-भरकम आदमी, बैसाखियों के सहारे पिछली दीवार की ओर से इन पद-चिन्हों पर चलकर आने की कोशिश कर रहा था। उसका दायाँ पैर तो उठ जाता और फर्श पर बने दाएँ पैर के रेखांकन पर आ जाता, मगर बायाँ पैर उठने से जवाब दे देता।

''उठाओ...उठाओ पैर...उठाओ...उठाओ, उठेगा। शाबाश...उठा है...उठा है...उठा है...फिर उठाओ!''

अस्पताल का एक कर्मचारी उसके साथ-साथ चल रहा था और चिल्ला-चिल्लाकर उसका हौसला बढ़ा रहा था।

अपने घुटे हुए सिर और चौड़े जबड़े के कारण वह फौज का सिपाही या भागा हुआ कैदी लग रहा था। बायाँ पैर न उठ पाने पर रोगी की बड़ी-बड़ी आँखों में

पागलों का सा त्रास झलक जाता और रेखाओं से भरे माथे पर पसीने की बूँदें टपकने लगतीं।

"उठा है...उठा है..." कर्मचारी चिल्लाया, "अब पहले से बहुत बेहतर है!" कर्मचारी के लहजे में दुकानदारों जैसी चापलूसी थी।

हर बार पैर उठाने का प्रयास करते समय रोगी के चेहरे की मांसपेशियाँ सिकुड़तीं, होंठ बेतरह से मुड़ते, आँखें जैसे फटने को हो आतीं, मगर वह पैर नहीं उठा पाता था।

"तुम मेरे पास ही रहना। मेरे पास से नहीं जाना," पीछे से आवाज आई। पत्नी सहसा मेरी कोहनी पकड़कर कह रही थी। पत्नी के हाथ में भी कँपकँपी थी, आवाज में भी।

"नहीं, कहीं नहीं जाऊँगा।"

"नहीं, तुम चले जाओगे! तुम्हारा कुछ पता नहीं चलता। अकेले में मुझे डर लगता है!" कह रो दिया।

"कहीं नहीं जाऊँगा।"

पत्नी को हमेशा मुझसे शिकायत रही है कि मैं आड़े वक्त भाग जाता हूँ। शायद सभी मरीजों को भी इस बात का शक बना रहता है कि उनकी देखभाल करनेवाले लोग उन्हें छोड़कर भाग जाएँगे।

युवा डॉक्टरनी फिर बड़े कमरे को लाँघकर निकल गई। वह हँसती हुई किसी डॉक्टर के साथ बतियाती हुई आई और चली गई। कमरे के आर-पार फिर स्वास्थ्य और सुख की किरण छिटक गई, कमरे की सुहावनी रोशनी में हँसता हुआ रंग छिटक गया।

"यहाँ पर सभी हरामखोर हैं," घुटे सिरवाला कर्मचारी चिल्ला रहा था, "कोई भी मरीज के साथ नहीं रहता। केवल मैं रहता हूँ।" फिर अपने रोगी की ओर देखकर बोला, "उठाओ पैर, शाबाश, उठाओ पैर!"

बाईं ओर की दीवार के साथ, एक लम्बी मेज के पीछे सफेद रंग का लबादा पहने एक डॉक्टर, दो नर्सों के साथ, सात-आठ बरस के एक रोगी बालक का निरीक्षण कर रहा था। कुर्सी पर अधलेटे बालक का सिर एक ओर को लुढ़का हुआ था और दोनों हाथ कुर्सी की बाँहों पर रखे थे। वह अपने में खोया हुआ-सा जान पड़ रहा था। किसी-किसी वक्त वह अपनी अधमुँदी आँखें खोलता, फिर बन्द कर लेता।

"यहाँ पर काम करनेवाले सभी हरामखोर हैं," किसी स्थूलकाय रोगी को सहारा देते हुए कर्मचारी फिर बोला, "सिवाय मेरे यहाँ कोई ठीक तरह से काम नहीं करता।"

वह किस व्यक्ति को सम्बोधन करके कह रहा था, और क्यों बार-बार अपनी ईमानदारी की दुहाई दे रहा था?

रोग से भी अधिक, त्रास के साये कमरे के आर-पार डोल रहे थे। सभी रोगी त्रस्त थे। अपने-अपने रोग से जूझते, अपनी-अपनी आशा से चिपटे हुए सभी त्रस्त थे।

''क्यों जी, डॉक्टर क्या कहता था?'' सहसा पत्नी बोली, ''क्या मैं ठीक हो जाऊँगी? आप मुझसे कुछ छिपा रहे हैं। सच-सच बताइए, डॉक्टर ने क्या कहा था?''

''डॉक्टर कहता था, ठीक हो जाओगी,'' मैंने सभी डॉक्टरों का घिसा-पिटा वाक्य दोहरा दिया।

कमरे में चारों ओर, डॉक्टर और कम्पाउंडर और कर्मचारी ढाढ़स का यही वाक्य दोहरा रहे थे, और सभी मरीज प्यासे पक्षियों की भाँति इसे सुन पाने के लिए आतुर थे।

बाईं ओर एक छोटी-सी मेज के पीछे बैठा एक छोटा डॉक्टर एक रोगी के हाथ की उँगलियाँ दबा रहा था।

''अब?'' छोटे डॉक्टर ने पाँचों उँगलियाँ अपनी मुट्ठी में दबाकर कलाई पर से मरीज का हाथ जोर से दोहरा किया, दबाया।

मरीज के चेहरे पर एक भी मांसपेशी नहीं हिली। उसकी पथराई-सी आँखें डॉक्टर के चेहरे पर लगी रहीं।

''अब?''

मरीज ने सिर हिला दिया। कोई असर नहीं हुआ था। कहीं कोई टीस नहीं उठी थी।

''ठीक हो जाएगा,'' डॉक्टर ने अपने इश्तहारी लहजे में कहा। ''पहले बिजली लगाएँगे, दस दिन तक बिजली लगेगी, इसके बाद व्यायाम...।''

तभी डॉक्टर की मेज के पास बैठी दो औरतें आपस में झगड़ने लगीं।

''जबरदस्ती तो मैं तुम्हें पलंग पर चढ़ने नहीं दूँगी,'' बुढ़िया कह रही थी। ''मैं तुमसे कुछ नहीं तो आधा घंटा पहले आई हूँ। तुम दूर से आई हो तो मैं भी तो गुड़गावाँ से आई हूँ।''

पर दूसरी, मँझली उम्र की औरत पलंग पर चढ़कर लेट भी गई थी और बुढ़िया फुफकारकर डॉक्टर से कह रही थी, ''यह भी कोई इनसाफ है डॉक्टरजी! इलाज हमें भी करवाना है। यह जबरदस्ती करेगी तो मैं देखती तो नहीं रह सकती...!''

पर फिर लाचार होकर अपना माथा पकड़कर कुर्सी पर बैठ गई।

तभी वे उस बालक को बड़े कमरे में लाए, दाएँ-बाएँ दो कर्मचारियों ने उसे थाम रखा था। शायद इसी बालक का प्राथमिक निरीक्षण डॉक्टर करता रहा था। बालक दो आदमियों की मदद से भी चलता तो झूलता हुआ। बाईं टाँग पर घुटने तक खोल चढ़ा था। एक कदम उठाने पर ही उसका सारा शरीर झूल जाता और

गर्दन पीछे की ओर लुढ़क जाती—कभी आगे की ओर गिरने को होता, कभी पीछे की ओर। जर्द पीले चेहरे पर आँखें टेढ़ी हो रही थीं।

अनायास ही आस-पास के सभी लोगों की आँखें उस बालक की ओर खिंच गईं। उनकी एक-एक साँस जैसे बालक का एक-एक कदम गिनने लगी थी।

तभी वे कमरे के ऐन बीचोबीच पहुँचे जहाँ पैरों के निशान बने थे। उस बालक की झूलती नजर उन पद-चिन्हों पर पड़ी।

पैरों के निशान देखते ही बच्चा हुमक उठा। वह कर्मचारियों की ओर देखकर मुस्कुराया—गुलाबी होंठों की एक टेढ़ी, गीली-सी मुसकान। फिर उसने किलकारी भरी और अपना पैर पद-चिन्ह पर रखने के लिए उठाया, पर उसका सारा शरीर डोल गया। कर्मचारियों ने आगे बढ़कर उसे थाम लिया। वह फिर मुस्कुराया, किलकारी भरी और फिर से पैर के खाके पर अपना पैर रखने के लिए उतावला हो उठा। अब की बार पैर उठाने पर कर्मचारी भी उसे थाम नहीं पाए और धड़ाम से फर्श पर जा गिरा। कमरे में सभी लोग सिसकार उठे। पर जब बालक को खड़ा किया गया तो वह फिर से अपनी टेढ़ी आँखों से पद-चिन्हों की ओर इशारा कर रहा था और हँस रहा था। उसकी दोनों टाँगें, उसका सारा शरीर पद-चिन्हों पर खेल पाने के लिए बेचैन था। वह बार-बार अपना लड़खड़ाता पैर पद-चिन्हों पर रखने के लिए उठाता, बार-बार ही वह किलकारी भरता...।

उसके आ जाने से कमरे में जैसे दुःख का सब संगीत बज उठा! और सभी लोग इस लय पर चलनेवाली उस बाल-लीला को देखे जा रहे थे।

पत्नी की आँखें भी बालक पर लगी थीं—बड़ी-बड़ी आँखें, मानो वह अपनी आँखों से उस गिरते बालक को थाम लेना चाहती हो!

अभी तो मैं जवान हूँ

पनवाड़ी की दुकान के पास पहुँचते ही मेरे बोझिल पाँवों ने पहचान लिया कि नजदीक ही कहीं चकला होगा। कहीं पर शायद फूलों के दो गजरे लटक रहे थे, या ऊपर कहीं से तबला-सारंगी बजने की आवाज आई थी, या कोई मूँछोंवाला, कन्धे पर चादर रखे, मेरा रास्ता काट गया था, मैं नहीं जानता। मैं कुछ कदम तक और आगे बढ़ता गया। रेलवे-शेड की लम्बी दीवार साथ-साथ चली आई थी, जिस पर असंख्य इश्तहार लगे थे और जिसके नीचे सारा इलाका पेशाब करता था। तभी सचमुच चकला आ गया। मैंने नजर उठाकर दाएँ-बाएँ देखा—ऊपर के कोठों में रोशनी थी और उनमें से संगीत की धुनें बह-बहकर आ रही थीं जब कि नीचे, एक सँकरी-सी गली अन्दर को चली गई थी।

मैं अपने को सोचने का मौका दिये बिना सँकरी गली में घुस गया। पर घुसने से पहले मैंने फिर भी दाएँ-बाएँ देखा था। यह भी मेरी स्थिति की विडम्बना ही थी। जूते मेरे फट चुके थे, पाजामा चीकट हो चुका था, पैसा मेरी जेब में नहीं था, इस पर ऐसा बेरोजगार जिसे जूते मारकर उसके वर्ग में से निकाल दिया गया था और लुढ़कता हुआ गलियों-सड़कों की खाक छानता फिर रहा था, फिर भी अपनी भद्रता को छाती से चिपकाए हुए था, जैसे बन्दरी अपने मरे हुए बच्चे को छाती से चिपकाए रहती है। नाली पार कर गली में घुसने से पहले मैं द्विविधा में डोला था और दाएँ-बाएँ झाँक गया था कि उस अजनबी शहर में भी चकले के अन्दर जाते किसी ने मुझे देखा तो नहीं?

चकला मेरे लिए अजीब धड़कनोंवाली जगह रही थी और उसे देख पाने के लिए मेरे मन में अदम्य कुतूहल था। जब कभी दिन के वक्त भी किसी चकले-चौबारे पर से लटकती मैली दरियाँ और चादरें देख लेता, या मुँडेर के पीछे खड़ी कोई रंडी बाल काढ़ रही होती तो मेरा मन चकले की अपनी परिकल्पना में तरह-तरह के रंग भरने लगता। इस पर मैंने वेश्याओं के बारे में तरह-तरह के किस्से सुन रखे थे—उनके दबंग स्वभाव के बारे में, उनकी बे-पर्द जिन्दगी के बारे में। मेरी कल्पना में वह एक निराली दुनिया थी जिसका अपना रंग था पर शायद मैं अपने को धोखा दे रहा हूँ। वास्तव में उत्तेजना और वासना की भूख ही मुझे उस ओर ले गई थी जिस भाँति सभी पुरुषों को

ले जाती है। सम्भव है, अवचेतन में कहीं सद्भावना की भूख भी रही हो! थके-हारे मनुष्य को जब कहीं त्राण नहीं मिलता तो वह स्त्री की ओर जाता है। जहाँ स्त्री होगी, वहाँ स्निग्धता होगी; मेरे लिए त्राण होगा, मेरे दिल का सूनापन भर जाएगा। न जाने कैसी-कैसी भ्रान्तियाँ मनुष्य अपने हृदय में पालता रहता है!

गली टेढ़ी-सी थी। किसी की दो दीवारें, तिकोन का कोण बनाती हुई तंग गली को काट गई थीं, जिससे गली और भी ज्यादा सँकरी और बेढब हो गई थी। गली का मोड़ काटने पर मद्धिम-सी रोशनी नजर आई। दाएँ हाथ एक जीना ऊपर को चला गया था। जीने में अस्थिर-सी रोशनी थी—टिमटिमाते दीये की रोशनी, और ऊपर से बतियाने की आवाजें आ रही थीं।

कोई औरत कह रही थी, ''महीने-दो महीने में एक बार आता है, कलकत्ते से आता है मगर सीधा हमारे यहाँ आता है। खुदा कसम, कभी किसी दूसरी के पास नहीं गया। रात-रात हमारे पास रहता है...''

आवाज से अधेड़ उम्र की औरत जान पड़ रही थी। फिर किसी ने जम्हाई ली।

औरत कहे ज़ा रही थी, ''पीछे महँगाई बढ़ गई तो उसने अपने-आप हमारी उजरत बढ़ा दी—कोई-कोई होता है ऐसा...''

दीये की अस्थिर रोशनी में सीढ़ियाँ सूनी-सी लग रही थीं। दीवारों पर, लगभग ऊपर से नीचे तक पान की पीक के निशान थे, और सीढ़ियाँ चढ़ते-उतरते अजनबी पाँवों के नीचे बहुत कुछ घिस-पिट चुकी थीं। कलकत्ते बाबू के इन्तजार में ही शायद उसने दीया जलाकर रख छोड़ा था।

तभी एक धोतीवाला आदमी पीछे से आया, सीढ़ियों के नीचे क्षणभर के लिए ठिठका, रान खुजलाई, दीवार पर पान की पीक थूकी और धोती सँभालता धीरे-धीरे सीढ़ियाँ चढ़ गया।

क्या यही कलकत्तेवाला निष्ठावान प्रेमी तो नहीं था?

गली का मोड़ मुड़ने पर दृश्य बदल गया। सामने बड़ा-सा आँगन था और दाएँ हाथ एक चौड़ी-सी गली निकल गई थी जिसके दोनों ओर कोठरियों की कतारें थीं। कोठरियों के सामने बिजली के कुमकुमे लटक रहे थे और नीचे कुर्सी बिछाए रंडी बैठी थी। उस ओर चहल-पहल थी। बहुत-से लोग आ-जा रहे थे। परन्तु सामने आँगन में लगभग अँधेरा था और उसमें मँडराते लोग प्रेतों-से लग रहे थे। दो-एक जगह अलाव जल रहे थे और उनके इर्द-गिर्द कुछ लोग बैठे आग ताप रहे थे। बाएँ हाथ को भी आँगन में खुलनेवाली कोठरियों की एक पाँत थी पर यहाँ पर रोशनी कम थी और लोग भी कम थे। ज्यादा रोशनी दाएँ हाथ की गली में ही थी। और यही चकले का धड़कता दिल जान पड़ता था।

''अरे उधर रिटायर माल है—चवन्नी-अठन्नीवाला! छोड़; उधर जाकर क्या देखेगा?''

मेरे नजदीक ही आँगन के सिरे पर खड़ा एक लम्बा-सा छरहरे बदन का आदमी अपने साथी से कह रहा था। खाकी पतलून पहन और बालों में ढेरों तेल उँडेलकर आया था, जो आँगन की मद्धिम रोशनी में भी चमक रहे थे। उसके साथी की नजर बाईं ओर की तीन कोठरियों पर थी जहाँ बीच की कोठरी का दरवाजा बन्द था और दाएँ-बाएँ कोठरियों के सामने अधेड़ उम्र की काली-कलूटी दो रंडियाँ उकड़ूँ-सी बैठी थीं।

तभी बीचवाली कोठरी का दरवाजा खुला और छोटे-से कद का मैला-सा कोई युवक गर्दन झुकाए, बगलें झाँकता-सा निकला और जल्दी ही रोशनी का चकत्ता पार करके आँगन के अँधेरे में आ गया। शक्ल-सूरत से वह किसी घर का नौकर जान पड़ता था। पास से गुजरा तो उसे चपरासी ने रोक लिया।

''कैसी थी?'' चपरासी ने पूछा।

नौकर झेंप गया। उसका मुँह पसीने से तर था और चेहरा ऐसा, जो दिन की रोशनी में भी साफ नजर नहीं आए। वह चुप रहा और वहाँ से खिसक जाने की कोशिश करने लगा।

'कितने पैसे लिये?'' चपरासी ने पूछा।

''आठ आने।''

''कैसा रहा?'' चपरासी ने फिर पूछा।

इस सवाल पर नौकर फिर झेंप गया। खिसियाई-सी हँसी के साथ वह वहाँ से निकलने की कोशिश करने लगा। उससे कुछ कहते नहीं बना मानो जिस चीज के लिए वह इतना उतावला होकर आया था, यह खत्म होने पर बड़ी बेमानी-सी लगने लगी थी।

''अरे, हम भी जाना चाहते हैं। बताओ तो, कैसी रही?''

नौकर ने धीमे से 'हूँ' कहा और सिर हिला दिया। उसने पहली बार सिर ऊपर को उठाया, उसकी छोटी-छोटी आँखें पानी के कारण गंदली हो रही थीं।

''उस बुढ़िया के पास क्या गया था? इधर और भी तो हैं। अठन्नी में तो और भी मिल जाती।'' चपरासी बोला।

''अठन्नी में कहाँ मिलती है! वह गाली नहीं देती, इधरवालियाँ गाली देती हैं।'' नौकर खुलने लगा था।

''और फिर...''

''फिर क्या? ये छातियों पर हाथ भी नहीं रखने देतीं।''

''वह रखने देती है?'' चपरासी ने हँसकर पूछा।

''हाँ।'' नौकर ने कहा और फिर से झेंप गया और खिसियाई हँसी हँसकर उधर से निकलने को हुआ।

उसके चले जाने पर चपरासी अपने साथी से बोला, ''रंडी बहुत आई हैं। नीचे सूखा पड़ा है न, इसलिए। चल, तुझे बढ़िया माल दिखाते हैं।'' और उसका हाथ पकड़कर उसे दाईं ओर ले चला।

तभी आँगन के पार, बाईं ओर को हंगामा-सा उठ खड़ा हुआ। अलाव के पास से लोग उठ-उठकर उस ओर जाने लगे। चपरासी और उसका साथी भी उस ओर को हो लिये।

"क्या हुआ है? क्या बात है?" अलाव के पास बैठी एक बुढ़िया से मैंने पूछा।

"अरे होगा क्या! दस बरस की लौंडिया को कोठरी में बैठा दिया, लोग छोड़ेंगे थोड़े ही उसे! कल तो आई है एक हजार में। अब पूछते फिरो, किसने बैठाया? सब कलुवे की सरारत है। हम तो साम से देख रही हैं।"

उधर मार-पीट शुरू हो गई थी। नंगे बदन एक पतला-सा किन्तु फौलाद की तरह मजबूत आदमी एक अधेड़ उम्र के बाबू को थप्पड़-पर-थप्पड़ मारे जा रहा था—बाएँ हाथ से उसका गला पकड़े और उसे अपने से पूरे बाजू की दूरी पर रखे। दाएँ हाथ से उसके मुँह पर घूँसे-पर-घूँसा मारे जा रहा था। दो-तीन घूँसों तक तो बाबू बिफरता-बोलता रहा, पर तीसरे या चौथे घूँसे पर उसकी गर्दन लटक गई और किश्तीनुमा काली टोपी नीचे जा गिरी। पर घूँसे अभी भी बराबर पड़ रहे थे।

"छोड़ दे बे कलुवे, मियाँजी आ रहे हैं।" भीड़ में से किसी ने चिल्लाकर कहा।

कलुवे के हाथ थम गए। बहुत-से लोगों की नजरें दो कोठरियों के बीच ऊपर से उतरनेवाले जीने पर लग गईं। कुछ लोग झाँक-झाँककर बाएँ हाथ की बन्द कोठरी की ओर देखे जा रहे थे जिसके बन्द दरवाजों के पीछे से किसी के रोने-सिसकने की आवाज आ रही थी।

कलुवे ने बाबू की गर्दन छोड़ दी और लोगों की ओर देखकर बोला, "जाओ-जाओ, इधर क्या भीड़ जमा रखी है! जाओ, अपना काम देखो!"

सीढ़ियों पर से उतरनेवाले मियाँ साहब की टाँगें नजर आईं, पाँवों में कामदार स्लीपर, उचड़ा हुआ सफेद पाजामा, धीमी बोझिल गति, फिर उनकी सारी देह सामने आ गई। बोझिल देह, कामदार वास्कट, खिचड़ी दाढ़ी और सिर पर ऊँची दीवार की सलमे-सितारे वाली टोपी पहने हुए थे, "कलुवे के बच्चे, तेरी चमड़ी उधेड़ दूँगा। इस वक्त हल्ला करता है? यह हल्ला करने का वक्त है?" मियाँजी चबूतरे पर खड़े बोले जा रहे थे, "अशरफ से कह, कोठरी पर ताला चढ़ा दे, लौंडिया को ऊपर ले जा। अन्दर से लोटा उठा ला, मैं नमाज पढ़ने जा रहा हूँ।"

कलुवा लपककर अन्दर चला गया। चबूतरे पर खड़े मियाँजी किसी बादशाह की तरह ठुड्डी ऊँची उठाए दूर-दूर तक आँगन के चारों ओर देख रहे थे। यह उनकी रियासत थी। हुकूमत हो तो अपने-आप चेहरे पर रोआब आ जाता है और आँखों में दूरी और बड़प्पन का भाव तैरने लगता है।

कलुवा अन्दर से वुजू करने का टोंटीदार लोटा उठा लाया और मियाँजी आसपास खड़े लोगों को तैरती नजर से देखते हुए, लोटा हाथ में लेकर धीरे-धीरे बाएँ हाथ की गली की ओर घूम गए।

लोग छितरने लगे। कुछ एक अभी भी टकटकी लगाए बन्द दरवाजे की ओर

देखे जा रहे थे जिसके पीछे से रोने-सिसकने की आवाज आ रही थी। कुछ लोग फिर से अलावों के पास जा बैठे...।

चकले में जगह-जगह तमाशबीनों की गाँठें बन-खुल रही थीं। दाईं ओर वाली जगमगाती गली में मनचले रंडियों को आवाजें कसते, उनके साथ हँसी-मजाक करते टहल रहे थे। जहाँ कहीं हल्का-सा शोर होता, लोग पहुँच जाते। छोटी-सी भीड़ बन जाती। कोठरियों के दरवाजे खुलते-बन्द होते। कुर्सियों पर बैठी रंडियाँ कभी उठकर अन्दर चली जातीं, कभी पसीना पोंछती कुर्सी पर आकर बैठ जातीं। चकला पूरे जोबन पर था। एक ऊँची, लम्बी गदराए शरीरवाली रंडी, सलवार-कमीज पहने, इठलाती हुई आँगन की ओर से गली की रोशनी में आ रही थी। होंठों पर अलसाई-सी मुसकान और उनींदी जवानी में डूबी आँखें, कलाई पर चमेली के फूलों का गजरा लटक रहा था। रंडियों की मलिका लग रही थी। चकले की रानी। उसके साथ-साथ एक बाँका जवान तरहदार काली बंडी और चूड़ीदार पाजामा पहने, हाथ में पतला-सा बेंत उठाए चला आ रहा था। दोनों के बीच चुहलबाजी चल रही थी। युवक बार-बार आगे बढ़कर रंडी के गाल चूमने की कोशिश करता और हर बार ही रंडी हँसकर मुँह फेर लेती और फिर लपककर कभी उसके हाथ की घड़ी छीनने लगती, कभी उसकी टोपी पर झपटती। बाँका कोई अमीरजादा जान पड़ता था क्योंकि उसके पीछे-पीछे चकले का दलाल-सा लगनेवाला एक आदमी 'जी-हुजूरी' में चला आ रहा था, मानो अपना माल पसन्द करवा रहा हो! शायद रईसजादा रंडी को अपने घर ले जाना चाहता था।

तभी किसी औरत के चिल्लाने की आवाज आई। गली में बाईं ओर, तीसरी या चौथी कोठरी के सामने चबूतरे पर खड़ी ऊँचा-ऊँचा बोले जा रही थी, "साथवालियों के तीन-तीन हो लिये इस बीच, और यहाँ हरकत ही नहीं है। हम रात-भर इन्तजार करते रहें? जाओ यहाँ से!"

चबूतरे के नीचे गोरे रंग का एक फौजी युवक खड़ा झेंप रहा था। रंडी उसी पर बरस रही थी। पलक मारते ही वहाँ भी तमाशबीन इकट्ठे हो गए। फौजी युवक की नजर ऊपर उठने में ही नहीं आती थी। हल्की-हल्की मसें उसके होंठों पर फूट रही थीं...पहली बार चकले में आया जान पड़ता था।

"हो जाता है, ऐसा हो जाता है," एक तमाशबीन सिर हिला-हिलाकर दार्शनिकों की तरह कहने लगा, "घबरा गया है। ऐसा हो जाता है। तुम इसके पैसे लौटा दो।"

इस पर रंडी का पारा चढ़ गया, "क्यों लौटा दूँ? साथवालियों के इस बीच तीन-तीन हो गए, हमारा वक्त बर्बाद किया, हम पैसे लौटा दें? जाए, माँ की गोद में जाकर बैठे, यहाँ आया ही क्यों था?"

"ऐसे लौंडे कहाँ मिलते हैं!" मनचले ने फिर चुटकी ली, "देख तो, कितना गोरा-चिट्टा है!"

''गोरा-चिट्टा है तो इसे ले जा अपनी बहन के पास।''

''मान जा, मान जा, इसे एक टराई और लेने दे।''

''पैसे फिर से लाए और टराई ले ले।''

''जा बेटा, जा, टराई ले ले!'' भीड़ में से मनचला बोला और युवक को चबूतरे की ओर धकेलने लगा।

पर वह पत्थर बना खड़ा था। जमीन पर से न तो उसकी नजर उठती थी, न पाँव उठते थे। रंडी बड़बड़ाती हुई अपनी कुर्सी पर जा बैठी। वक्त जाया हो जाने पर वह बौखलाई हुई थी। पर देखते-ही-देखते उसके चेहरे का भाव बदल गया। सामने से जाते हुए आदमी को देखकर वह मुस्कुराई, उसकी आँखें चमकने लगीं। उसने हल्के-से गर्दन हिलाई और आदमी को अपनी ओर बुलाया। आदमी उसकी ओर देखता हुआ आगे बढ़ गया तो रंडी के चेहरे पर से लुभावना मुखौटा फट से उतर गया और चेहरे पर वही खिन्नता और क्षोभ झलक आए और फ़िर से बड़बड़ाने लगी, ''पूरी शाम खा गया हमारी। हम सरीफ हैं, नहीं जूते मारकर निकाल देते।''

और तभी वह अपने चेहरे को हवा करती हुई फिर से मुस्कुरा उठी और आगे बढ़कर राह चलते एक आदमी का हाथ पकड़ लिया, जो क्षणभर के लिए उसके सामने ठिठका था, और हौले-हौले उसका हाथ सहलाने लगी, ''आओजी, आओ तो! सोच क्या रहे हो, बहुत सोचा नहीं करते!''

आदमी अधेड़ उम्र का था और असमंजस में था कि उसकी कोठरी में जाए या न जाए, पर रंडी बराबर उसका हाथ सहलाए जा रही थी, ''इतनी देर में तो काम खत्म भी हो जाता। आओ न!''

बाबू कुछ बुदबुदाया।

''अजी, तुम आओ तो, दो रुपए दे देना, बस! अच्छा, तुम क्या दोगे?''

बाबू नहीं माना।

''बोलो तो, तुम क्या दोगे?''

बाबू फिर भी कुछ नहीं बोला तो रंडी ने झट से उसका हाथ झटक दिया, ''जाओ, माँ के...'' और फिर कुर्सी पर सीधी होकर बैठ गई और बौखलाने, बड़बड़ाने लगी। उसकी आँखें फिर से किसी सम्भावित ग्राहक को खोजने लगीं।

तभी उसके साथवाली कोठरी का दरवाजा खुला। रंडी ने उस ओर देखकर मुँह फेर लिया। पर थोड़ी देर बाद तक भी जब कोठरी में से न हमसाइन निकली, न ग्राहक, तो उसने शंकित-सी नजर से फिर कोठरी की ओर देखा।

''क्या है, मोतिया?'' और उठकर कोठरी की दहलीज पर जा खड़ी हुई।

कोठरी के अन्दर ग्राहक और रंडी दोनों एक-दूसरे के सामने खड़े एक-दूसरे को घूरे जा रहे थे। ग्राहक लम्बी दाढ़ीवाला कोई सरदार था। खुली कोठरी के अन्दर उन्हें खड़े देखकर धीरे-धीरे राह जाते लोग रुकने लगे। दो-एक चबूतरे पर चढ़

गए। सरदारजी कन्धे पर अपना कोट लटकाए हुए थे और दाएँ हाथ से उसकी जेबें टटोलते हुए कह रहे थे, ''इधर अन्दर की जेब में थे—दस-दस के दो नोट थे। हमारे नोट दे दो, नहीं तो हम पुलिस बुलाएँगे।''

''हमारे पास कहाँ से आए तुम्हारे पैसे?'' रंडी कमर पर हाथ रखे बोल रही थी, ''हमारे पास वही कुछ है जो तुमने दिया था।''

लोगों के आ जाने से सरदारजी को झेंप होने लगी थी, मगर बीस रुपए का नुकसान वह झेंप के कारण उठा नहीं सकते थे।

वही मनचला जो गोरे फौजी की तरफदारी करता रहा था, घूमता-घुमाता यहाँ भी पहुँच गया था, ''क्या बात है सरदारजी?''

''मैंने कोट उतारकर खाट के सिरहाने रखा था। अब उठाकर पहना है तो इसमें दस-दस के दो नोट नहीं हैं। इसी ने निकाले हैं, और कौन निकालेगा!''

''दे दे भाई, दे दे।'' मनचला बोला, ''यों खाट के सिरहाने कोट नहीं रखना चाहिए, पायताने रखना चाहिए।''

''निकाल मेरे पैसे, नहीं तो मैं पुलिस को बुलाऊँगा।''

ज्यों-ज्यों लोग इकट्ठे होते जा रहे थे, सरदार झेंपता जाता था, और बार-बार पुलिस को बुलाने की धमकी दे रहा था।

''बत्ती जल रही थी या बुझी हुई थी?'' मनचले ने पूछा।

इस पर कुछ लोग हँसने लगे।

जवाब रंडी ने दिया, ''हमने बुझाई थी बत्ती। एक रुपल्ली में रोशनी क्यों रखें?''

मनचला सरदारजी को नसीहत करने लगा था, ''यहाँ ज्यादा पैसे लाना ही भूल थी। बस, दो या तीन रुपए लाने चाहिए। अब यह बीस तो गए। यह रंडी के लिए तो नहीं थे न, यह तो बाल-बच्चों के लिए थे।''

सरदार भाँप गया कि मनचला उसका मजाक उड़ा रहा है। अब बहुत-से लोग चबूतरे पर चढ़ आए थे और झाँक-झाँककर अन्दर देख रहे थे।

''तलासी ले लो सरदारजी।''

इस पर औरत बोली, ''ले ले तलासी। यही कुरता हमने पहन रखा था, देख लो जेब इसकी।''

सरदार ने आगे बढ़कर दोनों जेबें टटोल लीं।

''मुझे क्या मालूम, कहाँ रखे हैं!''

''छातियों के बीच छिपा रखे होंगे।''

रंडी अभी भी कमर पर हाथ रखे सरदारजी की ओर घूरे जा रही थी। इस पर दहलीज पर खड़ी उसकी हमसाइन बिफर उठी, ''निकलो यहाँ से, दाढ़ीजार—बड़े तलासी लेने आए! कौन लेगा तलासी, मैं भी सुनूँ? जा, बुला ला पुलिस को! पुलिस के बाप को भी बुला ला!''

तमाशबीनों की अच्छी-खासी भीड़ लग गई थी। सरदार को विश्वास हो गया था कि रंडी ने उसके दो नोट छातियों के बीच छिपा रखे हैं।

"मैं उसके कपड़े उतरवाऊँगा। मैं पुलिस बुलाऊँगा।"

"हैं, दाढ़ीजार, कपड़े उतरवाएगा? सरम नहीं आती? जा, बुला ला पुलिसवाले को! जा, देखता क्या है?"

तमाशबीनों की अच्छी-खासी भीड़ लग गई थी, तभी दूसरे छोर से एक और सरदार गली में टहलता हुआ इधर आ निकला और भीड़ को देखकर रुक गया। फिर चबूतरे पर चढ़ गया और झाँककर सहसा बोल उठा, "ओ गंडासिंह, की गल्ल ऐ?"

कोठरी में खड़े सरदार ने आवाज सुनी तो वह चौंक उठा। घूमकर भीड़ की ओर देखा और पानी-पानी हो गया और बगलें झाँकता हुआ कोठरी में से बाहर निकल गया।

"ओ की गल्ल ऐ, असी मदद करिए, गंडासिंह?"

पर सरदार नजर झुकाए भीड़ में से अपना रास्ता बना रहा था।

"ओ तू इत्थे की करन आया एँ?"

सरदार चबूतरे पर से उतरने लगा था जब उसके परिचित ने उसे बाँह से पकड़ लिया।

"ओ बोल ताँ गंडासिंह, की गल्ल ऐ?"

गंडासिंह ने सिर उठाया, बात टालने के स्वर में बोला, "ओ मैं इधर कम्म आया सी..."

इस पर उसका परिचित मजाक के लहजे में बोला, "कम्म आया सी! फेर, कम्म हो गया?" कहकर हँसने लगा।

सरदार चुप। बुत का बुत बना खड़ा रहा।

"ओ बोल ताँ, कम्म हो गया? जाँ असी मदद करिए?"

पर सरदार पिंड छुड़ाने की कोशिश कर रहा था।

"ओ गंडासिंहा, शरमांवदा क्यों ऐ? असी वी ताँ एत्थे कम्म ई करन आए हाँ।"

इस पर ठहाका उठा।

इस बीच गंडासिंह वहाँ से निकल गया। फिर पूछताछ करने पर जब पता चला कि गंडासिंह के बीस रुपए खो गए हैं तो रंडी को मुखातिब करके बोला, "ओ तीवीं, तैं पैसे ताँ लै लये साडे यार थों, असी आ जइए?"

लोग हँसते-मजाक करते चबूतरे पर से उतरने लगे।

रंडी कोठरी के बाहर आकर कुर्सी पर बैठ गई और मुँह फेरकर दूसरी ओर देखने लगी।

गली में तमाशबीनों की संख्या अधिक थी, ग्राहकों की कम। आए ज्यादातर लोग मनबहलाव करने, आवाजें कसने के लिए थे। रंडियाँ एक-एक ग्राहक से जैसे जूझ रही थीं। इस सारी बेपर्दगी और झुँझलाहट के बावजूद उनकी आँखें सम्भावित ग्राहकों को खोजती रहीं। कोई नजर आता तो झट से चेहरे पर मुसकान ओढ़ लेतीं,

लुभावने इशारे करने लगतीं। उनके चेहरों से लगता, जैसे ग्राहकों से भी कहीं अधिक ये वासना में अधीर हुई जा रही हैं। ग्राहक उपेक्षा में आगे बढ़ जाता तो इनके चेहरे पर से मुखौटा उतर जाता—चेहरे पर वितृष्णा, थकान उभर आती; आँखों की चमक बुझ जाती, होंठ सिकुड़ जाते और रंडी मुँह में से पान की पीक थूक देती।

गली के सिरे पर फिर रोशनी कम हो गई थी। यहाँ से बाईं ओर एक और गली निकल गई थी जिसमें रोशनी बहुत कम थी, पर सारी गली रंडियों से भरी थी। रंडियाँ चबूतरे पर दो-दो-तीन-चार की टोलियों में बैठी थीं।

एक रंडी कोठरी के सामने गली में खड़े एक आदमी से उलझ रही थी। इस बीच वही चपरासी और उसका साथी कहीं से चलते हुए उस गली में आ निकले थे। चपरासी को देखकर रंडी ने गली में खड़े आदमी के साथ उलझना छोड़ दिया और मुस्कुराती, इशारे करती, चपरासी को अपनी ओर बुलाने लगी।

''अरी वह जो है, जिससे बातें कर रही है।'' चपरासी ने व्यंग्य से कहा।

''अरे, यह तो हमारा भाई है,'' रंडी ने कहा और गली में खड़े अपने भाई से गुस्से से राजस्थानी में कुछ कहा। फिर अपनी चुन्नी की चूक दाँतों से खोलकर उसकी ओर एक रुपया फेंक दिया और भाई ने लपककर रुपया उठा लिया और वहाँ से चलता बना।

इस बीच चपरासी और उसका साथी भी आगे बढ़ गए।

यहाँ रोशनी कम थी और चीथड़ों और सड़ाँध का भास होने लगा था। यहाँ पर भी लोग जैसे चीलों की तरह मँडरा रहे थे। दाएँ हाथ एक लम्बा चबूतरा था, लगभग तीन फीट ऊँचा, बाईं ओर कोई चबूतरा नहीं था। कहीं चबूतरे पर तो कहीं गली में बूढ़ी औरतें, गाढ़े की चादरें लपेटे, बैठी आग ताप रही थीं।

चबूतरे पर एक कोठरी के सामने खाट बिछी थी जिस पर एक नन्हा-सा बच्चा पड़ा रो रहा था, और हाथ-पैर पटक रहा था। पीछे कोठरी का दरवाजा बन्द था। तभी कोठरी के भीतर से चिल्लाती हुई सी आवाज आई, ''ओ बसन्ती, इसे सँभालियो, मेरे पास मर्द है!''

कोठरी की दरारों में से आवाज आई थी। अँधेरे में गली के पार वाली कोठरी में से एक काली-सी रंडी उठी और चबूतरे पर चढ़कर बच्चे को गोद में ले लिया और गली की ओर पीठ करके खाट पर बैठ गई। तमाशबीन गिद्धों की तरह यहाँ भी इकट्ठे होने लगे।

''थोड़ा हमें भी पिला दे,'' एक ने आवाज कसी, ''झूठ-मूठ का ही सही! हम भी तेरे बच्चे हैं।''

काली-कलूटी ने बैठे-बैठे ही घूमकर कहा, ''घर में बच्चे नहीं हैं तुम्हारे, यहाँ भी हरामी भीड़ जमा रहे हैं!'' और चबूतरे पर थूक दिया।

''अरी किसका है?'' किसी ने पूछा।

''अजी, यह तो मेरी औलाद है,'' एक बड़ी-बड़ी मूँछोंवाला बोला, ''क्यों बेटा, बाप को पहचानता है?''

''यह भी हरामी का पिल्ला है, तू भी किसी हरामी का पिल्ला होगा,'' काली-कलूटी ने बैठे ही कहा और हँस दी।

इतने में कोठरी का दरवाजा खुला और बच्चे की माँ गालियाँ बकती, चिल्लाती बाहर निकल आई।

''दाढ़ीजार, हरामी की औलाद!''

''क्यों री चमेली, क्या हुआ?''

''दाढ़ीजार ने कै कर दी खाट पर, सारा बिस्तर गन्दा कर दिया है! मुए शराब पीकर आ जाते हैं।''

''क्यों ले गई थी उसे?'' काली-कलूटी बोली, ''अब निकाल तो दे उसे कोठरी में से, नहीं तो वहीं पड़ा-पड़ा सो जाएगा और तेरी शाम निकल जाएगी।''

चमेली के दाएँ कन्धे पर और छाती पर कै बह रही थी जिसे पोंछ पाने के लिए वह कोई चिथड़ा ढूँढ़ रही थी।

''बुला, बुला कलुवे को। एक बार सो गया तो रातभर नहीं निकलेगा।''

चमेली कै से सनी कमीज को बार-बार अपने शरीर से अलग रखने की चेष्टा कर रही थी।

''अपनी पुरानी कथरी दे दे। सुबह दे दूँगी तुझे। सारा बिछावन गन्दा कर दिया है।''

उधर से अचानक मियाँजी आ निकले थे। नमाज पढ़ने के बाद इस ओर से लौट रहे होंगे। वही ऊँची दीवारवाली सलमे-सितारे की टोपी, वही रोआबदार चेहरा, अपनी अमलदारी का दौरा करने निकले थे। पीछे-पीछे कलुवा तहमद बाँधे और इस जाड़े में भी एक बनियान लगाए चला आ रहा था। मियाँजी आगे बढ़ गए मगर क ुवे को काली-कलूटी ने रोक लिया, ''देख तो कलुवा, चमेली की कोठरी में एक सराबी औंधा पड़ा है। निकाल तो उसे।''

''इतना हल्ला क्यों मचा रखा है? सराब ही पी है, कोई दंगाफिसाद तो नहीं किया! सराब पीकर यहाँ नहीं आएगा तो कहाँ जाएगा?''

और बड़े आराम से कलुवा चबूतरे पर चढ़ गया और थोड़ी ही देर में अपना दायाँ बाजू शराबी ग्राहक की बगलों के नीचे देकर उसे घसीटता हुआ बाहर ले आया। शराबी के पैर फर्श पर कभी आगे को पड़ते, कभी घिसटने लगते। उसके लम्बे-लम्बे बाल माथे पर गिर रहे थे। चबूतरे की सीढ़ी पर उसे पटककर कलुवा आगे बढ़ गया और शराबी वहीं चबूतरे के नीचे नाली पर झुककर बैठ गया।

उसके पीछे-पीछे चमेली अपना बिछावन उठा लाई और एक कोने में फेंक दिया, ''कल धोऊँगी, हरामी, सुअर की औलाद...'' और हमसाइन की कोठरी में से कथरी उठाने चली गई।

थोड़ी देर बाद वह कुर्ता बदलकर बाहर आ गई और कुर्सी पर जा बैठी और सामने खड़े एक भारी-भरकम आदमी को देखकर झट से मुस्कुराने लगी।

"आओ बाबू, आओ," उसने मुस्कुराकर कहा, फिर आँख का इशारा किया, "'आओ जी, मीठी-मीठी बातें करेंगे। दूर क्यों खड़े हो बाबू, इधर तो आओ, प्यार-मुहब्बत की बातें करेंगे..."

काली-कलूटी बच्चे को सुलाकर उठ गई थी और उसके जाते ही बच्चा फिर से रोने-चिल्लाने लगा था।

मोटा आदमी चमेली की ओर देखे जा रहा था और तोंद खुजलाए जा रहा था। उसकी साँस धौंकनी की तरह चल रही थी, मोटे-मोटे होंठ खुले थे। तोंद खुजलाना छोड़ उसने मुँह पर हाथ फेरा; तीन दिन की दाढ़ी पर हाथ चलाने से रेगमाल घिसटने की-सी आवाज आई।

चमेली अभी भी उससे आँखें मिलाए हुए थी, "आओ जी, आओ न, तुम्हें वलराऊँगी, आओ न, मीठी-मीठी बातें करेंगे..."

तभी वह सहसा झुँझला उठी। कुछ ही दूर चबूतरे के नीचे रखी सिगड़ी में से धुआँ उठने लगा था और धुआँ उसी की ओर आने लगा था जिससे मोटे बाबू को खाँसी आ गई थी और वह खाँसता हुआ एक ओर को हट गया था।

"हजार बार मने किया दादी, इधर सिगड़ी मत जलाया कर, मगर तू सुनती ही नहीं। एक दिन मैं तेरी सिगड़ी उठाके फेंक दूँगी।"

चबूतरे के नीचे, चमेली की कोठरी के ऐन सामने जमीन पर बैठी एक बुढ़िया आग ताप रही थी। शायद बुझती आग में उसने गोल लकड़ी के टुकड़े डाल दिये थे, या जाने क्या था, सिगड़ी में से धुआँ उठने लगा था।

"हजार बार कह चुकी हूँ, इधर नहीं बैठा कर, सारा वक्त बैठी धुआँ उड़ाती रहती है।"

बुढ़िया अपने कन्धों के इर्द-गिर्द गाढ़े की चादर लपेटते हुए आग के और पास सरक आई और अपनी खरज, खोखली आवाज में बोली, "ऐसा हड्डियों में जाड़ा घुस गया है, रातभर लगता है, ठंडे पानी में पड़ी हूँ।" और पास में रखी लकड़ी की खपच्ची उठाकर आग को कुरेदने लगी, "अभी धुआँ छँट जाएगा।"

थोड़ा कुरेदने पर आग भड़क उठी, पर ग्राहक जा चुका था। बुढ़िया फिर बुदबुदाई, "कोयला डालें तो कलुवा बिगड़ता है। हम थोड़ा चाहती हैं, इधर धुआँ हो।"

"तू कल से इधर न बैठा कर, बस, बोल दिया। आगे कहीं जा के बैठ, नहीं मैं सिगड़ी उठा के फेंक दूँगी।"

चमेली अभी भी कमर पर हाथ रखे बोल रही थी।

"अरे तू बड़ी आई हमें यहाँ से हटानेवाली! चुड़ैल कहीं की!" बुढ़िया बिफरकर बोली, "हमने इस कोठरी में चालीस साल काटे हैं! आज तेरी कोठरी बन गई!"

लोग यहाँ भी इकट्ठे होने लगे तो बुढ़िया की जबान ज्यादा खुलने लगी, ''हमने हजारों कमाए हैं यहाँ बैठ के। चकले में सारा वक्त हीराबाई-हीराबाई होती थी। तीन-तीन कत्ल हुए हैं हम पर। बड़ी आई हमें उठाने वाली! चुड़ैल की सूरत तो देखो! टके-टके के आदमी आते हैं तेरे पास।''

''बैठती थी तो बैठती थी, अब तो हम यहाँ बैठी हैं। उठ जा यहाँ से, मैं कहती हूँ।''

''यहीं बैठूँगी, उठवा तो कैसे उठवाती है? बुला अपने यारों को? मैं भी देखूँ! टाँगें नहीं तोड़ दूँ तो! हरामजादी! बड़ी आई! बाल कन्धों पर फैला लिये तो हसीना बन बैठी! हम भी यहाँ घंटे-भर से बैठी हैं। कोई लँगड़ा-लूला भी नहीं आया तेरे पास।''

''तू चुड़ैल जो इधर बैठी है, रास्ता रोके! मौसी, इसे कह दो, अब मैं नहीं सुनूँगी।''

चमेली ने एक और बुढ़िया को सम्बोधन करके कहा।

इस पर मौसी, बुढ़िया को समझाने लगी, ''तू ही मान जा, बैठना है तो उधर मैदान में चली जाया कर।''

''वहाँ ठंडी है। इधर हवा कमती है। और अब कोई धुआँ है?''

चमेली चिल्लाई, ''इधर रास्ता रुकता है।''

इस पर बुढ़िया फिर बिगड़ उठी, ''अजी बड़ी आई! तेरे पास कोई आए तो रास्ता रुके। घंटे-भर से तो हम यहाँ बैठी हैं, एक खोटी चवन्नी का गाहक भी नहीं आया। हम भी कभी थीं इसी कोठरी में। ताँता लगा रहता था सारा बखत। तीन-तीन कतल हो चुके हैं हम पर।''

''तीन-तीन कतल हुए हैं तो अब कहाँ हैं यार तेरे? हमी से माँगकर खाती है। बहुत नहीं बुलवा हमसे।''

बुढ़िया बड़बड़ाती हुई उठी और कन्धों पर चादर लपेटती हुई, सर्दी के कारण उकड़ूँ हुई, बड़बड़ाती हुई गली में आगे बढ़ गई।

उसके चले जाने पर चमेली ने आग में थूका और वापस लौट आई।

रात गहराने लगी थी और चकले की चहल-पहल धीरे-धीरे शिथिल पड़ने लगी थी। चिल्लाती रंडियाँ, आवाजें कसते मनचले, अब जैसे थकने लगे थे। चकले के बाहर कोठों पर गाना-बजाना अभी भी चल रहा था और संगीत की तैरती हुई धुनें यहाँ भी सुनाई देने लगी थीं। मैं फिर से खुले आँगन के सामने खड़ा था। जगह-जगह जमीन पर बैठी आग तापती बूढ़ी रंडियों के अलाव ठंडे पड़ने लगे थे। उपले, खपच्चियाँ, रद्दी कागज—इन्हीं को बटोर-बटोरकर अलाव जलते रहे थे। कहीं-कहीं कोई रंडी अपनी कोठरी के सामने अपना बिछावन झाड़कर रात के सोने की तैयारी कर रही थी और बार-बार जम्हाइयाँ ले रही थी। कोई चबूतरे पर खड़ी हाथ में पानी का लोटा लिये कुल्ले कर रही थी। बहुत-से ग्राहक छँट चुके थे और चकले पर एक तरह का सूनापन उतर आया था। पिछली गली के सिरे पर नानबाई की दुकान थी जहाँ गैस का लैम्प जल रहा था। एक-एक तश्तरी में दो-दो रोटियाँ और सालन की प्लेट रखे,

नानबाई का नौकर जगह-जगह रंडियों की कोठरियों के सामने, तश्तरियाँ रखता आगे बढ़ रहा था। जगह-जगह बिजलियाँ बुझ रही थीं। अँधेरे का बोझ किसी तीखी सड़ाँध से मिलकर चकले पर उतरने लगा था। आँगन में अब कुत्ते घूमने लगे थे, शायद इस कारण कि कहीं-कहीं पर रंडियाँ अब खाना खाने बैठ गई थीं।

नानबाई की दुकान के सामने से गुजरते हुए सहसा एक ठंडी सनसनाती-सी लहर मेरे शरीर में दौड़ गई। यहाँ पर भी एक औरत थी। घुटनों तक लम्बा कुर्ता पहने, और बाल उलझे हुए और धूल से अँटे। उम्र की जवान थी पर उसकी टेढ़ी-सी आँखों से लगता था, नीमपागल है। नानबाई की गली की ओर पीठ थी पर उसका कारिन्दा 'खी-खी' करके हँस रहा था। दुकान पर दो-तीन फटीचर-से आदमी बैठे खाना खा रहे थे।

''और पैसे लेगी?'' नानबाई के कारिन्दे ने कहा।

इस पर पगली बिना कुछ बोले आगे को झुक आई, दोनों हाथों से अपने कुर्ते के अगले भाग को नीचे से पकड़कर ऊँचा उठा दिया। पगली नीचे से नंगी थी। नानबाई का नौकर 'खी-खी' करके हँस दिया और जेब में से एक सिक्का निकालकर उसकी ओर फेंका। दुकान पर बैठा एक और आदमी भी हँस दिया, जब कि एक-दूसरे आदमी ने 'हाय अल्लाह!' कहा और मुँह दूसरी ओर फेर लिया। पगली कुर्ते को छोड़कर जमीन पर से सिक्का उठाने के लिए लपकी।

''भाग जा, भाग जा, अब और पैसे नहीं मिलेंगे,'' नानबाई ने कहा।

पर पगली ने फिर एक बार कुर्ता उठाया, पर सिक्का न मिलने पर कुर्ता गिरा दिया और पनवाड़ी की दुकान की ओर भाग गई।

मैं फिर से रेलवे यार्ड की लम्बी दीवार के साथ-साथ पाँव घसीटता चला जा रहा था। सड़क के पार दुकानें बन्द हो चुकी थीं, हाँ, चौबारों में से छन-छनकर आती रोशनी के साथ-साथ संगीत की धुनें अभी भी हवा में तैरती चली आ रही थीं। दो-एक जगह पर अभी भी कोठों के नीचे फूलों के गजरे बेचनेवाले और गानेवालियों की ओर से न्योता देनेवाले दलाल घूम रहे थे।

तभी किसी रंडी के गाने की आवाज हवा को चीरती हुई सुनाई दी :

अभी तो मैं जवान हूँ!
अभी तो मैं जवान हूँ!

हफीज जालन्धरी की गजल थी, जिसे लड़की अपनी खरज, घिसी-पिटी आवाज में गाए जा रही थी :

अभी तो मैं जवान हूँ।

और साथ ही सुननेवालों की 'वाह-वाह' का एक बादल-सा उठा और मैं आगे बढ़ गया था।

कुछ दूर तक उसकी आवाज बराबर मेरा साथ देती रही। फिर चकले के वायुमंडल में एक सिसकी की तरह खो गई।

रास्ता

गोबिन्दमाँ को किस रास्ते जाना चाहिए था, यह बड़ा असंगत सवाल है। आपके पास हैं ही कितने रास्ते जिन पर कोई इनसान चल सके? एक ही रास्ते पर इनसान चलता है और वह है उसकी अन्दर की मजबूरी का रास्ता, जब वह किसी तड़प के बल पर या किसी भूख के बल पर किसी रास्ते हो ले या फिर वह रास्ता जिस पर उसे ढकेल दिया जाए। कभी ठंडे दिल से भी किसी ने रास्ता चुना है? इनसान रास्ता चुनता ही कहाँ है, वह तो केवल चलता है। जो लोग रास्ते सुझाते हैं, या रास्ते चुनते हैं—दम्भी, छिद्रान्वेषी लोग—वे अक्सर चलते नहीं। कभी-कभी तो सोचता हूँ कि रास्ता या दिशा नाम की कोई चीज है भी या नहीं।

इस समय गोबिन्दमाँ कहाँ है और किस ओर चल रही है, मैं नहीं जानता। हमारी गली का मोड़ हमारे लिए क्षितिज है। जो घर में से निकलकर गली का मोड़ काट गया, वह क्षितिज के पार चला गया। बाहर दूर-दूर तक झुटपुटा है और झुटपुटे में लाखों-करोड़ों लोग जैसे डूब-उतरा रहे हैं। गोबिन्दमाँ इसी झुटपुटे में से निकलकर आई थी और कुछ दिन के लिए हमारे घर की दहलीज पर डोलती रही थी। कभी लगता था, अन्दर आ जाएगी। कभी लगता, उधर से पीठ मोड़ लेगी और गली का मोड़ काट जाएगी। और वह एक दिन गली का मोड़ काट गई थी। क्या मालूम, वह इस वक्त कीच से लथपथ, छिछले जल में कहीं औंधे मुँह गिरी पड़ी हो! शायद हमारी नैतिक भावना चाहती भी यही है कि वह वहीं पड़ी-पड़ी डूब जाए ताकि हम कह सकें—देखा, हमने कहा था न, हुई न वही बात!

हमारे लिए गोबिन्दमाँ परछाईं-सी बन गई है। उसकी आकृति का भान कभी-कभी होता है। कभी-कभी उसकी धीमी-सी हँसी भी सुनाई देती है, जैसे वह अब भी मेरी पत्नी को आश्वासन दे रही हो, 'सब ठीक हो जाएगा।' फिर उसकी टुनकती-सी हँसी और उसकी आवाज उतनी ही जल्दी शान्त भी हो जाती है, मूक दीवारों की निस्तब्धता में खो जाती है।

'टिकेगी,' पत्नी ने कहा था, 'बदनसीब औरत है, टिकेगी।'

बदनसीबी के अलावा गोबिन्दमाँ के घर में टिकने के सभी लक्षण मौजूद थे—अकेली थी, दो अक्षर पढ़ी हुई थी, दक्षिण की होने के कारण आसपास के लोगों को नहीं जानती थी, बायाँ पैर घसीटकर चलती थी—शायद अवचेतन में कहीं, उसके सभी निर्णय उसका घिसटता पाँव ही करता था।

घर में आने के कुछ ही दिन बाद पत्नी से बोली थी, 'माँ, तुम्हें बुरा लगे, अगर मेरा कोई दोस्त हो?'

तभी हमारी नैतिक भावना को जैसे चाबुक लगी थी। और कभी फुसफुसाकर तो कभी उसकी एक-एक गति की ओर घूरकर देखते हुए हम उसे अपनी नैतिकता की तराज़ू पर तौलने लगे थे।

गोबिन्दमाँ का एक अतीत भी था जहाँ वह प्राइमरी स्कूल की मामूली-सी अध्यापिका हुआ करती थी और स्कूल की खिड़की में से किसी ब्राह्मण युवक के आने की राह देखा करती थी। प्राइमरी स्कूल के पिछवाड़े, और कस्बे के ताड़ के झुरमुट के नीचे खड़ी गोबिन्दमाँ; बालों में फूल लगाए, काली-कलूटी गोबिन्दमाँ उसे भी सिर हिला-हिलाकर और हँस-हँसकर यही आश्वासन दिया करती थी :

'कुछ नहीं होगा, कुछ नहीं होगा, तुम तनिक भी चिन्ता नहीं करो।'

पर बहुत कुछ हुआ, यहाँ तक कि गोबिन्दमाँ का बायाँ पैर भी घिसटने लगा, उसे गर्भ भी हुआ, और वह अपना कस्बा छोड़कर मद्रास भी गई, दर-दर की खाक छानते हुए वह दिल्ली भी पहुँची। वह युवक तो वर्षों पहले कहीं चला गया है, लेकिन गोबिन्दमाँ की आँखों में एक चमक-सी छोड़ गया है। जब भी गोबिन्दमाँ उसका नाम लिया करती, उसकी आँखों में चमक आ जाती, जैसे किसी लौ की झाईं उसमें पड़ने लगी हो और वह मेरी पत्नी से कहती :

'माँ, वह बहुत अच्छा था, वह किसी का बुरा नहीं चेतता था, वह बहुत अच्छा था...।'

'वह अच्छा था तो अब कहाँ है? तेरी सुध क्यों नहीं लेता? अपने बेटे की सुध क्यों नहीं लेता जो अनाथालय में पड़ा सड़ रहा है?'

गोबिन्दमाँ कोई जवाब नहीं दे पाती, चुपचाप पत्नी के मुँह की ओर देखती रहती है, पर उसकी आँखें ज्यों-की-त्यों चमकती रहती हैं।

क्या जिन्दगी में घटनाएँ किसी क्रम में घटती हैं?—पहले क्या हुआ और बाद में क्या हुआ, क्या यह सब असंगत नहीं है? जीवन की घटनाएँ काठ के टेढ़े-मेढ़े टुकड़ों की तरह बिखरी पड़ी रहती हैं। ये पहले और पीछे के क्रम में नहीं जुड़तीं, पर ये जुड़ती जरूर हैं और धीरे-धीरे प्रत्येक व्यक्ति का जीवन एक स्वर-रचना का रूप ग्रहण करने लगता है और उसके चरित्र का मूल स्वर उस रचना का मूल स्वर बनता चला जाता है—इसी मूल स्वर में से सभी स्वर-लहरियाँ फूटती हैं—कभी अन्धड़ों की, कभी हँसी की, कभी चीत्कार की!

मैं नहीं जानता, गोबिन्दमाँ के बेटा कब हुआ था—उस ब्राह्मण द्वारा त्याग दिये जाने के फौरन बाद या पहले? और उसका पैर कब घिसटने लगा था?...

गाड़ी दहाड़ती हुई आगे बढ़ी जा रही थी और गोबिन्दमाँ और उसका ब्राह्मण प्रेमी डिब्बे के एक कोने में दबकर बैठे कस्बे से दूर भागते जा रहे थे। गोबिन्दमाँ आश्वस्त थी, अपार आनन्द में डूबी, जबकि ब्राह्मण युवक की आँखें सतर्क और खिंची-खिंची प्रत्येक आने-जानेवाले मुसाफिर की ओर लपक-लपककर देख रही थीं।

ब्राह्मण का दिल किसी-किसी वक्त डोलने लगता तो गोबिन्दमाँ हँसकर कहती, 'तुम चिन्ता नहीं करो जी। यदि किसी ने पकड़ लिया तो कह देना, तुम्हें मैं खींचकर लाई हूँ। सारा दोष मुझ पर डाल देना।' और उसकी आँखें चमकने लगतीं। तब नई-नई चमक गोबिन्दमाँ की आँखों में आई थी।

इधर गाड़ी प्रेमियों को लिये भागी जा रही, उधर कस्बे में, आँगन की दीवार के साथ खड़ी लड़की की माँ सिर धुनती हुई और अपने पेट पर बार-बार हाथ रखती हुई पड़ोसिनों से चिल्ला-चिल्लाकर कहे जा रही थी, 'पेट गन्दा निकला है, मेरा पेट गन्दा निकला है। किसी का दोष नहीं, पेट गन्दा निकला है!'

और बालिश्त-भर आँगन में खाट डाले खाँसता-खखारता हुआ गोबिन्दमाँ का बाप शून्य में यों देखे जा रहा था, जैसे गोबिन्दमाँ मर गई हो!

ब्राह्मण युवक अच्छा था, दिल का अच्छा था, इसलिए पहले वह गोबिन्दमाँ को मन्दिर में भी ले गया था और सभी प्रेमियों की भाँति देवता के सामने और पुजारी के सामने विवाह की शपथ लेने का स्वाँग भी रचा था, और वह सहस्रों वर्ष पुराने प्रेम-वाक्य भी दोहराता रहा था जो लगता है, सभी प्रेमियों ने रट रखे होते हैं। पर अन्त में पैसे चुकने लगे थे और वह उसे मजबूर होकर अपने घर, अपनी माँ के पास ले गया था।

'मुझे विश्वास है, माँ तुम्हें कबूल कर लेगी। एक बार जब वह तुमसे मिलेगी तो तुम्हें अपनी बेटी के समान प्यार करने लगेगी।'

पर सास ने वे बातें कहीं जो एक सास ही कह सकती है। आसपास के सभी लोग काले थे, उसका अपना बेटा काला था लेकिन जैसी काली-कलूटी उसे गोबिन्दमाँ लगी, वैसा कोई न था। इस पर नाडार जात की! एक बार तो उसने गोबिन्दमाँ पर थूक दिया था। गोबिन्दमाँ, जो सतरंगे आकाश में उड़ती रही थी, जैसे पकड़ ली गई थी और उसके पंख नुचने लगे थे। गोबिन्दमाँ चुपचाप सुनती रहती, और नीचे धरती की ओर देखती रहती, और अन्दर-ही-अन्दर मुस्कुराती रहती। 'क्या है, कहने दो,' वह रात के अँधेरे में, दो कोठरियोंवाले उस छोटे-से घर में, एक कोठरी की दीवार के साथ अपने पति से लिपटी फुसफुसाकर कहती, 'तुम

चिन्ता नहीं करो, हमने उनसे पूछा भी तो नहीं है, वह बूढ़ी भी तो हैं! मैं इन्हें मना लूँगी, मैं इनके पैर धो-धोकर पिऊँगी। वह बड़ी अच्छी हैं, मान जाएँगी...।'

जब भी युवक किसी काम से बाहर जाता तो दोनों कोठरियाँ भाँय-भाँय करने लगतीं, लौटकर आता तो स्वर्ग बन जातीं। वह इन्हें रोज लीपा करती थी। बाहर की दीवार पर लाल मिट्टी से पति-पत्नी ने लक्ष्मी का चित्र बनाया था, चित्र ब्राह्मण ने बनाया था लेकिन उसके नीचे और ऊपर दो मोरों की आकृतियाँ गोबिन्दमाँ ने बनाई थीं।

पर सास के पसीजने से पहले ही ब्राह्मण युवक का दिल डोल गया था और गोबिन्दमाँ अपने गाँव अकेली लौटी थी—सिर पर एक छोटी-सी गठरी उठाए हुए। ब्राह्मण युवक केवल रेलगाड़ी में उसे बैठाने आया था, और सारा वक्त भविष्य के आश्वासन देता रहा था और गोबिन्दमाँ उसका एक-एक शब्द सच मानती रही थी।

'ऐसा हो जाता है, माँ,' गोबिन्दमाँ मेरी पत्नी से बरसों बाद कहती थी, 'अपनी माँ की बात मोड़ना बहुत कठिन होता है।' किस कच्चे धागे पर तब भी गोबिन्दमाँ का विश्वास लटक रहा था?

आँगन में सारा वक्त धूल उड़ती रहती थी, घर ऐसा जड़ और सूना लगता मानो समय की गति से पिछड़ गया हो और शून्य में लटक रहा हो! बुढ़ापे के खखारने की आवाज, दो टूटे बर्तनों के खनकने की आवाज, माँ के चिल्लाने की आवाज, दो जीवों की रोटी हर रोज तीन जीवों में बँटने लगे तो घर की हाँडियाँ भी भाँय-भाँय करने लगती हैं। फिर, एक तो बेटी ब्राह्मण के साथ भागकर माँ-बाप के मुँह पर कालिख पोत गई थी, फिर खाक छानती घर लौट आई थी। पहले अगला जन्म बरबाद किया था, अब यह जन्म भी मिट्टी में मिलाने चली आई थी।

'माँ, मैं चली जाऊँगी, तू चिन्ता नहीं कर।' गोबिन्दमाँ अपनी माँ को ढाँढ़स बँधाकर कहती, 'वह आदमी अच्छा है, वह केवल अपनी माँ की बातों में आ गया है। उसने सचमुच मेरे साथ ब्याह किया है...।'

गोबिन्दमाँ को अपने दिल से आशा की आहट मिलती रहती। प्राइमरी स्कूल की चौखट पर फिर से माथा फोड़ने के बाद घर लौटी तो माँ से बोली, 'नाडारों का स्कूल है न, मुझे कैसे ले लेते? मगर बड़ी उस्तानी बहुत भली औरत हैं। कहती थीं— 'मेरी सच्ची सहानुभूति तेरे साथ है, पर मैं क्या करूँ, स्कूल नाडारों का है। —ठीक ही तो कहती थीं।'

तभी गोबिन्दमाँ का बायाँ हाथ और बायाँ पाँव सुन्न हो गए थे। पैर उठता ही न था।

'देखो तो माँ, क्या हो गया है...' और वह औंधे मुँह गिर पड़ी थी।

माँ ने हल्दी पिलाई। वह गली में जाती तो परिचय की हर औरत कोई-न-कोई इलाज बतलाती, 'कबूतर का खून लेकर उसमें दूध काढ़कर पिलाओ।' पर माँ ने

नहीं पिलाया। 'मद्रास में एक बड़े हकीमजी हैं, मुफ्त में इलाज करते हैं।' पर माँ बेटी को उसके पास भी नहीं ले गई। भाग्य सबसे बड़ा हकीम है, नब्ज उसके हाथ में आ जाए तो मरता आदमी भी उठकर बैठ जाता है। उसके हाथ में नब्ज होगी तो यह अपने-आप ठीक हो जाएगी।

कुछ ही दिनों में गोबिन्दमाँ खाट में जैसे धँसने लगी थी, खाट से जुड़ी-जुड़ी, धँसती जाती और सूखती जाती। केवल खुला दरवाजा ढेरों रोशनी अन्दर ले आता था। सारा वक्त वह पड़े-पड़े खुले दरवाजे में से आँगन को ही देखती रहती थी—आँगन और आँगन के पार ताड़ के पेड़ और हरी-हरी घास! घास के तिनके ऐसे हिलते थे मानो धरती माँ को झुरझुरी हो रही हो, और कभी-कभी ताड़ के पेड़ खड़े-खड़े झूमने लगते, पागलों की तरह झूमने लगते। और गोबिन्दमाँ को लगता, जैसे सारी धरती हिलोरें लेने लगी है।

कभी-कभी गोबिन्दमाँ को ऐसा भास होने लगता, जैसे कुछ होने वाला है। जैसे कोई झीनी-सी सफेद चादर आकाश में से उतरी है, और खेतों पर, और जंगलों पर उड़ती हुई उनके घर के इर्द-गिर्द डोलने लगी है। जैसे कुछ हिलने लगा है। जैसे समय का गर्भ फिर से भर गया है; जो पहले खाली-खाली, सूना-सूना था, अब भरने लगा है, वैसे ही जैसे मेघ में जल भर जाता है। खाट पर पड़े-पड़े दूर खेतों पर आँख लगाए, उसे भास होने लगा था कि कुछ होनेवाला है।

तभी वह एक दिन सामने दहलीज पर खड़ा था, पछतावे का मारा।

और गोबिन्दमाँ पड़े-पड़े किलकारी भरकर चिल्लाई थी, 'देखा, मैंने कहा था न! देखा माँ, मैंने कहा था न, वह आएगा!'

और दो दिन बाद जब वह ताँगा लेकर आया और अपनी बलिष्ठ बाँहों में गोबिन्दमाँ को उठाकर ताँगे पर लिटा दिया तो गोबिन्दमाँ को लगा, जैसे उसके निरुद्ध अंगों में भी पुलकन हुई है। उसे लगा, जैसे सभी अंग हल्के-हल्के हो गए हैं, उन पर से कोई असह्य बोझ जैसे झरकर उतर गया है। ताँगा चलने लगा, तो उसे लगा, जैसे फिर से वह भागती गाड़ी के डिब्बे में बैठी है और ब्राह्मण युवक की आँखों में दौड़ते खेत और झूमते पेड़ और आकाश की असीम नीलिमा झाँकने लगी है।

मद्रास के अस्पताल में गलियारा बड़ा लम्बा था—लम्बा ही लम्बा, खत्म होने में नहीं आता था, और अन्दर एक खाट के साथ दूसरी खाट और दूसरी के साथ तीसरी और तीसरी के साथ चौथी, दूर तक खाटें ही खाटें और सभी पर लाल कम्बल और सफेद कपड़ों में दौड़ती-फिरती नर्सें। पर ब्राह्मण को तनिक भी झेंप नहीं होती थी। खाट के पायताने बैठकर वह उसकी टाँग दबाने लगता, तोरी की तरह लटकती बाँह की मालिश करने लगता। दो चीकू और दो सन्तरे अपने हाथों से रोज छील-छीलकर खिलाता था। गोबिन्दमाँ बच्चों की तरह न-न करती रहती और नन्ही गौरैया की तरह मुँह खोलती रहती। एक बार तो कंघी लेकर उसके बाल काढ़ने लगा

था तो गोबिन्दमाँ जोर-जोर से सिर हिलाने लगी थी और किलकारियाँ भरने लगी थी और आसपास के मरीजों को अपनी ओर देखते पाकर गोबिन्दमाँ को बड़ी झेंप लगी थी पर साथ-ही-साथ गर्व का भी भास हुआ था। तभी उसने उसके हाथ से लपक कंघी छीन ली थी।

फिर एक दिन वह गोबिन्दमाँ की ओर पीठ किए फर्श पर बैठा, फल छील रहा था तभी सहसा गोबिन्दमाँ हँसती हुई उसके पास गिर पड़ी थी। लरजते अंगों से वह चुपचाप खाट पर से उतर आई थी और खाट की पाटी को पकड़े पैर घसीटती हुई उसकी ओर चल पड़ी थी। उसने उठाकर गोबिन्दमाँ को खाट पर लिटाया और डाँट दिया तो भी गोबिन्दमाँ हाँफती-हँसती रही। उसके बाद केवल दो दिन तक वह उसके कन्धे का सहारा लेकर चली, तीसरे दिन वह पार्टी का सहारा छोड़ जैसे-तैसे सीधे दरवाजे तक जा पहुँची—घबराई हुई, पाँव आगे बढ़ाती जाती और हँसती जाती, काँपती-सी हँसी और उसके कुछ दिन बाद वह पहले वार्ड, फिर गलियारा, फिर आँगन भी लाँघकर सीधी सड़क पर खड़े ताँगे तक जा पहुँची थी। और वे शायद एक बरस तक या दो बरस तक एक साथ मद्रास शहर में रहते रहे थे।

पर अब की बार वह फिर लापता हो गया था। नाटक के इस दृश्य को काल-क्रम में जोड़ो तो जैसे जुड़ ही नहीं पाता, किसी फ्रेम में वह फिट नहीं बैठता—न काल-क्रम में, न नैतिक दर्शन में, न मानव-स्वभाव में।

वे फिर ताँगे पर बैठे स्टेशन की ओर जा रहे थे और गोबिन्दमाँ चहक रही थी। शायद महीनों बाद की बात होगी, या बरसों बाद की। गोबिन्दमाँ ने उजली नीले रंग की साड़ी पहन रखी थी और बालों में सफेद रंग के फूल थे। गर्भ के कारण उसके लिए ताँगे के हिचकोलों में सीधे बैठ पाना कठिन हो रहा था। और वह बराबर मुस्कुराए जा रही थी और हर तीसरे-चौथे मिनट पति का हाथ खींचकर अपने पेट पर रखती, 'देखा? हिला था न? तुम्हें पता नहीं चला? अभी देखना, अभी फिर लात मारेगा, फिर हिलेगा! देखा? देखा? देखा? देखा?' फिर वह हर बार किलककर कहती, 'बेटा होगा, पड़ोसवाली बुढ़िया कहती थी, जो अन्दर-ही-अन्दर ऊधम मचाए तो समझो, बेटा होगा।'

पर अब की बार वह उसे छोड़कर गया तो लौटकर नहीं आया। कह गया था, सात दिन में वह आ जाएगा, और अब सात बरस हो चले थे। गोबिन्दमाँ कभी-कभी पत्नी से कहा करती थी कि ताँगे में बैठा वह उस रोज भी उससे आँखें चुरा रहा था, पर गोबिन्दमाँ ने ध्यान नहीं दिया। गोबिन्दमाँ उसकी ओर देखती तो वह दूसरी ओर देखने लगता, और गोबिन्दमाँ समझती कि यह उसकी स्वभावगत झेंप है।

गोबिन्दमाँ धम-धम करती माँ-बाप के घर पहुँची थी। उसकी जेब में पूरे पचास रुपए थे और हफ्ते-भर में वह लौटनेवाला था। तब माँ और बाप दोनों हँसकर बोले थे। और पूरे सात दिन तक गोबिन्दमाँ उनके साथ चहकती रही थी, और उसने

अपनी माँ को पूरे मद्रास शहर की सैर करा दी थी। आठवें दिन के बाद अनिश्चय डोलने लगा था, और हिलोरें लेते पेड़-पौधों में जड़ता आने लगी थी, और फिर काँच की चादर जैसा शून्य चारों ओर हर चीज को ढँकने लगा था। आँगन की धूप सूत-सूत करके कम होती जाती, फिर धूप छाँह में बदलती, फिर छाँह रात में बदलती, पर कहीं से आहट नहीं मिलती। गोबिन्दमाँ की आँखें बीसियों खेत पार कर दूर उस सड़क पर जा पहुँचतीं जहाँ यात्रियों के पैरों की धूल उड़ती है।

घर में फिर से पहले की-सी आवाजें आने लगीं। बाप, जो कुछ दिन तक खूब बीड़ियाँ फूँकता रहा था, अब फिर से झींकने-बड़बड़ाने लगा, दो आदमियों की रोटी फिर तीन जनों में बँटने लगी और माँ बात-बेबात फिर अपने गन्दे पेट का हवाला देने लगी।

'वह आएगा माँ, वह जरूर आएगा। तुम चिन्ता नहीं करो माँ, वह नहीं आया तो मैं यहाँ से चली जाऊँगी, उसे ढूँढ़ लाऊँगी।'

गोबिन्दमाँ को विश्वास था कि बेटा हो जाने के बाद उसे ढूँढ़ने निकल पड़ेगी, और उसके घर से निकलने की देर है कि वह उसे ढूँढ़ निकालेगी। घर के बाहर कदम रखने की देर है कि वह उसे मिल जाएगा। गोबिन्दमाँ अपने बेचैन टूटे पंखों के बल पर उड़ने की चेष्टा करती हुई आँधी में कहाँ से कहाँ पटक दी गई!

गोबिन्दमाँ अभी भी यह समझती है कि वह स्वयं उड़ रही है, वह स्वयं उड़कर एक शहर से दूसरे शहर, एक गाँव से दूसरे गाँव पहुँचती रही है।

तब से अब तक सात साल बीत चुके हैं और वह नहीं मिला। गोबिन्दमाँ ने झाँक-झाँककर सैकड़ों-हजारों लोगों के चेहरों को देखा है—रेलवे स्टेशनों के फाटकों पर, नदी के घाटों पर, चलती सड़कों पर, साधुओं-बैरागियों के डेरों में, होटलों में। मद्रास की सड़कों पर तो वह पागलों की तरह घूमती रही है, और उसके घर की चौखट पर भी बीसियों बार माथा फोड़ आई है। घरवाले यही कहते हैं, 'बुढ़िया मर गई है, उसका बेटा यहाँ नहीं है। यह घर हमने खरीद लिया है।' पर गोबिन्दमाँ हर तीसरे-चौथे महीने यही वाक्य सुनने वहाँ पहुँच जाती रही।

'यों देखा तो नहीं माँ, पर मुझसे किसी ने यह भी तो नहीं कहा कि वह मर गया है।'

गोबिन्दमाँ पत्नी से कहा करती थी, मानो उसने अपने बाह्मण पति को अपनी ओट में ही कहीं छिपा रखा हो!

सात साल बीत गए हैं। ब्राह्मण पीछे छूट गया है। जीवन में वह असंगत होकर जैसे झर गया है। गोबिन्दमाँ ने इन्तजार करना छोड़ दिया है। लगता है, गोबिन्दमाँ के मन में नई कोंपलें लगी हैं। सात साल लम्बा अर्सा होता है, जिसमें बहुत-कुछ बदल जाता है—इनसान का शरीर, उसका मन, उसकी आशाएँ-आकांक्षाएँ।

तभी, हमारे घर में ही गोबिन्दमाँ ने पत्नी से एक दिन कहा था :

'माँ, तुम्हें बुरा लगे, अगर मेरा कोई दोस्त हो?'

तभी हमारी नैतिकता को चाबुक लगी थी और गोबिन्दमाँ का चेहरा पाप जैसा काला और कुरूप लगने लगा था।...

गोबिन्दमाँ का एक और अतीत भी है, नम्बर दो अतीत। यह अतीत भी गूमड़ की तरह सूजकर गोबिन्दमाँ की जिन्दगी में उभर आया। लगता था, फोड़ा है, बैठ जाएगा और गोबिन्दमाँ का जीवन समतल हो जाएगा—अपनी यातना में समतल, अपनी अटूट आशा में समतल। इस अतीत में सबसे पहले दिल्ली आती है, और एक सजा-धजा घर आता है, टेलीफोन आता है, और रुपल्ली जितनी बड़ी बिन्दी माथे पर लगानेवाली युवा मालकिन आती है, जो रोज ग्यारह बजते-बजते छमछम करती साड़ी पहने बैग झुलाती शॉपिंग करने जाती है और जो रोज गोबिन्दमाँ के सामने रोती है, और बारिश की बूँद जितने मोटे-मोटे आँसू बहाती है, 'तेरा घरवाला तो भाग गया है, तेरे जीवन में से निकल गया है, पर मेरा घरवाला तो मुझे तिल-तिल कर जला रहा है।'

पहली बार उसकी बातें सुनकर गोबिन्दमाँ की आँखें फैलती गईं, फैलती गईं और मालकिन ठंडी आहें भरती हुई कहती गई, 'है एक, पंजाबिन, इसी शहर में है, उसी के पास दौड़ा फिरता है, अपने पैसों से उसे घर भी ले दिया है...।'

गोबिन्दमाँ उसका सिर दबाती तो वह रोज अपना दुखड़ा रोती और रोज ही मालकिन को देख उसका दिल भर-भर उठता।

और रोज ही ग्यारह बजते-बजते मालकिन छमछम करती साड़ी पहनकर, माथे पर रुपल्ली जितनी बिन्दी लगाए बैग झुलाती 'शॉपिंग' करने निकल जाती थी। तब गोबिन्दमाँ को अच्छा लगता था। आँगन के हिलते पत्तों के साथ-साथ झूमती हुई-सी वह गुलमोहर के आँगन पार कर जाती थी। लगता, गुलमोहर की हिलोरती टहनियों के साथ-साथ उसकी साड़ी का उड़ता पल्लू और हाथ में उसका झूलता बैग और विशेष लय में साड़ी के बॉर्डर के नीचे उठते उसके पाँव चल रहे हैं। ऐसे ही मालकिन सड़क पर पहुँचकर बाएँ हाथ को आँखों से ओझल हो जाती थी और बरामदे में खड़ी गोबिन्दमाँ उसे निहारती रहती थी।

घर में कम लोग आते थे, पर बार-बार आते थे। मालकिन का भाई आता था जो संसद-सदस्य था। उसकी दो ठुड्डियाँ थीं और वह सारा वक्त मुँह से साँस लेता था—कभी धोती पहनकर आता, कभी पतलून, और जाने से पहले सदा गोबिन्दमाँ को सीख देकर जाता था, 'मेरी बहन का ध्यान रखना। यह बेचारी बहुत दुखी है।' साल में कभी-कभी संसद-सदस्य का सेक्रेटरी भी आता था। उसकी बगल में सदा पीले रंग की फाइल होती और वह एक ही झटके में हाथ भी जोड़ता और सिर भी

झुकाता था और चुपचाप बरामदे में बैठा रहता था। कभी-कभी घर का मालिक भी आता था, मालकिन का पति, तब दरवाजे बन्द हो जाते थे। घंटों बन्द रहते थे। कभी तो घर में सन्नाटा छाया रहता था, कभी अन्दर से मालकिन के चिल्लाने और ऊँचा-ऊँचा रोने की आवाजें आने लगती थीं। मालिक जब लौटकर घर से जाता तो किसी की ओर देखता ही न था। सीधा गर्दन आगे की ओर बढ़ाए सीढ़ियों की ओर हो लेता था।

तभी एक दिन गोबिन्दमाँ जब सीढ़ियाँ चढ़कर आई तो पर्दे के पीछे खड़ी की खड़ी रह गई। मालकिन टेलीफोन पर बैठी प्रेमालाप कर रही थी।

'तुम बहुत बुरे हो जी! मैं तुमसे कभी नहीं बोलूँगी।'

और पर्दे के पीछे से भी गोबिन्दमाँ ने देख लिया कि टेलीफोन का चोंगा कान के पास लगाए हुए मालकिन रूठने का अभिनय कर रही है। 'कल क्यों नहीं मिले? हाँ, बड़े आए! आज नहीं आओगे तो मैं कभी बोलूँगी भी नहीं। पूरा आधा घंटा मैं वहाँ खड़ी तुम्हारी राह देखती रही। बस, बस, कुछ मत कहो, झूठ बोलते शर्म भी तो नहीं आती।' फिर मालकिन हँसने लगी, 'क्यों नहीं करूँगी, मैं सब-कुछ कर सकती हूँ। मैं तुम्हारी पत्नी को गुमनाम खत लिखूँगी कि तुम्हारा पति किसी औरत के चक्कर में है, उसे सँभालकर रखो।...हाय, हाय, बिगड़ गए?' फिर हँसी से लोट-पोट हुई जा रही थी, 'अच्छा, नहीं बताऊँगी। कान पकड़ो! पकड़ लिये? अब कहो, फिर ऐसा अपराध कभी नहीं करोगे?' फिर मालकिन हँसने लगी, हँसी से लोट-पोट हुई जाती। फिर वह टेलीफोन के चोंगे में बार-बार चुम्बन फेंकने लगी, सिर हिला-हिलाकर बार-बार चूमने का स्वर निकालती जाती और उसका चेहरा तमतमाता जाता। फिर उसने चोंगे को छाती से लगाया, और देर तक उसे छाती से लगाए रही और दाएँ-बाएँ झूलती रही।

'अच्छा, बस, बस, अभी बन्द करूँगी। वह आनेवाली होगी, वही कलमुँही।' फिर हँसकर बोली, 'अपने पति को यहाँ ढूँढ़ने आई है। हाँ, हाँ, सच! गाँव की है। नहीं, नहीं, सुन्दर जरा भी नहीं। कुछ भी नहीं जानती, बालों में केवल फूल टाँकना जानती है। हत्, ऐसा नहीं कहते!...'

गोबिन्दमाँ पीछे हट गई, और पीछे हटती-हटती सीढ़ियों तक जा पहुँची, फिर दबे पाँव सीढ़ियाँ उतर गई और सबसे नीचे की सीढ़ी पर बैठ गई, और देर तक भौंचक-सी वहीं बैठी रही। देर तक उसकी समझ में नहीं आई। यों भी दिल्ली की अनेक बातें उसकी समझ में नहीं आती थीं। कौन था जिसके साथ मालकिन बातें कर रही थी? कौन-सी बात झूठ है, कौन-सी सच? कौन-सी बात बुरी है, कौन-सी अच्छी?...थोड़ी देर तक वहीं बैठी रही, फिर सीढ़ियाँ चढ़कर ऊपर गई तो मालकिन दुखते सिर को अपने दोनों हाथों से दबाती जमुहाइयाँ लेती पर्दे के पीछे से बाहर आई।

'एक पल के लिए भी नींद नहीं आई। सारा वक्त करवटें बदलती रही हूँ। आ जा, मेरा सिर दबा दे। रसोई बाद में करती रहना। मेरा जीवन तो नरक है। यह भी कोई जीना है! इस जीने से तो मर जाना अच्छा है!...'

सिर दबाती गोबिन्दमाँ का मन छटपटाता रहा। कौन था जिसके साथ मालकिन हँस-हँसकर बातें कर रही थी? चुम्बन फेंक रही थी? बार-बार उसके मन में आया कि पूछे, लेकिन हिम्मत नहीं बाँध पाई। मन में उथल-पुथल मची थी। अँधेरे में जैसे कोई चौंधियाता-सा दरवाजा खुलता था और फिर बन्द हो जाता था। जैसे पृथ्वी के गर्भ में कोई भूचाल आए और ऊपर खड़े ऊँचे-ऊँचे मकान हिलने लगें।

'मैं थोड़ी देर के लिए बाहर जाऊँगी, तबीयत सँभल जाएगी,' मालकिन ने सोफे पर से उठते हुए कहा। और ग्यारह बजते-बजते जब मालकिन बैग झुलाती सीढ़ियाँ उतर गई तो रहस्य की कोई बात नहीं रह गई।

गोबिन्दमाँ का ध्यान बैठे-बैठे उचट जाता, बैठे-बैठे कलेजे में घूँसा-सा लगता। इस प्रहार के नीचे अन्दर-ही-अन्दर कोई चीज काँप-काँप जाती, फिर धीरे-धीरे स्थिर हो जाती। मालकिन की दिनचर्या का क्रम स्पष्ट होने लगा था। जब मालकिन गोबिन्दमाँ को सौदा लेने बाजार भेजेगी तो इस बीच टेलीफोन पर चुम्बन होंगे, जब लौटेगी तो मालकिन अपना दुखता सिर दबाने के लिए आग्रह करेगी, फिर कपड़े पहनकर बैग झुलाती शॉपिंग के लिए जाएगी। गोबिन्दमाँ के कान चौबीस घंटे मालकिन के कमरे की ओर लगे रहते। गोबिन्दमाँ दबे पाँव लगभग रोज ही टेलीफोन पर प्रेमालाप सुन लेती। लाल-लाल होंठों के चुम्बन भी देखती, जिन्हें देखकर उसे मितली हो आती।

गोबिन्दमाँ के अन्दर आग-सी जलने लगी। बैठे ही बैठे एक लपलपाती-सी शिखा भड़क उठती। नहीं तो आग दबी रहती, उसमें से उठनेवाला धुआँ आँखों पर छा जाता और उसे कुछ भी नहीं सूझता—रात को लेटती तो करवटें बदलती रहती। हर बार करवट बदलने पर ब्राह्मण पति आँखों के सामने आ जाता तो दिल खून-खून हो जाता, उस पर क्रोध आने लगता। मरा नहीं था तो मेरी सुध तो लेता! अपनी माँ के जीते-जी नहीं आ सकता था तो माँ के मरने के बाद तो आता! साधु भी बन गया है तो साधु भी हत्यारों की भाँति उस घर के सामने से एक बार तो जरूर ही जाते हैं जिस घर को उन्होंने छोड़ा हो। उसे कभी-कभी विश्वास होने लगता कि उसका ब्राह्मण मर-खप गया है। जो तर्क उसे कभी आश्वस्त नहीं कर पाते थे, वे अपने-आप उसके मन में चक्कर काटने लगे थे। एक बार सपने में गोबिन्दमाँ ने देखा कि ऊँची ढलान पर से किसी का बँधा हुआ बिस्तर गिर रहा है, चट्टानों-पत्थरों से टकराता नीचे लुढ़कता जा रहा है, और नीचे बहती नदी में जा गिरा है और फिर बहती नदी की नीली जलधारा में कोई चीज बही जा रही है, बही जा रही है। कोई काली-सी चीज है, पर वह बिस्तर नहीं, किसी आदमी का सिर है। वह ब्राह्मण युवक का सिर है जो बहा जा रहा है, बहा जा रहा है और आगे नदी

की लहर मोड़ काट गई है और वह आँखों से ओझल होता जा रहा है, और गोबिन्दमाँ किनारे पर खड़ी अपनी मालकिन से पूछ रही है, 'वह डूब गया जी? क्या वह डूब गया?'

फिर एक दिन मालकिन का सिर दबाते हुए उसने कह ही दिया, 'माँ, तुम ऐसी बात नहीं करो। वह करता है तो उसे करने दो। तुम्हें यह शोभा नहीं देता। स्त्रियों को यह शोभा नहीं देता।' उसने मालकिन को यह भी बता दिया कि पर्दे के पीछे खड़ी वह उसका प्रेमालाप सुनती रही है।

मालकिन उठ बैठी थी और फटी-फटी आँखों से उसकी ओर देखती रही थी, फिर सिर झटककर लेट गई, 'मैं क्यों यहाँ पड़ी-पड़ी गलती रहूँ? वह कर सकता है तो मैं भी कर सकती हूँ। उसे मेरी परवाह नहीं तो मैं ही क्यों उसकी परवाह करूँ? पर तू किसी को बताना नहीं। खबरदार जो किसी के आगे मुँह खोला!'

सिर दबवाने का आडम्बर फिर भी चलता रहा। मालकिन उस रोज भी अपने प्रेमी से मिलने गई, और उसे जाते देखकर बालकनी पर खड़ी गोबिन्दमाँ के दिल में टीस भी उठी और हूक भी, घोर घृणा भी और मन रोने-रोने को भी हुआ।

ईर्ष्या जब बोलती है तो साधुओं की भाषा में, अपने को झुठलाने की चेष्टा करती हुई। तभी एक रोज पैर घसीटती गोबिन्दमाँ मालकिन के भाई के घर भी जा पहुँची थी और दहलीज पर ही खड़े-खड़े उसने कह दिया था, 'मैं आपसे एक बात करने आई हूँ जी। आप मालकिन को समझाइए न, वह बुरे रास्ते पर जा रही हैं। आप उनके भाई हैं। उन्हें दुख है, मैं जानती हूँ, मगर...' और उसने मालकिन के अभिसार की सारी कहानी कह डाली।

मालकिन का भाई बात करता था तो कमरे में टहल-टहलकर, मंच के किसी अभिनेता की भाँति। दहलीज के पास पहुँचता तो गर्दन ऊपर उठाता, आँखें सिकोड़कर गोबिन्दमाँ की ओर देखता, और कुछ कहने के लिए मुँह खोल देता, वैसे ही, जैसे बगुला चोंच से गन्दा पानी निकालने के लिए गर्दन ऊपर उठाता है। मालकिन का भाई देर तक टहलता और गर्दन ऊपर उठाता रहा, और आँखें सिकोड़कर गोबिन्दमाँ की ओर देखता रहा।

'उनसे नहीं कहिए जी, कि मैंने आपको कुछ बताया है, वह बहुत बिगड़ेंगी...।'

इस पर भी वह सज्जन आँखें सिकोड़े देर तक गोबिन्दमाँ के चेहरे की ओर देखते रहे थे।

वहाँ से लौटते हुए गोबिन्दमाँ सन्तुष्ट भी थी और उसे पछतावा भी था, और हर बीस कदमों के बाद उसके दिल में टीस भी उठती थी, जैसी कि सभी के दिल में उठती है, और कुछ देर बाद वैसे ही दब जाती थी, जैसे कैंसर का दर्द उठकर दब जाता है...

फिर एक दिन जब मालकिन घर पर नहीं थी और टेलीफोन की घंटी बजी,

और गोबिन्दमाँ ने चोंगा उठाया तो उसका चेहरा लाल हो गया।

'मालकिन बाजार गई हैं, कन्नाट-प्लेस गई हैं जी।'

'मैं मालकिन से नहीं, तुमसे बात करना चाहता हूँ।'

'आप...' गोबिन्दमाँ का दिल धड़कने लगा। 'मैं गोबिन्दमाँ हूँ जी, मालकिन बाहर गई हैं।'

'मैं तुम्हीं से बात करना चाहता हूँ, तुम मुझे जानती हो, मैं सिरीनिवासन हूँ।'

'हाँ जी, मुझे मालूम है। मैंने आपको कई बार देखा है। आप दादा के सेक्रेटरी हो न?'

'हाँ, मेरा मन बहुत चाहता था तुमसे बातें करने को।'

गोबिन्दमाँ ने झट से चोंगा नीचे रख दिया, और दाँतों से जीभ काटकर वहाँ से हट गई मानो टेलीफोन ने उसे डसने के लिए फन फैलाया हो! वह वहाँ से हट गई और बेमतलब-सी कमरे में चक्कर काटने लगी।

तभी टेलीफोन की घंटी फिर से बजी। और दस बार हाथ बढ़ाने और दस बार हाथ खींचने के बाद गोबिन्दमाँ ने चोंगा उठा लिया।

'तुमने चोंगा क्यों रख दिया? नाराज हो गईं? बहुत जल्दी नाराज हो जाती हो!...बोलती क्यों नहीं, नाराज हो गईं?'

'...ज्ज्जी जी...नहीं तो...!'

गोबिन्दमाँ चोंगा कान से लगाए खड़ी थी और दूसरा हाथ साड़ी का पल्लू मरोड़े जा रहा था, और दिल धक्-धक् किए जा रहा था।

फिर आवाज आई, 'कभी मिलो न। मैं वहाँ आ जाऊँ?'

'कभी नहीं, कभी नहीं।'

उधर से हँसी की आवाज आई, 'डर गईं? डरो नहीं, मैं आऊँगा तो साहब की फाइल बगल में दबाकर ही आऊँगा, साहब को ढूँढ़ता-ढूँढ़ता। तुम क्यों डरो, डरना तो मुझे चाहिए। साहब को पता चल जाए तो मुसीबत, बीवी को पता चल जाए तो मुसीबत...अच्छा, बताओ न, कब मिलोगी? अभी आ जाऊँ?'

'नहीं, नहीं, नहीं!'

'मालकिन कब लौटती हैं?'

'बारह बजे।'

'अभी तो ग्यारह बजे हैं, कहो न—आ जाओ। एक बार कहो—आ जाओ। मैं तुम्हारे मुँह से सुनना चाहता हूँ।'

और गोबिन्दमाँ ने घबराकर चोंगा फिर से रख दिया था।

तभी एक दिन रेलगाड़ी फिर दहाड़ती हुई दक्षिण की ओर बढ़ी जा रही थी, और उसके साथ-साथ खेत भी भाग रहे थे और टेलीफोन के तार भी भाग रहे थे

और रास्ते के पेड़ पछाड़ खा-खाकर पीछे गिर रहे थे। और गोबिन्दमाँ पोशाक में आधी देहातिन और आधी शहरी बनी, एक कोने में गुमसुम बैठी थी। गाड़ी उसे पीठ पर लादे भागती चली जा रही थी, जैसे पुरानी कहानियों में दैत्य किसी को उठाकर जंगलों की ओर ले जाते थे। दूर, हजारों मील दूर, उसका कस्बा शून्य में खड़ा था। उसका कस्बा क्या था, गाँव की उड़ती धूल थी और माँ की कर्कश आवाज थी और कभी न हिलनेवाले पेड़-पौधे थे, और चुप्पी थी, भयानक सन्नाटा था और घिरता अँधेरा था। यह सन्नाटा संसार के एक छोर से दूसरे छोर तक फैला था और इसमें कहीं पर भी ब्राह्मण के कदमों की आहट सुनने को नहीं थी।

मालकिन का भाई ठीक कहता था, 'तुम अपने देश लौट जाओ, यहाँ रहोगी तो बिगड़ जाओगी।' और उसी का नौकर उसे गाड़ी में बैठा गया था। दिल्ली में चारों ओर रौनक रहती है, दुकानों पर रोशनी की लड़ियाँ ही लड़ियाँ चमकती हैं और लाखों लोग सारा वक्त सड़कों पर चलते रहते हैं। जंगल में कोई खो जाए तो ढूँढ़ने पर मिल भी जाएगा, लेकिन दिल्ली में लाखों लोगों में खोए आदमी का पता ही नहीं चलता।...सिरीनिवासन सिनेमा में बैठे-बैठे हाथ पकड़ लेता था, और पकड़े रहता था। कनपटियों के साथ होंठ छूकर बात करता था और सिर के साथ सिर जोड़े रहता था...गोबिन्दमाँ को झुरझुरी हुई। उसे लगा, जैसे उसका कहीं ठौर-ठिकाना नहीं है—न गाँव में, न शहर में। गाँव में धूल उड़ती है, और शहर में आदमी चील-कौवों की तरह औरत पर झपटते हैं...

गाड़ी किसी बड़े स्टेशन पर खड़ी थी, शायद मेरठ का स्टेशन था। दुकानें, कुली, खम्भे, साइनबोर्ड, खोमचेवाले। गाड़ी की गति थम जाने के साथ समय की गति थम गई जान पड़ती थी। गाँव दूर-का-दूर अधर में लटक रहा था। गाँव के बारे में सोचती तो बदन में सिहरन दौड़ जाती। माँ-बाप की दो जोड़ी आँखें, जो हजारों मील की दूरी पर अभी से उसे घूरने-डँसने लगी थीं और घर के खाली-खाली बर्तन, जैसे किसी दैवी अभिशाप में ग्रस्त मुँह खोले पड़े थे!

डिब्बे में दो-तीन मुसाफिर ही और आए थे। गठरियाँ सिर पर रखे तीन औरतें चढ़ आई थीं। तैरती-सी नजर से गोबिन्दमाँ देखे जा रही थी। एक जवान लड़की स्टेशन आने से बहुत पहले—घंटा भर पहले ही बेचैन हो गई थी और सामान बाँधने लगी थी, फिर वहीं बैठकर उसने बाल काढ़े थे। गोरी, प्यारी-सी लड़की थी। फिर कपड़ों की नई जोड़ी बगल में दबाए संडास की ओर चली गई थी, फिर लौटकर आई थी तो सीट पर बैठी सुर्खी और आँखों में काजल लगाती रही थी। और जब गाड़ी की रफ्तार धीमी पड़ी और रेलवे-स्टेशन सामने आया तो लपककर खिड़की में खड़ी हो गई—बड़ी-बड़ी आँखें, लाल होंठ किसी को देखने-पाने के लिए आतुर। गाड़ी खड़ी हो जाने पर भी वह कभी खिड़की में तो कभी लपककर दरवाजे में खड़ी हो जाती थी। कोई नहीं आया था। कौन था जिसका उसे इन्तजार था? वह

अभी भी खिड़की के साथ चिपकी खड़ी थी। तभी एक युवक, हाँफता हुआ खिड़की के चौखटे में प्रकट हुआ था। वैसे ही, जैसे उसकी कोठरी के बाहर एक दिन ब्राह्मण प्रकट हुआ था। और लड़की का चेहरा लाज और खुशी से लाल हो गया था, और उसके तन-बदन में खुशी की लहरें दौड़ने लगी थीं। वह मुस्कुराती जाती और शरमाती जाती, और अपने सामान की एक-एक चीज उठाकर उसे पकड़ाती जाती। लड़की सामान देकर, हाथ में केवल एक टोकरी उठाए, धमधम करती डिब्बे में से उतर गई थी। गोबिन्दमाँ को लगा, जैसे कहीं कुछ जुड़ गया है, कहीं कोई टूटी हुई चीज सहसा जुड़ गई है। और जुड़ते ही जैसे उसमें से रोशनी की लौ फूटी है!...

तभी गाड़ी सरकने लगी थी और तभी सिनेमा-चित्रों की तरह प्लेटफार्म पर खड़े लोग, खोमचेवाले और कुली खिड़की के फ्रेम में से निकल-निकलकर पीछे छूटने लगे थे। तभी गोविन्दमाँ के अन्दर किसी चीज ने अँगड़ाई ली थी, कोई चीज कसमसाई थी, कोई गहरी तड़प जो जब भी उठती, उसे अन्धा कर देती थी, और गोबिन्दमाँ ने दूसरे क्षण अपनी गठरी बाहर फेंक दी थी। लोटा सीट पर ही रखा रह गया था। एक क्षण उतरने में देरी हो जाती तो गोबिन्दमाँ उतर ही नहीं पाती। प्लेटफार्म पर उतरते समय उसके बालों में से फूल भी गिर गया था। घिसटनेवाला बायाँ पैर पहले प्लेटफार्म पर रखती तो औंधे मुँह गिरती, पर वह सँभल गई थी।...

तभी गोबिन्दमाँ हमारे घर आई थी और हमारे घर की दहलीज पर डोलती रही थी—कभी लगता था, अन्दर आ जाएगी; कभी लगता था, वहीं से पीठ मोड़ लेगी। तभी उसने एक दिन पत्नी से कहा था, 'माँ, तुम्हें बुरा लगे, अगर कोई मेरा दोस्त हो?'

और तभी हमारी नैतिक भावना को जोरों की चाबुक लगी थी और हम उसे अपनी नैतिकता की टूटी हुई तराजू पर तौलने लगे थे और तभी हमारी नजरों में वह पाप जैसी काली नजर आने लगी थी।

गोबिन्दमाँ अब कहाँ है, मुझे कुछ भी नहीं मालूम। हमारे लिए वह क्षितिज लाँघ गई है और बाहर के असीम झुटपुटे में खो गई है। क्या मालूम, वह इस वक्त कीच से लथपथ, छिछले जल में कहीं औंधे मुँह गिरी पड़ी हो! शायद हमारी नैतिक भावना चाहती भी यही है कि वह वहीं पड़ी-पड़ी डूब जाए ताकि हम कह सकें—देखा, हमने कहा था न! हुई न वही बात!

इन्द्रजाल

पिछले पन्द्रह दिनों में वह कपूरथला से दिल्ली, दिल्ली से कलकत्ता और कलकत्ता से वापस दिल्ली का सफर कर चुका था और अब कुर्सी पर दोनों टाँगें चढ़ाए बैठा चहक रहा था।

"चिन्ता दूर हो गई। सबसे बड़ी बात यह है कि चिन्ता दूर हो गई है।" उसने दसवीं बार कहा।

उसका चेहरा पहले से अधिक पीला और निस्तेज लग रहा था और एक अस्वाभाविक-सी उत्तेजना उसकी आँखों में चमक रही थी।

"मुझे तो लगता है कि बीमारी को कलकत्ता में फेंक आया हूँ। सबसे बड़ी बात तो यह है कि चिन्ता दूर हो गई है।"

परिवार के सभी लोग बाहर लॉन में बैठे थे और उसकी हिम्मत की दाद दे रहे थे।

"हिम्मत तो तुममें बहुत है, यह हम मान गए," बरामदे में टहलते हुए बड़े भाई साहब ने कहा।

"हिम्मत जैसी हिम्मत," उसकी छोटी भतीजी बोली जो लॉन की दीवार के साथ अपने चाचा और चाची के बीच आराम-कुर्सी पर बैठी थी। "इतना बड़ा ऑपरेशन हुआ, अभी टाँके भी नहीं खोले गए कि चाचाजी कलकत्ता के लिए निकल पड़े।"

"सच पूछो तो मुझे तुम पर बहुत गुस्सा था," बड़े भाई टहलते-टहलते रुक गए। "मैं कहूँ, यह आदमी किसी की सुनता ही नहीं। इधर ऑपरेशन हुआ, टाँके अभी खुले नहीं कि इसने कलकत्ता की ओर मुँह कर दिया है।"

हवा का हल्का-सा झोंका आया, मानो धरती ने ठंडी साँस भरी हो! जून महीने की शाम, पाँव के नीचे घास में से गरम-गरम उमस उठ रही थी। हवा का हल्का-सा झोंका शीतल स्पर्श दे गया था, मानो सबको सहला गया था। बरामदे के एक सिरे पर जहाँ फूलों की बेल एक पर्दे की तरह लटक रही थी, नारंगी रंग का एक और फूल गिरा। हर बार हवा का झोंका आने पर एकाध फूल झर जाता था जिस कारण नीचे

जमीन पर नारंगी रंग के छोटे-छोटे फूलों से एक चौक पुर गया था। लॉन की दीवार पर कचनार की एक टहनी झुकी हुई थी। हर बार हवा का झोंका आने पर टहनी झूलने-सी लगती और लगता, अबकी बार टहनी का सिरा जरूर दीवार को छू जाएगा, मगर हर बार वह उनके ऊपर से, उसे बिना छुए गुजर जाता था। बरामदे की सीढ़ी पर बैठे अविनाश की आँखें बार-बार उस हिलती टहनी की ओर उठ जाती थीं।

''पिताजी,'' सहसा अविनाश ने कहा, ''अस्पताल में आपके ऐन सामने वाले कमरे में जो मरीज था न, याद है आपको, वह, जिसे बोतलों से खून दे रहे थे?''

''हाँ, हाँ, जानता हूँ, वकील का बेटा।''

''हाँ, वह मर गया है।''

क्षण-भर के लिए सभी चुप हो गए। बरामदे में टहलते हुए बड़े भाई भी ठिठक गए। एक झुरझुरी-सी उनके बदन में दौड़ गई।

''छोड़ बेटा, तू भी कैसी बातें ले बैठता है,'' उसकी माँ ने उसे डाँटते हुए कहा।

''सच कह रहा हूँ माँ, वह मर गया, उसके खून में कैंसर था।''

माँ चुप हो गई। सभी चुप हो गए थे। लड़के को जितना ज्यादा समझाने की कोशिश करेंगे, वह उतना ही ज्यादा बेहूदा बात करने लगेगा। चौदह साल का होने को आया, अभी तक जो मुँह में आए, बक देता है।

बड़े भाई फिर टहलने लगे थे। वह जब कभी किसी सोच में पड़ जाते, उनका दायाँ हाथ अनजाने ही दाएँ गाल पर आ जाता था और सिर उसी ओर तनिक झुक जाता था।

''सीधी पड़ जाए तो सभी कहते हैं, तुमने बड़ी अक्लमन्दी की; जो उल्टी पड़ जाए तो लोग कहने लगते हैं, तुमने क्यों गलती की? क्यों गलती की?'' भतीजी की ओर मुँह फेरकर चाची धीमे से बोली, फिर ऊँची आवाज में सबको सुनाती हुई कहने लगी, ''चलो, कलकत्ता की सैर हमने भी करनी थी, इसी सबब सैर कर ली।''

सभी हँस पड़े। चाची के मुँह से हल्की-फुल्की बात सुनने का मतलब था कि सचमुच चाची के दिल का बोझ हल्का हुआ है। आशंका और भय की अँधेरी खोह में से निकलकर ये लोग जैसे उजाले में आए थे। रोगी ने तो सहा जो सहा, उसके बाद चाची ने ही सबसे ज्यादा सहा था। पिछले कुछ दिनों में ही चाची के स्वभाव में ठहराव आ गया था। बहुत बाल भी सफेद हो गए थे। विशेषकर कनपटियों पर के बाल, और अब जब वह मुस्कुराती तो बाएँ गाल पर एक गहरी रेखा खिंच जाती, जो सीधी गरदन तक चली गई थी।

चाची को आशा नहीं थी कि सभी हँस पड़ेंगे। उन्हें हँसते देखकर वह झेंप गई। फिर पहले जैसे बच्चों की तरह बोली, ''अब मैं बताऊँ आपको एक बात?''

सभी उत्सुकता से उसकी ओर देखने लगे। बरामदे में टहलते हुए बड़े भाई साहब ने भी आँख उठाकर उसकी ओर देखा।

''क्या है चाची?'' छोटी भतीजी ने कहा।

''सुना दूँ जी?'' चाची ने अपने पति की ओर देखकर कहा।

''सुना दे, सुना दे। जो तेरे मन में आए, सुना दे,'' पति ने लापरवाही से कहा।

''अच्छा, नहीं सुनाती,'' उसने बिलकुल बच्चों की तरह कहा।

परिवार के सब लोग फिर हँस दिये।

''सुनाओ चाची, जरूर सुनाओ।'' छोटी भतीजी ने आग्रह किया।

''पता है, उन्होंने कपूरथला वाले डॉक्टर से ऑपरेशन क्यों करवाया? क्योंकि एक बार डींग में आकर उसे वचन दे बैठे थे।''

''यह भी कोई तरीका है काम करने का?'' बड़े भाई छूटते ही बोले, फिर सँभल गए। ''अब हो गया जो होना था। ऑपरेशन हमेशा सबसे अच्छा डॉक्टर से करवाना चाहिए।''

''नहीं जी, मैंने कोई वचन नहीं दिया था,'' बड़े भाई की ओर देखकर वह बोला, ''इसके जो मन में आए, कहती रहे।''

''मैं झूठ थोड़े ही कहती हूँ,'' वह चहककर बोली, ''डॉक्टर ने कहा भी कि जब ऑपरेशन का वक्त आएगा तो तुम दिल्ली भाग जाओगे। पर तेरे चाचाजी जोर से मेज पर हाथ मारकर बोले, 'वाह डॉक्टर, तूने क्या समझ रखा है, मैं जात का बख्शी हूँ, बख्शी! तुम हमें नहीं जानते! बख्शी एक बार मुँह से कह दे तो पत्थर की लकीर होती है।' ''

कहते-कहते चाची का मुँह झेंप से लाल हो गया। उसे लगा, जैसे उसके मुँह से फिर कोई बात निकल गई है।

उसका पति लापरवाही से हँस दिया था कि उसकी जेब में कागज का वह पुर्जा रखा है, जिसे लेकर वह कलकत्ता से लौटा था और मानो विजय-ध्वज की तरह उसे फहराता आया था। उसकी आँखों के सामने फिर वह फरफराता पुर्जा आया और धीरे-धीरे स्थिर हो गया। साफ लिखा था कि श्री रामलाल बख्शी पूर्णत: रोगमुक्त हैं, इनकी अच्छी तरह से जाँच की गई है। एक-एक शब्द साफ लिखा था। उसका दिल फिर बल्लियों उछलने लगा, और जीने की ललक एक बाढ़ की तरह फिर उसके सीने में उठने लगी। उसने नजर बचाकर अपना हाथ नब्ज पर रखा। नब्ज अभी भी मामूली-सी तेज थी, पर उसने सिर झटक दिया। लम्बा सफर जो करके आया हूँ, नब्ज में कुछ तेजी तो होगी ही। वह लापरवाही से उठा और उठकर आँगन की दीवार के बाहर देखने लगा।

रामलाल के सिर के बाल सफेद हो चले थे। आँखों पर चश्मा और ठिंगने कद के कारण दीवार से सटकर खड़ा सफेद बालों वाला बालक नजर आ रहा था।

अस्तप्राय सूर्य की लौ शायद झीने बादलों के कारण चारों ओर फैल गई थी। वातावरण में तपे ताँबे का–सा रंग घुल गया था। उसने सड़क के किनारे खड़े पीपल के पेड़ की ओर देखा। इस लौ के कारण एक–एक पत्ता अलग नजर आ रहा था। उसे लगा, जैसे अस्तप्राय सूर्य ने सारी सृष्टि पर गुलाल छिड़क दिया है।

पिछले कुछ दिनों से ही उसे बाहर की दुनिया ज्यादा रंगीन नजर आने लगी थी। उसकी मन:स्थिति अजीब–सी हो रही थी। बाहर चारों ओर उसे झिलमिलाते रंग नजर आते, पर अन्दर–ही–अन्दर एक दबी व्याकुलता कसमसाती रहती। बाहर की दुनिया ज्यादा रंगीन हो उठी थी, पर साथ ही अविश्वसनीय भी, मानो किसी की उत्तेजित कल्पना की उपज हो अविश्वसनीयता! उसका मन आशंका से छटपटा उठता और उसका हाथ अपनी नब्ज पर आ पहुँचता। उसे लगता, जैसे वह लम्बी नींद के बाद जगा है, और अपनी पुरानी दुनिया को पहचान नहीं पा रहा, उसे मंत्र–मुग्ध–सा देखे जा रहा है।

धीरे–धीरे शाम के साये उतरने लगे। हर दो–एक मिनट के बाद वह आँख झपकाता तो उसे लगता, जैसे अँधेरे की एक और परत उसके आसपास उतर आई है। सड़क के पार, मैदान में, घिरते सायों के बावजूद कुछेक बालक खेल रहे थे।

पड़ोस के किसी मकान से, नीले रंग की साड़ी पहने कोई महिला निकलकर आई और सड़क के किनारे आकर रुक गई और खेलते बच्चों में से अपने बच्चे को बुलाने लगी, ''रमेश, चलो घर, फौरन आ जाओ।''

खेलते लड़कों में से एक छोटा–सा बालक ठिठक गया और महिला की ओर देखने लगा।

माँ ने फिर पुकारा, जिस पर लड़के ने हाथ उठाकर कहा, ''अभी आता हूँ, माँ, तुम चलो।''

रामलाल को बच्चे से गहरी ईर्ष्या हुई। उसे लगा, जैसे यह बहुत पुरानी आवाज है, जो उसने पहले भी सुन रखी है—सहस्रों वर्ष पुरानी आवाज, मानो यह उसके दिल की आवाज हो जिसे बच्चे ने वाणी दी हो! कितना खुशकिस्मत है जो खेल रहा है और लौटने का नाम नहीं लेता!

सहसा दाईं ओर सड़क पार के घर में किसी ने ग्रामोफोन बजा दिया। कोई नाच की धुन बजने लगी। रामलाल ने नजर उठाकर ऊपर देखा। छज्जे के पीछे वही लाल शेड वाली बत्ती जल उठी थी। वहीं से संगीत की धुनें बह–बहकर आ रही थीं। साँवले रंग की एक युवती, सफेद ब्लाउज और लाल रंग की स्कर्ट पहने छज्जे के जंगले के साथ आकर खड़ी हो गई, और जंगलों को पकड़े अपने पैरों से संगीत के साथ–साथ ताल देने लगी। घिरते अन्धकार के महासागर में जैसे हल्की लहरें उठने लगी हों। बाईस–एक साल की रही होगी, यौवन और स्वास्थ्य उसकी नस–नस में

फूट रहा था। रामलाल को लगा, जैसे लड़की के स्वस्थ, कसमसाते शरीर की मादक गन्ध हवा में फैलती जा रही है।

"देखूँ तो कैसे नहीं आता!" उसने कहा और मैदान में घुस गई।

नीली साड़ी में लिपटे उसके गदराए शरीर में मातृत्व की स्निग्धता थी। उसकी ओर देखते हुए रामलाल को एक सुखदायी गृहिणी का भास हुआ—तृप्ति और स्थायित्व का। माँ के जा पहुँचने पर खेल रुक गया, और उसका बेटा भागकर एक साथी की पीठ-पीछे जा खड़ा हुआ। माँ उसे पकड़ने के लिए लपकी। बालक भागकर दूसरे किसी बालक की पीठ-पीछे जा खड़ा हुआ। दीवार के पीछे खड़ा रामलाल सहसा हँसने लगा। माँ-बेटे के बीच जैसे होड़ होने लगी थी! माँ हँसती जाती और लपक-लपककर उसे पकड़ने की कोशिश करती। लड़का किलकारियाँ भरता, कभी एक तो कभी दूसरे लड़के के पीछे जा खड़ा होता।

"सच, तू बहुत बिगड़ गया है...अच्छा, मत आ, मैं जा रही हूँ।" और माँ बच्चों की ओर पीठ करके सड़क की ओर आने लगी।

थोड़ी देर में बालक अपने साथियों को छोड़ माँ के साथ आकर मिल गया। लड़के का एक मोजा टखनों तक उतरा हुआ था, दूसरा घुटने तक चढ़ा था, और वह बार-बार अपनी कोहनियों से ढलकते निकर को ऊँचा चढ़ा रहा था।

"तुमने मुझे पारी नहीं करने दी माँ, अब मुझे पारी करनी थी।"

और माँ कह रही थी, "कल पारी खेल लेना। कल नहीं आएगा क्या?"

रामलाल को लगा, जैसे कल कभी नहीं आएगा, आज ही पारी खेली जा सकती है। उसे लगा, जैसे बालक की माँ ने रामलाल को ही सुनाने के लिए यह वाक्य कहा हो!

आसपास के घरों में एक-एक करके बत्तियाँ जलने लगी थीं। कहीं लाल, कहीं हरा, कहीं पीला शेड—रामलाल इन पर से भी आँखें नहीं हटा पा रहा था। उसे लगा, जैसे जीवन का इन्द्रजाल उसके सामने है। उसने छज्जे की ओर आँख उठाकर देखा। वही युवती अभी भी पैरों से धुन पर ताल दिये जा रही थी और हाथ में कोई फल पकड़े खाए जा रही थी। रामलाल को फिर लगा, जैसे उस युवती के स्वस्थ शरीर की महक वातावरण में व्याप रही है।

सहसा पड़ोस में कहीं से गाली-गलौज की आवाजें आने लगीं। पड़ोस में ही कोई मकान बन रहा था। वहाँ मजदूरों की दो झोंपड़ियाँ थीं। शायद वहीं से आवाजें आ रही थीं। जाने क्यों, रामलाल को यह भी अच्छा लगा। उसे लगा, जैसे उसकी अपनी दुनिया की आवाजें हैं, उस दुनिया की जिसे वह लगभग छोड़ चुका था, पर किसी चमत्कारवश उसमें लौट आया है। सहसा रामलाल घूम गया और हुमककर बोला, "आज खाने को क्या मिलेगा?"

यह सवाल करते वक्त रामलाल की आवाज में ललक थी। सुनकर सभी हँस पड़े।

''कैसे बच्चों की तरह पूछा है! तुम क्या खाना चाहते हो?'' उसकी पत्नी ने पूछा।

''माँ, मैं तो सरसों का साग और मक्की की रोटी खाना चाहता हूँ।'' उसने चटखारा लेते हुए कहा।

''मुँह धोकर आओ, अभी कुछ दिन तो साबूदाना ही मिलेगा।''

वह धीरे-धीरे चलता हुआ कुर्सी पर आकर बैठ गया। साथ वाले घर में नाच की धुन अभी भी बजे जा रही थी।

''लाओ, यार, जरा ट्रांजिस्टर तो लाओ।'' रामलाल ने बरामदे की सीढ़ी पर बैठे अपने बेटे से कहा।

बेटा भौचक्का-सा माँ की ओर देखने लगा।

''क्यों, क्या बात है? उसमें बैटरी नहीं डलवाई?'' रामलाल ने तनिक खीजकर पूछा।

पत्नी सशंक-सी अपने पति की ओर देखती रही, फिर धीरे से बोली, ''कसूर मेरा है जी, उसमें बैटरी डलवाना मैं भूल गई। मैंने सोचा, दिल्ली पहुँचते ही डलवा लूँगी, पर यहाँ पहुँचकर भूल गई। कल सुबह-सवेरे ही अविनाश को भेजकर बैटरी डलवा दूँगी।''

''तुम लोग एक छोटा-सा काम भी नहीं कर सकते?'' उसने तुनककर कहा।

''क्या हुआ जो एक दिन ट्रांजिस्टर पर गाना नहीं सुना तो!'' बड़े भाई साहब बोले, ''जाओ अविनाश, रेडियो लगा दो। बेशक, रात को भी रेडियो इसके कमरे में रख देना। मैं खुद रखवा दूँगा। सुन, जितना सुनना चाहता है।''

बड़े भाई की मौजूदगी में चाची निःशंक होकर बोल सकती थी, उसे डर नहीं था कि उसका पति बिगड़ेगा।

''इनका स्वभाव बड़ा बदल गया है जी।'' वह कहने लगी, ''जिन चीजों की तरफ यह आँख उठाकर देखते भी नहीं थे, उन्हीं के लिए अब यह ललकते रहते हैं। पहले ट्रांजिस्टर को देखना तक नहीं चाहते थे। अविनाश बजाता तो उसे डाँट देते थे। अब दिन-भर उससे चिपटे रहते हैं।''

''इसकी हवस जाग रही है, और क्या!'' बड़े भाई साहब ने कहा, ''फिर से बच्चा बन रहा है। इसके मन में धुकधुकी लग रही है कि फिर से खा-पी सकेगा या नहीं।''

''नहीं जी, ऐसी भी क्या बात है!'' रामलाल धीरे से बोला। और फिर उठकर आँगन की दीवार के बाहर देखने लगा।

बड़े भाई चलते हुए सहसा रुक गए और मानो अपनी ही किसी बात पर हँसकर बोले, ''इनसान भी अजीब होता है। यही रामलाल बड़ी डींग मारकर कहा करता था कि मुझे जिन्दगी से जरा भी मोह नहीं है। जब बुलावा आएगा तो उठकर चल दूँगा, पीछे मुड़कर देखूँगा भी नहीं...''

बरामदे की बत्ती जला दी गई। बरामदे के सिरे पर लटकती फलों की बेल रोशनी में जैसे झिलमिलाने लगी।

''हाय चाची, तुम्हारे काँटे प्यारे हैं।'' भतीजी ने झटके से कहा।

बरामदे की रोशनी जल जाने से चाची के बाएँ कान वाला काँटा चमकने लगा था। जब भी वह सिर हिलाती, काँटे का नग चमक उठता।

''इनके ऑपरेशन के दिन के बाद आज पहने हैं।'' उसने धीरे से कहा और मुस्कुरा दी। इस मद्धिम रोशनी में गाल पर खिंची चिन्ता की रेखा भी जैसे लुप्त हो गई थी।

''मुबारक हो चाचाजी!'' फाटक की ओर से आवाज आई।

रामलाल की बड़ी भतीजी सफेद चमकती साड़ी पहने वहीं से हाथ जोड़े-जोड़े अन्दर दाखिल हुई। उसके पीछे-पीछे उसका पति और उसकी एक मित्र भी थी। तीनों जने पहले चाचाजी, फिर चाचीजी को मुबारक देते हुए घास पर बिछी कुर्सियों पर बैठ गए। उनके आ जाने से वातावरण और भी हल्का हो गया।

नौकर लॉन के एक ओर खाटें बिछाने लगा था। एक पलंग के पास वह तिपाई पर लाल रंग का बड़ा-सा थर्मस और काँच का गिलास रख गया।

''वाह, थर्मस तो बड़ा नखरेदार है!'' रामलाल चहककर बोला, ''देसी है या विलायती?''

''क्यों, इस पर भी दिल आ गया है?'' उसकी पत्नी ने हँसकर कहा। ''जब से डॉक्टरों ने कहा कि फिक्र की कोई बात नहीं, इनका हाथ और भी खुल गया है। बिलकुल बच्चों की तरह जिद करने लगते हैं।'' फिर वह हँसकर एक किस्सा सुनाने लगी, ''दिल्ली आते हुए हमारे डिब्बे में एक गुजराती औरत सफर कर रही थी। उसके पास हरे रंग का बड़ा-सा थर्मस था। हमारे पास मिट्टी की सुराही थी। बस जी, हरे रंग के थर्मस को देखकर यह बच्चों की तरह मचलने लगे। मैंने बहुत कहा, क्या फायदा फिजूल खर्च करने का, सुराही में भी पानी ठंडा रहता है, पर नहीं जी, इन्होंने थर्मस लेकर छोड़ा। रास्ते में किसी बड़े स्टेशन पर मिल रहा था, अविनाश जाकर ले आया। पूरे पच्चीस खुल गए। ऐसे हैं तेरे चाचाजी...''

किसी-किसी वक्त बीच में परिवार का कोई व्यक्ति एकाध दार्शनिक वाक्य जोड़ देता। अबकी बार बड़ी भतीजी बोली, ''जान है तो जहान है। पैसे का क्या है, चाचाजी की सेहत बनी रहे तो पैसा तो फिर भी आता रहेगा।''

इस पर छोटी भतीजी चहककर बोली, ''चाचाजी, अब नई मोटर कब आएगी?''

रामलाल ने दीवार के पास खड़े-खड़े ही कहा, ''बस, अब तीन-एक महीने में तो मिल ही जानी चाहिए। पर सबसे पहले तो मैं घर का फर्नीचर ठीक करवाऊँगा। इतने बोझिल ढंग का फर्नीचर है कि मुझे देखकर कोफ्त होती रहती है।''

जीवन के जो सूत्र इस ऑपरेशन और बीमारी के समय हाथों में से छूट गए थे, रामलाल उन्हें फिर से लपककर पकड़ रहा था।

"नहीं-नहीं, कोई जरूरत नहीं।" बड़े भाई बीच में बोल पड़े, "वक्त पर सब कुछ होता रहेगा। पहले अभी अपनी सेहत का खयाल रखना।"

सहसा रामलाल ने हुमककर कहा, "एक बाजी ब्रिज की हो जाए। अब तो हम घर के ही चार आदमी हो गए।"

दोनों दामादों ने एक-दूसरे की तरफ देखा और मुस्कुरा दिये।

रामलाल ने फिर हुमककर कहा, "ऐसी की तैसी, चलो, ताश खेलें, कुछ तो मजा आए!"

और यह दिखाने के लिए कि वह पूर्णतः स्वस्थ है, वह कुर्सी पर से उठा और आँगन पार कर, उछलकर बरामदे की सीढ़ी चढ़ गया। और फिर बरामदे में घूमकर बोला, "आओ यार, एक बाजी हो जाए!"

दोनों दामाद और उनका मित्र उसके पीछे-पीछे बरामदा लाँघकर बैठक में चले गए।

रामलाल का बिस्तर एक अलग कमरे में बिछाया गया था। रात के वक्त जब रामलाल बिस्तर पर लेटा और उसकी पत्नी उसका माथा सहलाने लगी तो दोनों के बीच झगड़ा उठ खड़ा हुआ। बात मामूली-सी थी, पर बढ़ते-बढ़ते बढ़ गई। रामलाल के पलंग के पायताने, पीली और हरी धारियों वाला एक कम्बल रखा था, जो बड़े भाई साहब ने उसके बिस्तर पर रख दिया था।

"यह कम्बल बहुत अच्छा है, बड़ा मुलायम है। कल ऐसा ही एक कम्बल तुम भी खरीद लाना। भाई साहब से पूछ लेना कि कहाँ मिलता है..."

"अभी क्या जल्दी है जी, बाद में ले लेंगे। अब तो मैं चाहती हूँ, जल्दी से जल्दी घर पहुँचें।"

"ऐसी चीजें रोज-रोज नहीं मिलतीं, कभी-कभार ऐसा माल आता है, तुम मँगवा लेना।"

तभी बात बढ़ गई। पत्नी ने पैसों की स्थिति बताई तो रामलाल भड़क उठा, "तुम्हें पैसों की परवाह है, मेरी कोई परवाह नहीं? तुम्हारे स्टेशन मास्टर बाप ने सारी उम्र में इतना पैसा नहीं कमाया होगा, जितना मैं अपनी इस बीमारी पर खर्च कर चुका हूँ। तुम चिन्ता नहीं करो, मैं मरूँगा नहीं, और जो मर भी गया तो तुम्हें तंगी में नहीं छोड़ जाऊँगा...।"

बात इससे भी ज्यादा बढ़ जाती अगर घर अपना होता। अगर इस बात का डर नहीं होता कि बाहर लॉन में घर के लोग उनकी बातचीत सुन रहे होंगे। पत्नी धीरे से उठी और आँखें पोंछती हुई बाहर चली गई। रामलाल पड़ा-पड़ा छत की ओर ताकता रहा।

साथ वाली कोठरी में पत्नी दबी-दबी आवाज में रोती-सुबकती रही, फिर आँखें पोंछ-पाँछकर लौट आई और मुस्कुराने की चेष्टा करती हुई पति के सिरहाने आकर बैठ गई और पति का माथा सहलाने लगी। रामलाल ने बड़े आग्रह से पत्नी का हाथ लेकर चूम लिया, "मैं तुम लोगों को बहुत परेशान कर रहा हूँ न?"

"हमें क्या परेशानी है, तुम तन्दुरुस्त हो जाओ..." पत्नी ने धीमे से कहा।

पत्नी का हाथ अपने हाथ में लिये हुए रामलाल बोला, "कल मुझे अपने हाथ की बनी रोटी खिलाना, और कहीं से फूलगोभी मिले तो मँगवा लेना।" फिर थोड़ी देर चुप रहने के बाद बोला, "और कल मलमल का बूटियों वाला कुरता भी निकलवा लेना। पाजामा पहनूँगा। जरा ठाठ हो जाए।"

पत्नी हँस दी। पति के माथे को सहलाती हुई बोली, "गुस्सा नहीं किया करो। इतने बड़े आदमी हो, तुम्हें गुस्सा करना शोभा नहीं देता।"

"तुम माथा सहलाती हो तो मुझे बड़ा अच्छा लगता है।"

"और बच्चों की तरह चीजें भी नहीं माँगा करो।" पत्नी ने हँसकर कहा।

"क्या माँगा है, मैंने तो कुछ भी नहीं माँगा। सच बताओ तो, मैंने क्या माँगा है?"

"और नौकर-चाकरों के साथ रूखा भी नहीं बोला करो, बहुत भद्दा नजर आता है। उन बेचारों ने तुम्हारा क्या बिगाड़ा है?"

"तुम क्या कह रही हो, मैं तो किसी के साथ भी रुखाई से नहीं बोलता।"

तभी रामलाल की पसलियों के बीच हल्का-सा दर्द हो उठा, ऑपरेशन के टाँकों के ऐन ऊपर। वह झट से उठ बैठा और फर्श पर एक ओर से दूसरी ओर चलने लगा।

"यह मुझे क्या होने लगा है?"

बच्चों की तरह उसने कुरते का अगला भाग उठा लिया और उससे अपने को हवा करने लगा।

उसे टीस-सी उठने लगी थी, ऐन टाँकों के ऊपर, साथ में जलन भी थी। पर थोड़ी ही देर बाद, दियासलाई की लौ की तरह वह बुझ भी गई। रामलाल थोड़ी देर तक टहलता रहा, जब दर्द हट गया तो वह पलंग पर आ बैठा।

"कहाँ दर्द हुआ है, दिखाओ तो?" पत्नी ने पूछा।

रामलाल ने कुरता ऊपर उठा लिया और उँगली से वह जगह दिखाने लगा जहाँ दर्द उठा था। तभी उसे उँगली के नीचे कुछ उभरा-सा लगा।

"यह क्या है?"

"हटाओ तो हाथ।" पत्नी ने कहा। दो छोटी-छोटी फुँसियाँ थीं जो टाँकों के ऐन इंच-भर ऊपर निकल आई थीं।

"फुँसियाँ हैं छोटी-सी। ठीक हो जाएँगी।"

"मैं इन पर मर्करी वाली दवाई लगा देती हूँ।" पत्नी ने फिर कहा, पर जब पति की ओर देखा तो पति की आँखों में आतंक छाया था। त्रास में आँखें और भी

ज्यादा फैल गई थीं और वह एकटक पत्नी के चेहरे की ओर देखे जा रहा था।

"यह कोई नई बात तो नहीं आ रही है?" उसने घबराकर पूछा।

"कैसी बच्चों की-सी बातें करते हो!" पत्नी ने कहा, फिर हँसकर बोली, "ऑपरेशन से तो डरे नहीं, अब छोटी-छोटी फुंसियों से डरने लगे!"

रामलाल बिस्तर पर लेट गया और पत्नी फिर उसका माथा सहलाने लगी।

"तुम माथा सहलाती हो तो मुझे बड़ा अच्छा लगता है।" उसने कहा, फिर कुछ देर चुप रहने के बाद बोला, "भाई साहब ने एक बार भी नहीं कहा कि मैं ठीक हो रहा हूँ, कि अब कोई खतरा नहीं है, मुझे चिन्ता नहीं करनी चाहिए। वह सारा वक्त चुप बने रहे।" फिर अपनी पत्नी का हाथ पकड़कर बड़े दीन स्वर में बोला, "मैं ठीक हो जाऊँगा न कृष्णा?"

अस्पताल के बरामदे बीहड़ और सूने लगने लगे थे। चारों ओर चुप्पी छाई थी। मरीज के जीने की उम्मीद न रहे तो अस्पताल के बरामदे सहसा सूने पड़ जाते हैं और चारों ओर जैसे धूल उड़ने लगती है। लगता है, जैसे मौत का भेड़िया दबे पाँव बरामदे में घूम रहा है, जाने किस वक्त किस कमरे में घुस जाए! दूर लिफ्ट के पास बिजली की रोशनी के नीचे एक बूढ़ी स्त्री किसी वयोवृद्ध के साथ फुसफुसाकर बातें कर रही थी। दाएँ हाथ, मैदान के पार अस्पताल की एक विशालकाय इमारत अन्धकार के भयावह पुंज की तरह खड़ी थी। गलियारों की बत्तियाँ, लगता, व्यर्थ ही जल रही हैं, इनसे किसी को कोई लाभ नहीं होगा।

रामलाल की पत्नी और बड़े भाई साहब बरामदे की रेलिंग के सहारे खड़े थे। इंजेक्शन के बाद रामलाल अन्दर पड़ा सो रहा था। हर इंजेक्शन के बाद वह लगभग आठ घंटे तक गहरी नींद में पड़ा रहता, और जब जागता तो एक सीढ़ी और नीचे उतर चुका होता था।

बरामदे में बाईं ओर टक-टक जूतों की आवाज आई। तीन नर्सें हँसती हुई चली आ रही थीं। नर्सों की शिफ्ट बदल रही थी, दिन की ड्यूटी खत्म करके तीन-तीन, चार-चार की टोलियों में बतियाती नर्सें सीढ़ियाँ उतर रही थीं और रात की नर्सें बर्फ-से सफेद लबादे पहने, हँसती-चहकती अपने काम पर आ रही थीं। जब ये तीनों नर्सें पास से गुजरीं तो हल्की-सी पाउडर की महक आई।

"मैं कभी-कभी सोचती हूँ, सेबों का रस देना बन्द कर दूँ। डेढ़-डेढ़ रुपए का एक सेब आता है।" रामलाल की पत्नी ने कहा। थकावट के कारण उसकी टाँगें मन-मन की हो रही थीं। और सो न पा सकने के कारण सारा वक्त आँखों में सुइयाँ चुभती रहती थीं।

"इसके शरीर में अब कुछ रह नहीं गया है। सेबों का रस पिए या अंगूर का।" बड़े भाई साहब ने छेड़ा।

डॉक्टर ने महीना-भर पहले ही कह दिया था कि उसका पति जिएगा नहीं। पहले तो वह नहीं मान पाई थी, पर अब धीरे-धीरे वह इस अनिवार्य स्थिति की अभ्यस्त होती जा रही थी। अब उसे रह-रहकर विचार आता कि मुर्दे के मुँह में फलों का रस उँड़ेलने से क्या लाभ? क्यों नहीं मैं अपने बेटे को फलों का रस दिया करूँ जिसकी जवान हड्डियों को रस की जरूरत है, और जो सुबह-शाम रूखी रोटियाँ खाकर अपने बाप की सेवा करता है? बरामदे में खुलनेवाली खिड़की में से अविनाश बैठा नजर आ रहा था, माँ थकी हुई आँखों से बेटे के चेहरे की ओर देखे जा रही थी। बेटे के चेहरे की ओर देखना उसे अच्छा लग रहा था। अविनाश के होंठों के ऊपर जवानी के रोयें उग आए थे और हल्की दाढ़ी भी उगने लगी थी।

''तीन रुपए के दो सेब सुबह मिले थे और वे भी छोटे-छोटे। अगर फायदा हो तब तो आदमी देता रहे। और वे आसानी से मिलते भी नहीं...''

रामलाल जीवन की गति से कट गया था और पीछे छूटता जा रहा था। उसकी स्थिति उस सूखे पत्ते-सी हो रही थी, जो मामूली-से सहारे के साथ अभी भी पेड़ के साथ अटका हुआ है, पर आसपास के हरे पत्तों के साथ उसका कोई सम्बन्ध नहीं रह गया है। मरने का नाम मुँह पर कोई नहीं लाना चाहता था लेकिन मन-ही-मन घर के लोग तरह-तरह के हिसाब लगाने लगे थे। अगर मरना इन तीन महीनों में हो जाए तो रामलाल पूरी तनख्वाह लेता हुआ मरेगा। अगर तीन महीनों के अन्दर मरना नहीं हो तो तनख्वाह आधी रह जाएगी, और सरकारी बँगला भी छोड़ना पड़ेगा...

''ऊँह...ऊँह!'' अन्दर से आवाज आई।

''जाग गए हैं, चलूँ,'' कृष्णा ने कहा और चिक उठाकर अन्दर चली गई। बड़े भाई सोच में डूबे बाहर खड़े रहे।

दूसरे क्षण सहसा अन्दर से एक जोर की चीख सुनाई दी। कृष्णा की आवाज थी। बड़े भाई साहब लपककर अन्दर आए। देखा कि रामलाल ने अपनी पत्नी की कलाई में अपने दाँत गाड़ दिये हैं, और कृष्णा अपना बाजू छुड़ाने के लिए छटपटा रही है। बड़े भाई को देखते ही रामलाल ठिठक गया, और कृष्णा का बाजू छोड़ दिया...कृष्णा बाजू को दबाए पिछली कोठरी में चली गई जहाँ अविनाश घबराया हुआ खड़ा था। रामलाल सहसा फिर बिफर उठा और पागलों की तरह अपना सिर दाएँ-बाएँ झटकने लगा। कृष्णा की कलाई पर दाँतों के गहरे निशान पड़ गए थे, दो-एक जगह पर से खून भी निकल आया था।

''तुम्हें क्या हो गया है रामलाल? क्या बात है?''

पर रामलाल पागलों की तरह सिर हिलाए जा रहा था। फिर सहसा अपने कुर्ते को दोनों हाथों से पकड़कर फाड़ने लगा। बटन खोलकर वह कालर को दोनों ओर खींचने लगा। इस बीच उसके हाथ काँपने लगे और वह हाँफने लगा। यह जानकर

कि खींचने से कुर्ता नहीं फटेगा, वह उसे दाँतों से फाड़ने की कोशिश करने लगा। बड़े भाई साहब ने आगे बढ़कर उसका हाथ पकड़ा तो वह उन्हें भी काटने को झपटा, पर बड़े भाई साहब ने हाथ खींच लिया।

इतने में अस्पताल का जमादार चिलमची उठाए अन्दर आया। रामलाल उसे देखकर चिल्लाने लगा।

"इधर आओ जमादार, इधर आओ। तुम मेरा कुर्ता फाड़ दो...फाड़ दो...इसे फाड़ दो..."

जमादार रुक गया और कभी मरीज की ओर तो कभी बड़े भाई साहब की ओर देखने लगा।

"जैसे कहता हूँ, कर दो जमादार, बेशक फाड़ दो इसे। किसी तरह चैन मिले।"

जमादार ने अपना झाड़ू कोने में रखा और पास आकर रामलाल के कुर्ते को दोनों हाथों से छाती पर से पकड़ लिया और देखते-ही-देखते उसे चिथड़े-चिथड़े कर दिया। रामलाल बैठा हाँफता रहा और फटी आँखों से सामने की ओर देखता रहा।

"फाड़ दो, फाड़ दो मेरा चोला, फाड़ दो..."

दो नर्सें बाहर से दौड़ी आईं, एक ने रामलाल के दोनों हाथ पकड़ लिये, दूसरी ने उसका सिर थाम लिया...

घंटा-भर बाद कृष्णा और बड़े भाई फिर बरामदे में खड़े थे। अन्दर अविनाश पलंग पर बैठा बाप के पाँव दबा रहा था।

"जिन्दगी से चिपटा हुआ है," बड़े भाई ने बुदबुदाकर कहा, मानो अपने-आपसे बातें कर रहे हों!

कृष्णा ने आँख उठाकर भाई साहब की ओर देखा, पर बोली कुछ नहीं।

"इसे बता देना चाहिए।" बड़े भाई साहब ने धीमी आवाज में कहा।

"इन्हें अन्दर-ही-अन्दर सब मालूम है जी, पर यह इसे कबूलना नहीं चाहते।"

"कबूलेगा नहीं तो खुद भी तड़पेगा और हमें भी तड़पाएगा। अब जहाँ इलाज ही नहीं, वहाँ क्या किया जाए?"

फिर दोनों के बीच चुप्पी छा गई। दोनों मन-ही-मन दुखी थे।

रामलाल को उसकी वास्तविक स्थिति से अवगत करा देने की बात बार-बार उनके मन में उठती रही थी, पर वह इसे स्थगित करते रहे, यह सोचकर कि रामलाल को और अधिक कमजोर हो जाने दिया जाए। ज्यादा दुबला हो जाने पर वह अपनी स्थिति को जल्दी कबूल कर लेगा। लेकिन अब और इन्तजार नहीं करना चाहिए। जो कांड उसने आज किया है, वह फिर भी कर सकता है। उसे अपनी स्थिति को समझ लेना चाहिए, इसी में उसका हित है। उसे जान लेना चाहिए कि वह मर रहा है।

बड़े भाई साहब चिक उठाकर कमरे के अन्दर चले गए। अविनाश को वहाँ से हट जाने का इशारा किया, और खुद रामलाल के पलंग पर जा बैठे। रामलाल दीवार की ओर मुँह किए 'उँह...उँह' कर रहा था।

"ला बाबू, तेरी टाँगें दबा दूँ, तू भी क्या याद करेगा!" उन्होंने हँसते हुए कहा।

बड़े भाई ने रूमाल से रामलाल का माथा पोंछा, फिर उसके माथे पर हाथ फेरा। रामलाल उस वक्त बाईं करवट लेटा सामने दीवार की ओर देखे जा रहा था। वह पहले से बहुत छोटा लग रहा था। उसका चेहरा पीलिया के मरीज जैसा हो रहा था। हर साँस से 'उँह' की आवाज निकलती थी। दोनों टाँगें, जिन पर के पायँचे घुटनों तक ऊपर उठे थे, सूखकर लकड़ी की खपच्चियों-से लग रहे थे। भाई साहब ने देखा, बाएँ घुटने के नीचे से दो चींटियाँ चादर पर चलने लगी थीं। 'अभी से चींटियाँ आ पहुँची हैं,' उन्होंने मन-ही-मन कहा और हाथ से दोनों चींटियों को झाड़कर हटा दिया और फिर रामलाल का माथा सहलाने लगे।

"भाई साहब, मुझे बड़ा अच्छा लगता है," रामलाल ने कहा, "लगता है, जैसे माथे पर माँ ने हाथ रख दिया है," और दूसरे क्षण उसने अपने भाई का हाथ पकड़कर चूम लिया, और सुबक-सुबककर रोने लगा। "मुझे बड़ा अच्छा लगता है, बड़ा अच्छा लगता है!" वह बच्चों की तरह कहने लगा और बड़े भाई का हाथ बार-बार चूमने लगा।

"मैं आप लोगों को बहुत कष्ट दे रहा हूँ, मैं बहुत बुरा हूँ, मैं बहुत बुरा हूँ..."

उसे उद्वेलित देखकर भाई साहब का निश्चय डगमगाने लगा, और उनका गला भर आया। फिर आवाज को संयत करके बोले, "शरीर के साथ सुख-दुख लगे रहते हैं, रामलाल! तू दिल छोटा नहीं कर। तू दिल छोटा करेगा तो तेरे घरवाले घबरा जाएँगे।"

"आप ठीक कहते हैं, भाई साहब!"

"सुन रामलाल, तुझे किस्सा सुनाऊँ," बड़े भाई कहने लगे, "हमारे गाँव में एक थानेदार हुआ करता था। फीरोजपुर से आया था। उसे तपेदिक हो गया। उन दिनों तपेदिक की बड़ी दहशत हुआ करती थी, मर्ज को लाइलाज माना जाता था। पर उसे डॉक्टर ने साफ-साफ बता दिया कि तू बच नहीं सकता। वह घर आया और घरवालों को इकट्ठा करके बोला, 'लो भाई, मेरा तो वारंट निकल आया है, मैं तो जा रहा हूँ। मैं अब तुम्हारे साथ नहीं रहूँगा', और उसी दिन अपना बिस्तर उठाकर थाने में रहने के लिए चला गया। घरवालों से नाता तोड़कर मौत के साथ नाता जोड़ लिया। है न हिम्मत की बात! मरा लगभग पाँच बरस बाद, मगर हँसते-हँसते मरा।"

"आप ठीक कहते हैं भाई साहब," रामलाल ने धीमी-सी आवाज में कहा।

बड़े भाई को लगा, जैसे रामलाल ने उनका अभिप्राय समझ लिया है और उस पर विचार करने लगा है।

"अगर तू सोचे तो तुझे किसी बात की चिन्ता नहीं होनी चाहिए।" बड़े भाई कहते

गए। "कोई जिम्मेदारी तेरे सिर पर नहीं रह गई है। नौकरी तूने इज्जत से की है। किसी ने तुझ पर उँगली तक नहीं उठाई। रामलाल, जिन्दगी में और क्या चाहिए? बच्चे तेरे ठिकाने लग गए हैं। अगर तू चला भी जाए तो भी तुझे हँसते-हँसते..."

"आप ठीक कहते हैं, मैं सचमुच बड़ा खुशकिस्मत हूँ," रामलाल ने धीरे से कहा। उसने बड़े भाई का हाथ पकड़ लिया और उसे अपने दाएँ गाल के साथ सटा लिया।

"तुम्हें अपने को अपनी किस्मत पर छोड़ देना चाहिए। जो होगा, देखा जाएगा। तेरे मर्ज का कोई इलाज नहीं है। डॉक्टरों ने कह दिया है..." इससे आगे बड़े भाई नहीं कह पाए।

थोड़ी देर तक चुप्पी छाई रही। बड़े भाई एक हाथ से उसका कन्धा दबाते रहे।

कुछ देर बाद रामलाल ने धीमी आवाज में कहा, "भाई साहब!"

"क्या है, रामलाल?"

"कहते हैं, होम्योपैथिक दवाई में बड़ी शफा होती है। वह कर देखूँ?"

बड़े भाई का हाथ ठिठक गया। रामलाल उनके आशय को नहीं समझ पाया था, या समझना नहीं चाहता था।

"कोशिश करना हमारा फर्ज है रामलाल, आगे भगवान मालिक है..."

पर उस रात इंजेक्शन दिये जाने से पहले रामलाल फिर से चहकने लगा था। उसने पीठ-पीछे एक-एक करके पाँच सिरहाने रखवाए।

"और एक रख दो भाई साहब, जैसे बचपन में आराम-कुर्सी बनाया करते थे।" रामलाल ने खिलवाड़ करते हुए कहा। फिर गोद में दोनों हाथ रखकर बोला, "लो भाई, दो बातें हो जाएँ, शरीर का क्या भरोसा! सबसे पहले, भाई साहब, आप लिखते जाइए, मेरी एक ही वारिस है और वह है मेरी पत्नी। मेरा सब कुछ उसी का है। पर यार, यह सब तो मैंने पहले ही लिखकर दे दिया है, 'विल' तो मैं कब की लिख चुका हूँ।"

पत्नी धीरे से मुँह में दुपट्टे का छोर ठूँसती हुई कमरे के बाहर चली गई।

रामलाल की नजर अविनाश पर टिकी हुई थी। हँसकर बोला, "आ, यार अविनाश, इधर मेरे सामने बैठ, तू भी क्या याद करेगा कि आपने कभी पूछा ही नहीं। भाई साहब, अगर यह विलायत जा सके तो इसे जरूर भेजना।...और कुछ खाया-पिया कर, देख तो कैसा चेहरा हो रहा है..."

देर तक वह हँसता-बतियाता रहा। जब नर्स इंजेक्शन देने आई तो वह पहले से ही थककर निढाल-सा बिस्तर पर पड़ा था।

बहुत दिनों के बाद आज धूप निकली थी। हवा में आनेवाले पतझर की चुभन थी, हल्की-हल्की खुनक और धूप पीली पड़ गई थी।

समेटने को बहुत-सा सामान था। पिछले कमरे में खाट पर पड़ा बिस्तर वैसे-

का–वैसा बन्द पड़ा था जैसा पहले दिन, जब रामलाल को अस्पताल में लाया गया था। उसकी पत्नी बँधे–बँधाए बिस्तर पर ही किसी–किसी वक्त सिर रखकर झपकी ले लिया करती थी। टिफिन कैरियर बड़े भाई साहब के घर से आया था, स्टोव चाची के बड़े भाई ने अपने घर से भेजा था। ये चीजें अलग कर दी गई थीं। बहुत–सा सामान एक बहुत बड़ी–सी गठरी में जैसे–तैसे बाँध दिया गया था।

बाहर बरामदे में अविनाश रेलिंग के सहारे खड़ा था। उसने नजर उठाकर देखा। दाईं ओर, दूर से युवा डॉक्टर चला आ रहा था। अविनाश समझ गया कि वह इसी कमरे की ओर आ रहा है। डॉक्टर बरामदे के खम्भों के साथ–साथ चला आ रहा था। उसका सफेद लबादा धूप में चमक रहा था। हर खम्भे के सामने से गुजरते हुए, साये की लकीर तिरछी होकर उसके सारे शरीर को जैसे काट जाती। उसके चमचमाते काले बूट बड़े भले लग रहे थे। स्टेथेस्कोप उसके गले में झूल रहा था। उसके चमचमाते बूटों, सफेद लबादे और गले में झूमते स्टेथेस्कोप को देखकर पहले दिन ही अविनाश ने मन–ही–मन डॉक्टर बनने का निश्चय कर लिया था। तब उसके गले में स्टेथेस्कोप झूला करेगा और हाथों से साबुन की महक आया करेगी।

अविनाश रेलिंग के सहारे सीधा खड़ा हो गया। डॉक्टर हमेशा कोई नया सन्देश देने आया करता था। पर जब वह ऐन कमरे के सामने पहुँचा तो बड़े भाई साहब निकल आए।

"घंटे–भर में अस्पताल की एम्बुलेंस आ जाएगी...मैंने स्ट्रेचर का भी इन्तजाम कर दिया है। आपको कोई दिक्कत नहीं होगी।" यह कहकर वह आगे बढ़ गया।

बड़े भाई साहब ने उसे रोकने की चेष्टा करते हुए कहा, "अगर मेरा भाई कुछ दिन ही का मेहमान है तो उसे यहीं क्यों न पड़ा रहने दें? इस हालत में उसे क्यों परेशान करें?"

डॉक्टर रुक गया। तराशी हुई मूँछों के नीचे उसके दाँत चमके, बड़े भाई साहब के कन्धे पर हाथ रखकर वह धीमे से बोला, "लालाजी, कमरा रुका हुआ है, हमें दूसरे मरीज के लिए कमरा चाहिए।" फिर यह देखकर कि बड़े भाई साहब फिर आग्रह करेंगे, वह बोला, "अस्पताल में उन लोगों को रखते हैं जिनके जीने की उम्मीद होती है। हम किसी दूसरे मरीज को यहाँ रखेंगे जिसका हम कुछ इलाज कर सकते हैं।" और बड़े भाई साहब के कन्धे पर से हाथ हटाकर आगे बढ़ गया।

अन्दर से रामलाल की आवाज आने लगी थी। वह हाँफती आवाज में बच्चों की तरह शिकायत कर रहा था, "मेरे पास कोई नहीं बैठता...मुझे एक बार ठीक हो जाने दो, मैं तुम लोगों को मजा चखा दूँगा।"

बड़े भाई अन्दर लौट गए। रामलाल का वाक्य सुनकर अनायास ही वह मुस्कुरा दिये।

रामलाल ने एम्बुलेंस में जाने से इनकार कर दिया।

"मैं एम्बुलेंस में नहीं जाऊँगा।"

"तो कैसे जाओगे?"

"मैं टैक्सी में जाऊँगा, या किसी मोटर में जाऊँगा। मैं एम्बुलेंस में, मरीज की गाड़ी में नहीं जाऊँगा।"

बड़े भाई साहब उसके चेहरे की ओर देखते रह गए।

रामलाल ने ऐसी जिद पकड़ी कि सबको झुकना पड़ा। सबने बहुत समझाया कि स्ट्रेचर को मोटरकार के अन्दर ले जाना नामुमकिन होगा, पर वह नहीं माना। लाचार होकर उन्होंने मोटर का इन्तजाम किया।

स्ट्रेचरवाले ऐन वक्त पर पहुँच गए। डॉक्टर भी साथ में था। पहले एक करवट बदलकर, फिर दूसरी करवट बदलकर जैसे-तैसे रामलाल को स्ट्रेचर पर लिटा दिया गया।

सीढ़ियाँ उतरने पर, अस्पताल के बाहर जब स्ट्रेचर को जमीन पर रखा गया तो परिवार के लोगों के अतिरिक्त और भी लोग इकट्ठे हो गए। स्ट्रेचर को सचमुच मोटरगाड़ी के अन्दर नहीं ले जाया जा सकता था। रामलाल ने आँखें खोलीं तो अपने आसपास उसे जूते-ही-जूते नजर आए। बहुत-से लोग स्ट्रेचर के आसपास खड़े थे, ये उन्हीं के जूते थे। पैर-ही-पैर, जूते-ही-जूते। इतना नीचे रामलाल कभी नहीं लेटा था। सामने क्रिम रंग की कार खड़ी थी जो उसे लेने आई थी।

किसी ने झुककर रूमाल से रामलाल का माथा पोंछ दिया। उसने खीजकर आँखें बन्द कर लीं। फिर वह सहसा बाईं कोहनी का सहारा लेकर अधलेटा-सा उठ बैठा। अविनाश ने आगे बढ़कर उसकी कमर में हाथ दिया।

"पिताजी, आपको उठाकर मोटर में बिठा दूँ?"

पर रामलाल दायाँ हाथ स्ट्रेचर की बाँहों पर रखकर उठ बैठा। अविनाश और बड़े भाई साहब ने अपने हाथ उसकी बगलों के नीचे दे दिये। रामलाल लड़खड़ाता हुआ अपनी टाँगों के बल पर खड़ा हो गया, और मोटरगाड़ी की ओर लरजते पैर बढ़ाने लगा।

"चाचाजी में हिम्मत बड़ी है।" पीछे से आवाज आई।

रामलाल को सुनकर सन्तोष हुआ। वह उचककर पैर बढ़ाता मोटर की ओर जाने लगा। मोटर के पास पहुँचकर उसने अपना काँपता हाथ उठाकर मोटर के दरवाजे को पकड़ा, फिर अपने ही बल पर तनिक उचका और मोटर के अन्दर प्रवेश कर गया। सारा वक्त बड़े भाई साहब और अविनाश उसकी बगलों के नीचे हाथ दिये रहे। वह हाँफता हुआ शीशे के पीछे सीट पर बैठ गया था। रामलाल को पूरा यकीन था कि उसे यों बैठे देखकर कोई नहीं कह सकता कि वह मरीज है।

डोरे

उसकी रुचि को वह जानती थी। आसमानी रंग उसका चहेता रंग था। जिन डोरों से अर्चना उसके साथ बँधी थी, वे उसकी रुचियों के डोरे भी थे। वर्षों ही इन डोरों की लपेट में बीत गए थे। और उनके साथ-साथ प्यार की कसमों के डोरे, एक साथ बिताई शामों के डोरे, भविष्य के मंसूबों के डोरे। पीछे मुड़कर देखो तो कभी-कभी लगता, जैसे कोई खिलवाड़-सा चलता रहा है—बचकाना, बेमानी-सा, पर अर्चना की जिन्दगी अभी भी इन डोरों पर झूल रही है, उनकी जकड़ मानो और अधिक कसती जा रही है।

आसमानी रंग की साड़ी पहने वह देर तक शीशे के सामने खड़ी रही। फिर जूड़ा बाँधते-बाँधते वह सहसा शीशे के सामने बैठ गई, और सलाई लेकर माँग में रंग भरने लगी। कभी वह यों ही खेल-खेल में माँग में रंग भरा करती थी, और माँग में रंग भरने के बाद, लगभग सदा ही उसके गालों पर लाली दौड़ जाती थी। माँग में रंग भरने से उसे अपना चेहरा खिला-खिला लगा, भरा-भरा, मानो उसमें गृहिणी का ऐश्वर्य झलकने लगा हो! मानो किसी अभाव की सहसा पूर्ति हो गई हो! वह कुछ देर तक कभी एक कोण से तो कभी दूसरे कोण से अपना चेहरा देखती रही। फिर सहसा उसने घड़ी देखी और मेज पर से रुई का फाहा उठाकर माँग में से रंग पोंछने लगी। देर तक पोंछते रहने पर भी हल्की-सी लाली का भास बना रहा। अर्चना उठी, अपना बैग सँभाला, खिड़कियाँ बन्द कीं, कमरे को ताला लगाया और सीढ़ियाँ उतर गई।

दफ्तर में हर बात पटरी पर आ गई थी, बँधी-बँधाई दिनचर्या मानो अपने-आप सम गति से चलती जा रही थी। दफ्तर की साथिनों के साथ ग्यारह बजे चाय, कभी-कभी दफ्तर की चारदीवारी के बाहर पेड़ के नीचे बैठे पनवाड़ी से पान का बीड़ा—सभी साथिनें बतियाती, ठुमक-ठुमक चलती वहाँ पहुँच जातीं, फिर एक बजे दफ्तर की कैंटीन में भोजन—सभी मेज पर अपने-अपने डिब्बे खोलकर बैठ जातीं। दफ्तर में काम करनेवाली स्त्रियों की अपनी मंडलियाँ बन गई थीं। कैंटीन में छोटी उम्र की

लड़कियाँ अलग बैठतीं और सारा वक्त चहकती रहतीं, बात-बेबात पर हँसतीं, सिनेमा-फ़िल्मों के वार्तालाप दोहरातीं, फिल्मी गीत गुनगुनातीं, पैसे जोड़-जोड़कर नई साड़ियाँ खरीद पाने की बात करतीं। अर्चना इनके बीच बैठना चाहती थी, पर इनमें खप नहीं पाती थी।

बड़ी उम्र की स्त्रियों की अलग मेज थी। उनमें ठहराव था। वे चौका-रसोई की बातें करतीं, चप-चप करके खाना खातीं, बुझी-बुझी थुल-थुल औरतें, सास-ससुर, पति और बच्चों की बातें करतीं। अर्चना इन्हीं के साथ बैठती थी। इनके साथ वर्षों का साथ था, पर अर्चना इनमें भी खप नहीं पाती थी, मन बार-बार उचट जाता था। उनके बीच बैठते हुए भी कुछ-न-कुछ सारा वक्त खलता रहता था।

''आज तो बहुत बढ़िया साड़ी पहनकर आई हो, अर्चना!'' मिसेज वर्मा ने कहा।

''सभी यही कहती हैं। जब से दफ्तर में आई हूँ, जो मिलता है, यही कहता है।'' अर्चना ने इठलाकर कहा।

''आज तो तुम सचमुच सुन्दर लग रही हो।''

''सच?'' और अर्चना की कमर में एक और बल आया।

''आज कोई खास बात जान पड़ती है! तेरा जन्मदिन है क्या?''

''जन्मदिन हुआ तो खुद बता दूँगी। मेरा जन्मदिन नहीं है।''

''किसी का तो है। बता दे, किसका जन्मदिन है?''

अर्चना क्षणभर के लिए रुकी, फिर धीरे से हँसकर बोली, ''आज बिट्टू का जन्मदिन है।''

बिट्टू के जन्मदिन की बात सुनकर सभी चुप हो गईं। इस विषय पर बात करना सभी को अटपटा लगा करता था। तभी अर्चना झट से बोली, ''आज चाय मैं पिलाऊँगी। पान भी मैं खिलाऊँगी।''

''चलो, तो पहले पान ही खाने चलती हैं। चाय किसी अच्छे रेस्तराँ में पिएँगी, कैंटीन में क्यों पिएँगी।'' मिसेज वर्मा ने कहा और बैग सँभालकर उठ खड़ी हुई। और सभी बतियाती हुई कैंटीन के बाहर आ गईं।

आँगन पार करते समय गोमती और मिसेज वर्मा पीछे रह गईं, और धीरे-धीरे चलने लगीं। अर्चना अन्य दो साथिनों, मीरा और सुरजीत के साथ आगे-आगे चली जा रही थी। अर्चना को खटक गया था कि गोमती और मिसेज वर्मा जान-बूझकर पीछे रहने लगी हैं। गोमती जरूर मेरे खिलाफ कोई बात करने लगी होगी। यदि रोज के रोज गोमती साथ में नत्थी न हो जाया करे, बाकी साथिनें तो मेरी सहेलियाँ हैं, मुझसे प्यार करती हैं, मेरी स्थिति को जानती-समझती हैं, केवल एक गोमती ही सारा वक्त बिच्छू की तरह काटती रहती है।

गोमती और मिसेज वर्मा, दोनों बुझी-बुझी औरतें आपस में फुसफुसाती चली आ रही थीं।

''देखा, कितना नीचा ब्लाउज पहनकर आई है?'' गोमती कह रही थी।

''नीचा पहने, ऊँचा पहने, हमें क्या गोमती!''

''नहीं, यह कोई अच्छी बात है!'' गोमती फिर फुसफुसाई।

''हमें क्या गोमती, हमारी तो दफ्तर की साथिन है, दो मिनट का हँसना-खेलना है, उसकी निजी जिन्दगी से हमें क्या मतलब?''

''बिट्टू का जन्मदिन है तो बड़ी बन-ठनकर आई है। भला बिट्टू इसका क्या लगता है? शर्म भी नहीं आती।''

''छोड़ गोमती, वह जाने, उसका काम। हमें क्या?''

''फिर भी यह कोई तरीका है! तुम तो हर बात पर ऐसे ही कह देती हो। मुझे उसके साथ उठना-बैठना अच्छा नहीं लगता। वह किसी का घर बर्बाद करे और तुम लोग उसके साथ हँस-हँसकर बातें करो, मुझे तो बहुत बुरी लगती है...।''

दस गज आगे चलती हुई अर्चना के कान पीछे आती गोमती पर ही लगे थे। गेट के पास पेड़ के नीचे अर्चना रुक गई और दोनों की राह देखने लगी।

''मेरे खिलाफ़ क्या कह रही थी, गोमती?'' अर्चना ने हँसकर पूछा।

''पूछ ले मिसेज वर्मा से, मैं क्या कह रही थी।''

''इसने कुछ नहीं कहा,'' मिसेज वर्मा बोली।

''कुछ तो कहा है,'' अर्चना ने कहा।

''मैंने कहा है कि अर्चना आज बड़ी हँस-हँसकर बातें कर रही है। कभी-कभी तो इसका मूड ऐसा खराब होता है कि सीधे मुँह बात नहीं करती।''

''मैं बात नहीं करूँगी! मैं तो सभी से बात करती हूँ,'' अर्चना ने फिर से इठलाकर कहा।

पनवाड़ी की दुकान पर सभी को एक-एक पान अर्चना ने ही लेकर दिया।

पान मुँह में रखते हुए सुरजीत बोली, ''देखें तो किसके होंठ ज्यादा लाल होते हैं! जिसके होंठ ज्यादा लाल होंगे, उसका घरवाला उसे ज्यादा चाहता है।''

इस पर मिसेज वर्मा झट से बोली, ''लाल न भी हों, फिर भी मैं जानती हूँ, वह मुझे चाहता है।''

पर अर्चना की प्रतिक्रिया बिलकुल दूसरी थी, ''चाहेगा क्यों नहीं...मैं जो कहूँगी, करेगा।''

सभी हँस दीं। उनकी हँसी का मतलब भी गलत समझते हुए अर्चना झट से बोली, ''यह बात नहीं है। मर्द को काबू में रखने का ढंग आना चाहिए। वह तो मेरे इशारों पर नाचता है। जो कहती हूँ, करता है।''

''क्या हम जानती नहीं हैं, अर्चना, वह तुम पर मरता है?''

''मरेगा क्यों नहीं, मर्द को काबू में रखने का ढंग आना चाहिए।'

सभी चुप हो गईं। सभी को अटपटा लगने लगा था। 'उस' की बात करते समय कहीं-न-कहीं तो व्यंग्य की पुट आ ही जाती थी। आखिर पति तो वह किसी दूसरी स्त्री का ही था, अर्चना का तो नहीं था। अपने-अपने घरवाले की बात करते समय 'उस' की बात करना असंगत-सा, कुछ-कुछ हास्यास्पद-सा लगता था।

''हाय अर्चना, आज तो तेरा उपवास का दिन है। मंगल के दिन तो तेरा उपवास होता है न?'' गोमती ने स्वाँग-सा भरते हुए पूछा।

पर मिसेज वर्मा बीच ही में बोली, ''आज के दिन क्यों उपवास करेगी, आज बिट्टू का जन्मदिन जो है!''

''उसका जन्मदिन मंगल को पड़ा है। अगर मंगल को नहीं पड़ता तो जरूर उपवास करती।''

सभी जानती हैं कि अर्चना सभी तीज-त्योहार करती है—गृहस्थिनों से भी ज्यादा निष्ठा के साथ। पूजा भी करती है, मनौतियाँ भी मनाती है, आए दिन उपवास भी करती है। फिर भी गोमती की नजर में उसकी सभी मनौतियाँ और सभी उपवास झूठे हैं, पाखंड हैं।

''बिट्टू कितने बरस का हुआ है अर्चना?'' गोमती ने झट से पूछ लिया।

मिसेज वर्मा को अच्छा नहीं लगा। इस विषय पर पूछने की जरूरत ही क्या थी?

''बारह का।''

''बारह का? वह तो बहुत बड़ा हो गया। और उसकी बहन?''

''वह बिट्टू से दो साल बड़ी है।''

''बिट्टू का जन्मदिन कैसे मनाओगी?''

''मना तो रही हूँ। तुम भी मना रही हो।''

''मेरा मतलब यह नहीं है। मेरा मतलब है, 'उस' के साथ कैसे मनाओगी?''

''मनाएगी, जैसे भी मनाएगी।'' सुरजीत ने शरारत-भरी मुसकान के साथ चुटकी लेते हुए कहा, ''आज अर्चना का उपवास थोड़े ही है।''

''किसी रेस्तराँ में जाएँगे, चाय-वाय पिएँगे, और क्या,'' अर्चना ने बात मोड़ते हुए कहा।

''बिट्टू भी आएगा?'' गोमती ने पूछा।

अर्चना ने सिर हिला दिया। ''नहीं, उसका क्या काम?''

''वाह जी, उसका जन्मदिन है और वह नहीं आएगा!''

''नहीं, नहीं, गोमती, बिट्टू तो जानता भी नहीं, मैं कौन हूँ,'' कहते हुए अर्चना का चेहरा लाल हो गया। जो बातें सामान्यत: इन सभी को साधारण लगती थीं, वे भी मुँह पर लाने पर अनोखी जान पड़ने लगीं। अर्चना ने अपनी झेंप दूर

करने की कोशिश करते हुए कहा, ''उसे क्यों पता चले कि मैं कौन हूँ? वह तो बच्चा है, बच्चों पर तो बुरा प्रभाव पड़ता है न! बड़ा होकर अपने पिता के बारे में क्या सोचेगा?''

सभी ने सिर हिलाया। गोमती ने भी सिर हिलाया, पर मन-ही-मन बिफर उठी, 'बड़ी आई धर्म बघारनेवाली! उस बेचारी का घर बर्बाद कर रही है और हमारे सामने धर्म बघारती है।'

बातों-बातों में अर्चना पनवाड़ी को पैसे देना भूल गई थी। जब सहेलियाँ वहाँ से चलने लगीं तो मिसेज वर्मा ने अपने बैग में से बहुत-सी रेजगारी निकाल ली।

तभी अर्चना को याद आया। ''हाय, पैसे तो मुझे देने हैं।''

''इसमें क्या है, कोई दे दे!''

पर अर्चना की नजर मिसेज वर्मा की हथेली पर पड़े सिक्कों पर पड़ गई।

''हाय, ये नए सिक्के तुम्हें कहाँ से मिले? गांधीजी की तस्वीरवाले सिक्के हैं न? ये तुम मुझे दे दो।''

''ले लो, ले लो।'' मिसेज वर्मा ने हथेली सामने फैला दी। ''मेरे पास घर पर और भी हैं। गांधीजी वाला रुपया भी है, ला दूँ?''

''हाँ, ला दो, बिट्टू को सिक्के इकट्ठा करने का बड़ा शौक है। मैं हफ्ते में पाँच-सात सिक्के इधर-उधर से बटोरकर उसे भेज देती हूँ।''

सहसा मीरा बोल उठी, ''अच्छा, अर्चना, यह बता, तू नहीं चाहती, वह तेरा हो जाए?''

मीरा हर बात में सदा अर्चना का पक्ष लिया करती थी, और अर्चना भी इन सबमें उसी को अपनी सच्ची सहेली मानती थी। फिर मीरा यह क्या पूछ बैठी!

''कौन? बिट्टू?'' न जाने क्यों सभी स्त्रियाँ हँस दीं।

''बिट्टू नहीं, बिट्टू का बाप।''

अर्चना के मुँह पर लाली दौड़ गई। धीरे से बोली, ''वह तो मेरा है ही।''

''मतलब कि बिलकुल तेरा हो जाए।''

मिसेज वर्मा को इस वार्तालाप से झेंप होने लगी। सुरजीत को भी। उन्हें लग रहा था कि अर्चना के प्रेम से किसी का कोई मतलब नहीं है। इस तरह के सवाल पूछने का कोई मतलब नहीं।

''वह तो बिलकुल ही मेरा है। प्रेम तो वह मुझसे ही करता है। बिट्टू की माँ तो केवल उसकी पत्नी है। वह तो केवल उसका घर चलाती है।''

गोमती के तेवर चढ़ गए, पर वह चुप रही। अर्चना से बातें करते समय कोई नहीं कह सकता था कि उससे व्यंग्य में सवाल पूछा जा रहा है या गम्भीरता से। अर्चना स्वयं नहीं जानती थी कि इन सहेलियों के साथ उसका सम्बन्ध किस प्रकार का है, उस सम्बन्ध में सद्भावना नाम की कोई चीज भी है या नहीं।

"अर्चना, क्या तू सोचती है कि तू उससे कभी शादी कर पाएगी?" मीरा ने पूछा।

"क्यों? मैं तो शादी कर चुकी हूँ। मेरी शादी तो उसके साथ उसी दिन हो गई थी जब हम दोनों ने प्रेम की शपथ ली थी।"

सभी को फिर से अटपटा लगने लगा। मीरा अर्चना के चेहरे की ओर देखती रह गई। अर्चना के पीले-पीले गाल कुछ-कुछ ढुलक आए थे, जिससे उसकी आँखें निस्तेज-सी लगती थीं। इसी कारण शायद उसके मुँह से प्रेम की बातें बोदी-सी लग रही थीं। लगता था, अर्चना प्रेम करने की उम्र कब की पार कर चुकी है। पर फिर भी पुराने चिथड़े की तरह प्रेम उसके साथ चिपका हुआ है। अर्चना ने सभी को अपने प्रेम की कहानी सुना रखी थी--एक बार नहीं, दसियों बार सुना रखी थी। वही घिसा-पिटा किस्सा था। दोनों एक-दूसरे से प्रेम करते थे। फिर घरवालों के दबाव के कारण वह उससे शादी नहीं कर पाया। तब अर्चना ने ही उससे कहा कि दूसरी लड़की से शादी कर ले। उसकी शादी हो गई और अर्चना सच्चे प्रेम को छाती से लगाए बैठी रही। और अभी तक चिपकाए बैठी है, यहाँ तक कि जब कभी दफ्तर की इन सहेलियों को उसकी कहानी सुनाने लगती है तो उन्हें झेंप होने लगती है, वे मुँह फेर लेती हैं मानो इस प्रेम से अब हल्की-हल्की सड़ाँध आने लगी हो!

पनवाड़ी की दुकान पर से लौटते समय गोमती फिर मिसेज वर्मा के साथ चिपक गई और दोनों पीछे-पीछे आने लगीं।

"बड़ी आई सच्चा प्रेम करनेवाली," गोमती साँप की तरह फुँफकारकर बोली, "यह चाहती है, वह अपनी घरवाली को छोड़ दे, उसे तलाक दे दे।"

"छोड़ गोमती, तू भी क्या ले बैठती है? यह तो कुछ भी नहीं कहती।"

"फिर उसे छोड़ती क्यों नहीं? अलग से किसी के साथ शादी क्यों नहीं करती? किस इन्तजार में बैठी है, तू ही बता?"

"हमें क्या गोमती! वह जाने, उसका काम! हमारा दफ्तर में इसके साथ थोड़ा उठना-बैठना है। हमें क्या पड़ी है!"

"देख लेना, यह उसका घर तोड़ के रहेगी। कई बार उसकी पत्नी इसके घर रो चुकी है। इसके पाँव पड़ चुकी है कि मेरा घर नहीं तोड़। पूरी डायन है यह, जिसके साथ तुम इतनी घुल-घुलकर बातें करती हो।"

"हम किसी के साथ भी घुल-घुलकर बातें नहीं करते। पर जहाँ हमारा कोई मतलब नहीं है, हम क्यों टाँग अड़ावें?"

अर्चना मीरा और सुरजीत के साथ चलती जा रही थी, पर पहले की तरह उसके कान अभी भी पीछे गोमती और मिसेज वर्मा की ओर लगे थे। गोमती की घुर-घुर से वह बेचैन हो उठती थी। उसे सारा वक्त यही लगता कि गोमती उसके खिलाफ लोगों के कान भर रही है। कई बार अर्चना इस बात की कोशिश कर चुकी थी कि

गोमती उनकी मंडली में से निकल जाए। कई बार वह इस मंडली में से स्वयं निकल जाने की कोशिश भी कर चुकी थी। मीरा उसके मन की स्त्री है, कभी मीरा की कमर में हाथ डालकर वह उसे अलग कैंटीन में ले जाती, जब वहाँ इस मंडली की और कोई स्त्री न होती। पर यह भी बहुत दिन चल नहीं पाया। मीरा सुरजीत के बिना नहीं रह सकती थी। कई बार अर्चना स्वयं कैंटीन में आना बन्द कर देती, अलग-थलग दफ्तर के कमरे में पड़ी रहती, पर वहाँ मर्द क्लर्कों के बीच उसके लिए बैठना असह्य हो जाता। कई बार वह गोमती को अपने साथ मिलाने की कोशिश भी कर चुकी थी। गोमती को खाने का शौक था, चप-चप करके उँगलियाँ चाट-चाटकर खाती। अर्चना कभी बेल-चूड़ा खरीदकर ले आती, कभी तली हुई मछली। पर कोई भी तरीका कारगर नहीं हुआ था।

आँगन पार करते हुए अर्चना अन्दर-ही-अन्दर छटपटाने लगी। उसका बस चलता तो गोमती की जबान खींच लेती। मीरा से अर्चना की स्थिति छिपी नहीं रही।

''क्या बात है, अर्चना? क्या सोच रही हो?''

''कुछ नहीं।''

''कुछ तो है।''

''गोमती मेरे खिलाफ मिसेज वर्मा के कान भर रही है। वह सारा वक्त मेरे खिलाफ तुम लोगों के कान भरती रहती है।''

''हाय, हमें तो उसने कुछ भी नहीं कहा,'' मीरा और सुरजीत दोनों हैरान होकर बोलीं।

''गोमती मुझसे जलती है,'' अर्चना काँपती आवाज में बोली, ''वह मुझसे जलती है, क्योंकि उसका घरवाला उसकी परवाह नहीं करता। वह भैंसे की तरह मोटा है, और इस पर हुक्म चलाता रहता है और यह उससे डरती है...।''

मीरा और सुरजीत दोनों उसके चेहरे की तरफ देखने लगीं। इस तरह का दौरा अक्सर अर्चना पर आया करता था और वह किसी-न-किसी के साथ बिगड़ने लगती थी। मीरा नहीं चाहती थी कि गोमती और अर्चना के बीच तू-तू, मैं-मैं हो, कोई कांड उठ खड़ा हो।

''हाय अर्चना, ऐसा नहीं सोचते। इतना तो मजा आया है। हम लोग हँसती-बतियाती रही हैं। कोई तुम्हारे खिलाफ कुछ भी नहीं कहता।''

और मीरा अर्चना की कमर में हाथ डालकर उसे आगे धकेल ले चली।

''वह मुझसे जलती है, मैं जानती हूँ।'' अर्चना ने कहा, पर दफ्तर की सीढ़ियों तक पहुँचते-पहुँचते अर्चना की आँखों में आँसू भर आए, ''नहीं जी, तुम लोग अपने को बहुत कुछ समझती हो।''

मीरा ने आगे बढ़कर उसे अपनी बाँहों में ले लिया।

''आज के दिन नहीं रोते अर्चना, आज बिट्टू का जन्मदिन है।''

गोमती और मिसेज वर्मा अभी तक सीढ़ियों के पास पहुँची नहीं थीं, जब अर्चना और मीरा और सुरजीत सीढ़ियाँ चढ़कर अपने-अपने कमरे की ओर चली गई थीं। पान खाने की तफरीह का वक्त खत्म हो चुका था।

गिरीश को देखने पर यह पता नहीं चलता था कि वह दो स्त्रियों के जीवन का केन्द्र बना होगा, कि एक उसके साथ गृहस्थ के डोरों से और दूसरी प्रेम के डोरों से बँधी होगी, कि दोनों उसके रथ को अपनी पलकों से खींचती चली आ रही होंगी। गिरीश के गाल मोटे हो चले थे और कनपटियों के बाल सफेद थे। हाँ, बाबू-कट मूँछें अभी तक काली थीं। उसकी आँखों के नीचे रेखाएँ आ गई थीं और ठुड्डी के नीचे का मांस कुछ-कुछ ढीला पड़ने लगा था। वैसा ही साधारण-सा जीव था, जैसे लाखों-लाख अन्य पुरुष सड़कों की खाक छानते फिरते हैं। अर्चना को एक रोज सपना आया था कि गिरीश संयुक्त राज्य अमेरिका का प्रेसीडेंट बन गया है और वह उसके गले में फूलों की माला डाल रही है। सपने में उसका रोम-रोम पुलक उठा था और गिरीश का व्यक्तित्व अत्यन्त प्रभावशाली और सुन्दर और आकर्षक लगा था। वह वर्षों पहले की बात थी और सपने का वह बिम्ब वैसे का वैसा उसके मस्तिष्क में बना हुआ था, जब कि गिरीश का चेहरा पहले भी साधारण-सा था और अब तो और भी ज्यादा साधारण लगने लगा था।

दफ्तर में से निकलते ही अर्चना ने गाड़ी को नुक्कड़ पर खड़े देख लिया। 'अब देख लें सभी, 'यह' मेरे काबू में है या नहीं,' अर्चना ने मन-ही-मन कहा और गाड़ी की ओर बढ़ने लगी।

मोटर की अगली सीट पर स्टीयरिंग ह्वील के पीछे वह निस्तेज-सा बैठा अर्चना की राह देख रहा था। चेहरे पर कोई विशेष भाव नहीं था—न उत्साह का, न आग्रह का, बड़ी उम्र के लोगों की तरह गम्भीर, बुत का बुत बना चुपचाप बैठा था।

मोटर का दरवाजा खोल, साड़ी सँभालकर अन्दर बैठती हुई अर्चना ने फिर एक बार मुड़कर देखा—गोमती, मीरा, मिसेज वर्मा, कोई भी इस वक्त हो तो अपनी आँखों से देख ले, कैसे वक्त पर उसे लेने पहुँच गया है।

"तुम्हें ज्यादा देर तो नहीं रुकना पड़ा," अर्चना ने उत्सुकता से पूछा। "मुझे थोड़ी देर हो गई।"

"नहीं," उसने कहा और सीधा सामने की ओर देखता रहा।

शीघ्र ही एक चौराहा आया। लाल बत्ती थी। अर्चना को निराशा हुई। हरी बत्ती मिले तो अर्चना उसे अच्छा शगुन समझती थी, लाल बत्ती का मतलब था—कोई अड़चन। जब से शहर के चौराहों पर बत्तियाँ लगी थीं, अर्चना ने हरी बत्ती को अपनी बत्ती मान लिया था।

वे लगभग रोज मिला करते थे और अर्चना के लिए विशेषकर इस मिलन का

बड़ा सुखद मोह था। एक जगह पर मोटर खड़ी करके वे सड़कों पर घूमते, दुकानों की खिड़कियों में झाँकते, हँसते-बतियाते, एक-दूसरे के लिए शॉपिंग करते, किसी रेस्तराँ में बैठकर चाय पीते। इस तरह अर्चना को महसूस होता कि प्रेम का एक और दिन सार्थक हुआ है। फिर वह अपने परिवार के पास लौट जाता, अपने काम-काज में खो जाता, मानो अँधेरे में खो जाता था—अगले मिलन तक, जब वह शाम को फिर, समय के इस रजत द्वीप में उसे मिलता, और इस तरह वर्षों से अर्चना के प्रेम को अवलम्ब मिलता रहा था। किसी रोज वह नहीं आ पाता तो अर्चना मन मसोसकर रह जाती। और यदि कहीं कोई अड़चन पड़ जाती, एक दिन के बजाय, चार-पाँच दिन तक मुलाकात नहीं हो पाती, तो अर्चना का मन संशय में छटपटाने लगता।

वर्षों पहले, जवानी के दिनों में अर्चना को इस बात का डर बना रहा था कि गिरीश कहीं अपनी पत्नी से प्रेम नहीं करने लगे! जब भी गिरीश आवेश में उसे कहता, 'तुम तो जानती हो, मुझे अपनी पत्नी से प्रेम नहीं है,' तो अर्चना के दिल को अन्दर-ही-अन्दर ढाँढ़स मिलता, उसके व्यवहार में और अधिक कोमलता, और अधिक उदारता आ जाती, और अधिक सहानुभूति, जैसे गिरीश दुखी हो, प्रेम से वंचित हो और उसे प्रेम देना जरूरी हो! बाद में अर्चना को इस बात का भय होने लगा था कि गिरीश उसे छोड़कर किसी अन्य लड़की से प्रेम नहीं करने लगे। उन दिनों रेस्तराँ में बैठे-बैठे कभी गिरीश दाएँ-बाएँ देखने लगता तो अर्चना अपना सन्तुलन खो बैठती। पर समय के प्रवाह में बहुत-कुछ घिस-पिट गया था। अब यह प्रेम बहुत-कुछ एक आदत-सी बन गया था। आदत टूटने लगती तो दोनों अटपटा महसूस करते। हफ्ता-दस दिन तक नहीं मिलो तो गिरीश के मन में भी अर्चना के लिए चाह उठने लगती, उसके प्यार के लिए दिल कसमसाने लगता, तब अर्चना के चेहरे पर जैसे लुनाई लौट आती थी और गिरीश को अच्छी लगती थी, पर रोज-रोज मिलने पर अर्चना की चमड़ी में मोटे-मोटे मसान नजर आने लगते थे। और कभी आपस में झगड़ा हो जाता तो गिरीश को अर्चना के हाथ का स्पर्श लिजलिजा-सा लगता, बात करती तो उसके दाँत ज्यादा पीले लगते, चेहरे की त्वचा मसानों से छलनी हुई-सी लगती। और उसे लगता, जैसे उसने कभी भी इस लड़की को प्यार नहीं किया हो और जैसे वे दोनों किसी भुलावे में जीते आ रहे हों।

यह रिश्ता सामान्य रूप से तो पटरी पर ही रहता, पर कभी-कभी जब उसमें कोई व्यवधान उठ खड़ा होता—जैसे कोई तीज-त्योहार, या कोई ऐसा काम जिसमें घर की खोह में बैठी गिरीश की पत्नी और अर्चना के बीच अपने-अपने अधिकार की होड़ लगने लगती, तो वास्तविक स्थिति को छिपानेवाले सभी पर्दे झीने पड़ जाते, और इस रिश्ते का नग्न रूप दोनों की आँखों के सामने झलकने लगता था। तब अर्चना को लगता, जैसे वह किसी सफेद मील के पत्थर के पास खड़ी डोल रही है—निपट अकेली, जहाँ से न वह आगे बढ़ सकती है, न पीछे लौट सकती है; जहाँ

आगे और पीछे दोनों ओर धुन्ध ही धुन्ध है जिसमें उसका भावी जीवन और अतीत दोनों खोए हैं...।

दोनों अपने चिर-परिचित रेस्तराँ के सामने जा पहुँचे।

''आज हम ज्यादा देर के लिए यहाँ नहीं बैठ सकेंगे।'' गिरीश ने रेस्तराँ का दरवाजा खोलते हुए कहा।

''क्यों, क्या बात है?'' कहती हुई अर्चना दरवाजे में से अन्दर चली गई।

''आज बिट्टू ने जल्दी घर आने को कहा था। आज उसका जन्मदिन है।''

अर्चना चुप रही।

रेस्तराँ का वह कोना खाली था, जहाँ दोनों अक्सर बैठा करते थे। वे उसी कोने की ओर बढ़ गए।

बैरा ऑर्डर लेने के लिए खड़ा था। यों वह जानता था कि ये लोग क्या ऑर्डर करेंगे। एक प्लेट सैंडविच और एक प्लेट चीज-पकौड़ा। कभी-कभी उनके आने पर वेटर, उनसे बिना कुछ पूछे, स्वयं ये चीजें लाकर उनके सामने रख देता। तब ये लोग बड़े खुश होते थे कि बैरा भी उनकी वर्षों की पसन्द को जानता है।

''चिकन सैंडविच और एक प्लेट चीज-पकौड़ा।'' अर्चना बोली, फिर गिरीश की ओर देखकर कहने लगी, ''...मैं तो कॉफी-आइसक्रीम लूँगी, तुम क्या लोगे?''

वेटर को हैरानी हुई। आज ऑर्डर बदला जा रहा था।

''...ठीक है, जो मँगवा लो, मैं केवल चाय पीऊँगा।''

वेटर के चले जाने पर गिरीश कनखियों से कुछ देर तक अर्चना के चेहरे की ओर देखता रहा। चिकन सैंडविच और कॉफी-आइसक्रीम—सात आठ रुपए बिल आएगा। हफ्ते में एक-आध बार हो तब तो गिरीश को बुरा नहीं लगता था, लेकिन रोज-रोज यहाँ पहुँच जाना और बिना सोचे-समझे, बिना पूछे ऑर्डर दे देना उसे अच्छा नहीं लगता। और यह भलीमानुस अपना बटुआ कभी खोलती तक नहीं, बिल आता है तो चुपचाप उसके सामने सरका देती है। पर गिरीश ने अपने मन को समझाया—वर्षों से ही वह बिल चुकाता आ रहा है, एक दिन और बिल चुका दिया तो क्या होगा!

अर्चना अपने दफ्तर के बारे में बतियाने लगी थी, ''आज खूब हुआ। पान खाने हम लोग गए तो मीरा बोली, '...देखें तो किसके होंठों पर ज्यादा लाली आती है। जिसके होंठों पर ज्यादा लाली आए, उसी को उसका मर्द ज्यादा चाहता है।' ''

गिरीश ने मुस्कुराकर सिर झटक दिया, ''औरतों को बचकानी बातें ही सूझती हैं।''

''इसमें बचकानी बात क्या है? हँसी-खेल है।''

''तुमने क्या कहा?''

''...मैंने कहा, मेरा मर्द तो मेरे काबू में है।''

गिरीश चुप रहा।

गिरीश की नजर बार-बार सड़क पर खुलनेवाली रेस्तराँ की खिड़कियों की ओर जा रही थी।

''आज क्या बात है?''

''कुछ नहीं।''

''कुछ तो है, तुम बड़े उखड़े-उखड़े लग रहे हो।''

गिरीश ने तनिक मुस्कुराकर कहा, ''एक बात है, मामूली-सी, तुम्हें बताऊँगा,'' फिर रेस्तराँ के अन्दर चारों ओर नजर घुमाकर बोला, ''चलो, उस पीछेवाली मेज पर जा बैठते हैं। यह मेज खिड़की के बहुत नजदीक है।''

दोनों उठकर हॉल के कमरे के पिछले हिस्से में दीवार के साथ लगी एक मेज पर जा बैठे। यहाँ से काँच की खिड़कियों की ओर देखो तो रेस्तराँ में बैठे लोगों के सिर ही सिर नजर आते थे और यदि बाहर से अन्दर की ओर देखो तो हॉल के इस हिस्से में अँधेरा जान पड़ता था।

''बताओ, क्या बात है?'' अर्चना ने आग्रह किया।

''फिर बताऊँगा।''

अर्चना ने आग्रह करना छोड़ दिया। वह गिरीश के स्वभाव को जानती थी। आग्रह करो तो वह बिगड़ने लगता था।

''तुम दफ्तर में क्या करते रहे?'' अर्चना ने सहज भाव से पूछा, ''क्या वह माल बुक हो गया या नहीं जिसके बारे में तुम बता रहे थे?''

''हो गया। कल नहीं हो पाया, आज हुआ है।''

''हो तो गया। तुम यों ही परेशान हो रहे थे।''

''स्टेशन पर माल बुक करवाना था। दो घंटे तक वहाँ खड़े रहना पड़ा।''

''तभी बहुत थके-थके लग रहे हो।'' और अर्चना के तन-बदन में सहानुभूति की लहर दौड़ गई। उसका मन आया, अपने हाथ से गिरीश का माथा सहलाकर उसकी थकावट दूर कर दे।

''आज मेरे साथ घर पर चलोगे?'' अर्चना ने धीमी आवाज में पूछा।

गिरीश चुप रहा। अचानक ही उसकी एक उड़ती नजर फिर रेस्तराँ की खिड़कियों की ओर गई।

''सोच रहा हूँ, चलूँ या नहीं चलूँ।''

उसे द्विविधा में देखकर अर्चना फौरन ही बोल उठी, ''नहीं, नहीं, तुम घर पर ही जाओ। बच्चों के पास जाओ।''

अर्चना ने चुपचाप अपना वेनिटी बैग खोला और उसमें से कागज में लिपटा एक छोटा-सा पैकेट निकाला और धीरे से हाथ बढ़ाकर गिरीश के सामने मेज पर रख दिया।

"यह क्या है?"

"देख लो।"

"क्या है?" गिरीश ने कहा और पैकेट खोलने लगा।

अर्चना स्वयं ही बोल उठी, "सिक्के हैं। बिट्टू के लिए कहीं से मिल गए। इन पर गांधीजी की तस्वीर है। नए-नए निकले हैं। इन्हें अपनी ओर से दे देना।"

"हाँ, दे दूँगा।" और गिरीश ने उसे चुपचाप जेब में डाल लिया। पर डाल लेने के बाद उसकी आँखें कुछ देर के लिए अर्चना के चेहरे पर टिकी रहीं मानो वह बड़े तटस्थ भाव से अर्चना के चेहरे को देखने लगा हो!

"तुम्हारी प्रोमोशन की बात कहाँ तक पहुँची?" सहसा अर्चना ने पूछा।

गिरीश ठिठक गया। उसे लगा, जैसे अर्चना ने उसके मन की बात पढ़ ली हो! वह जो बार-बार खिड़की की ओर देख रहा था, उसी में मानो अर्चना बात की तह तक जा पहुँची हो!

"आज मुझे पता चला कि दफ्तर के ही किसी आदमी ने मेरे खिलाफ डायरेक्टर के कान भरे हैं।"

अर्चना उसके चेहरे की ओर देखने लगी।

"क्या कान भरे हैं?"

पर अर्चना की आँखें फैल गईं। वह झट से गिरीश की समस्या को भाँप गई।

"किसी ने मेरे खिलाफ कहा है कि मैं अपनी पत्नी को बसा नहीं पाया हूँ। मैं किसी दूसरी स्त्री के साथ रहता हूँ। इससे फर्म बदनाम होती है।"

"इस कारण वह तुम्हारी प्रोमोशन नहीं करेंगे?"

इस पर गिरीश कृत्रिम आवेश में बोला, "मेरे निजी जीवन में किसी को दखल देने का कोई मतलब नहीं है। मैं एक के साथ रहूँ या दस के साथ, किसी को क्या मतलब है? डायरेक्टर कहाँ का पारसा आदमी है! मैं सभी को जानता हूँ...।"

अर्चना एकटक गिरीश के चेहरे की ओर देखती रही। बालू की भीत की तरह गिरीश का साहस भुरभुरा रहा था। अर्चना डरा करती थी कि दूसरी औरत गिरीश को उससे छीन ले जाएगी तो उसका जीवन अधर में लटक जाएगा, पर यहाँ आए रोज कोई-न-कोई नई चीज उसे अर्चना से दूर करती जा रही थी। उत्तरोत्तर अर्चना का स्थान गिरीश के जीवन में गौण होता जा रहा था। उसे लगा, जैसे गिरीश आगे बढ़ता जा रहा है, जैसे सभी लोग आगे बढ़ते जा रहे हैं और वह पीछे छूटती जा रही है।

"तुम चिन्ता नहीं करो। तुम्हें ही असिस्टेंट मैनेजर बनाएँगे। जब बन जाओगे तो मुझे धन्यवाद कहने आओगे, कि अर्चना, तुम्हारी बदौलत ही मुझे प्रोमोशन मिली है, तुम मेरे जीवन में लक्ष्मी बनकर आई हो," अर्चना ने हँसकर कहा, "तुम्हारी पन्द्रह साल की सर्विस है, तुम्हें नहीं लेंगे तो किसको लेंगे?"

''मैं क्या परवाह करता हूँ! प्रोमोशन दें या नहीं दें।'' गिरीश ने कहा, पर कहीं अवचेतन में उसका अन्धविश्वास जागा। क्या मालूम, अर्चना के ही कारण यह प्रोमोशन मिल जाए! वह मुस्कुरा दिया। मूँछों के नीचे हल्की-सी मुस्कुराहट फरफराई।

''मैं तुम्हारे लिए रोज भगवान से प्रार्थना करती हूँ। मिलेगी क्यों नहीं! सच्चे दिल से की गई प्रार्थना जरूर कबूल होती है।''

कहते-कहते अर्चना को लगा, जैसे गिरीश अभी से, घाट से छूटी नौका की भाँति दूर होता जा रहा है।

''यही कुछ साल रह गए हैं अर्चना, जब मैं कुछ बन सकता हूँ। यह मौका निकल गया तो मैं उम्र-भर छोटी नौकरी में ही घिसटता रहूँगा।''

अर्चना फिर उसके चेहरे की ओर देखने लगी।

मौका? कैसा मौका? यह भी कोई मौका है? क्या मैंने जिन्दगी के मौके नहीं खोए? अर्चना सोच रही थी। मैंने अपने मौके खोकर तुम्हें दिये हैं। तुम अपने माँ-बाप की इच्छा के खिलाफ मेरे साथ शादी करना चाहते थे। मैंने तुम्हें उनकी आज्ञा का पालन करने पर बाध्य किया। मैंने कहा था, अगर मेरा प्रेम सच्चा है तो तुम सदा मेरे बने रहोगे। आज से सात बरस पहले तुम्हारा ब्याह टूट सकता था। तुम्हारी पत्नी गिड़गिड़ाती हुई मेरे पास आई थी, तुम तो उसे छोड़ने के लिए भी तैयार थे, मैंने ही ब्याह नहीं टूटने दिया, यह पाप मेरे प्यार के सिर चढ़ता। मैंने कहा—नहीं, मैं सह लूँगी, इसका घर नहीं टूटे। मेरी निष्ठा हमारे प्रेम के प्रति आज भी वैसी की वैसी बनी है। तुम ही मुझसे दूर होते गए हो। जिस दिन बिट्टू पैदा हुआ था, उसी दिन मैं समझ गई थी कि अब तुम मेरे नहीं रहे। सच तो यह है कि जब बिट्टू पैदा हुआ था तो मैं रातभर रोती रही थी।...

तरह-तरह के विचार अर्चना के दिल को मथ रहे थे। यदि आज दफ्तर में गोमती उसकी पीठ-पीछे फुसफुसाती नहीं रहती तो अर्चना के मन में ऐसे विचार नहीं उठते। लेकिन अब तो उसे लग रहा था, जैसे कोई चिनगारी उसके शरीर को छू गई है।

''तो चलें?'' गिरीश ने मुस्कुराकर पूछा और उसी क्षण दूर खड़े बैरे से बिल लाने का इशारा किया।

''तो मेरे साथ घर नहीं चलोगे?''

''नहीं, देर हो जाएगी। बिट्टू ने बहुत इसरार किया था। उसने अपने दोस्तों को भी घर बुला रखा होगा।''

''हाँ, जाओ। उसे सिक्के देना नहीं भूलना।'' पर अर्चना को फिर चाबुक-सी लगी। इसके पास सभी के लिए वक्त है, केवल मेरे लिए वक्त नहीं।

''तुमने पहले कहा होता तो रेस्तराँ में नहीं आते, तुम्हारे कमरे में जा बैठते।

अब तो मुमकिन नहीं। बहुत देर हो जाएगी। मुझे रास्ते में एक आदमी से मिलना भी है।''

गिरीश ने कहा, पर अर्चना की आँखों से आँसू बहने लगे थे। रोना अर्चना की आदत बनती जा रही थी। बात-बात पर आँसू ढरकाने लगती।

''मेरा तुम पर कोई हक नहीं है ?'' वह फफककर बोली, ''तुम दो घड़ी मेरे साथ नहीं बैठोगे तो मैं सारी शाम कहाँ मारी-मारी फिरूँगी ? मैं अपने कमरे में नहीं जा सकती। कमरा मुझे काटने को दौड़ता है। मैं किताबें नहीं पढ़ सकती, नहीं पढ़ सकती। मुझे मत किताबें पढ़ने के लिए कहा करो।''

''यह क्या बचपना है, अर्चना! तुम्हें स्थिति को समझना चाहिए। तुम तो बच्चों वाली बात करती हो। अब पन्द्रह साल पहले वाली स्थिति नहीं रह गई है।''

''मैं जानती हूँ तुम यही कहोगे।...मैं जानती हूँ, तुम मेरे नहीं हो। मेरे कभी हो भी नहीं सकते। पर क्या मैं तुम्हें देख तक भी नहीं सकती ? क्या हम दो घड़ी एक साथ बैठ भी नहीं सकते ? तुम बार-बार मुझे कहने लगते हो कि मेरा बचपन अभी तक नहीं गया, मैं स्थिति को नहीं समझती...''

''अच्छा, अच्छा, अर्चना, अब यहाँ क्या बखेड़ा खड़ा करोगी! रेस्तराँ में लोग तुम्हें रोता देखेंगे तो क्या कहेंगे ?''

गिरीश मन-ही-मन खीज उठा। उसके ढुलकते आँसू उसे लिजलिजे-से लगे। अपनी बात मनवाने के लिए अर्चना अब अक्सर आँसू बहाने लगती थी। बात-बात पर आँसू ढरकाने लगती।

''नहीं, मैं नहीं रोऊँगी।'' अर्चना ने रूमाल से आँखें पोंछते हुए कहा, फिर गिरीश की ओर घूरते हुए बोली, ''पन्द्रह साल पहले की स्थिति में कौन जी रहा है ? क्या मैं तुम पर निर्भर हूँ ? क्या मैं दफ्तर में काम नहीं करती ? अपनी माँ को हर महीने पैसे नहीं भेजती ? दो भाइयों की पढ़ाई का खर्च क्या मैंने बर्दाश्त नहीं किया ?...''

गिरीश चुप रहा, सिर हिलाता और मुस्कुराता रहा। वह चाहता था कि अर्चना के दिल का उबाल ठंडा हो तो वे रेस्तराँ में से निकलें।

जब वे बाहर आए तो अँधेरा हो चुका था। सड़कों की बत्तियाँ जग रही थीं और चारों ओर चहल-पहल थी। थोड़ी दूर तक अँधेरे बरामदों में चलने के बाद जिस बीच गिरीश ने दो-एक बार अर्चना का हाथ पकड़कर प्यार से दबा दिया। एक जगह तो मोड़ काटते समय गिरीश ने झुककर अर्चना के बालों को चूम लिया। वे उस जगह जा पहुँचे जहाँ गिरीश अपनी मोटर खड़ी कर गया था।

''तुम जाओ, मैं यहीं से अपने-आप घर चली जाऊँगी,'' अर्चना ने लड़खड़ाती-सी आवाज में कहा।

''बैठो अर्चना, बैठो। यह क्या बचपना है!'' गिरीश ने मोटर का दरवाजा खोलकर अन्दर अर्चना को धकेलते हुए कहा, ''मैं तुम्हें छोड़कर घर जाऊँगा।''

मोटर लिंक रोड की उतराई उतरकर और एक बहुत बड़े राउंड-अबाउट का चक्कर काटकर थामसन रोड पर आ गई थी। यहाँ तक पहुँचते-पहुँचते अर्चना के आँसू सुख चुके थे और फिर से रह-रहकर दिल में एक भभूका-सा उठने लगा था। 'मुझे फेंककर यह अब अपने बच्चों के पास जाएगा, घर में चहल-पहल होगी। वह डायन भी घर में बन-सँवरकर बैठी होगी। सभी इसकी राह देख रहे होंगे, वहाँ अर्चना के अस्तित्व तक का किसी को बोध नहीं होगा।' बार-बार, रह-रहकर, आग की लपट-सी अर्चना के तन-बदन में दौड़ जाती। अर्चना आज सुबह से ही डाँवाँडोल महसूस कर रही थी, उस वक्त से गोमती उसके खिलाफ मिसेज वर्मा के कान भरने लगी थी। मोटर आगे बढ़ती जा रही थी, सड़क के किनारे खड़े खम्भों के कुमकुमे पीछे छूटते जा रहे थे। अर्चना का ध्यान तेजी से पीछे छूटते खम्भों की ओर अधिक था, आगे की ओर फैले हुए सड़क के लम्बे प्रसार की ओर कम। ज्यों-ज्यों कार आगे बढ़ती जाती, वह अधिकाधिक उत्तेजित, अधिकाधिक व्याकुल महसूस करने लगी थी।

गिरीश सदा अर्चना के घर से थोड़ा हटकर मोटर खड़ी किया करता था और निकट ही साथ-साथ खड़े दो पेड़ों के बीच वे एक-दूसरे से विदा हुआ करते थे।

कार में से निकले तो अर्चना का रवैया बदल चुका था। वह अधिक सहज और स्वाभाविक ढंग से, चहकती हुई-सी बातें करने लगी थी। दोनों टहलते हुए पेड़ के नीचे पहुँचे तो अर्चना ने गिरीश के दोनों हाथ अपने हाथों में ले लिये।

"तुम्हें ही असिस्टेंट मैनेजर बनाएँगे। बहुत सोचा नहीं करते। और तुम्हारे खिलाफ डायरेक्टर के कोई आदमी कान नहीं भर सकता। कहने दो, जो कुछ कहता है। और हमारा क्या है, हम बाहर एक-दूसरे से नहीं मिला करेंगे। ऐसी भी क्या बात है ?..."

गिरीश मुस्कुराया। वह मन-ही-मन ज्यादा हल्का महसूस करने लगा।

फिर सही तरह चहकते हुए अर्चना बोली, "चलो, ऊपर नहीं चलोगे ? चलो, मैं अपने हाथ से गरम-गरम कॉफी का प्याला बनाकर पिलाऊँगी। रेस्तराँ की कॉफी कितनी बकबकी-सी थी। थी न ?"

गिरीश को द्विविधा में देखकर अर्चना हँसते हुए उसे अपने साथ खींच ले चली।

"पाँच मिनट में कुछ भी बनता-बिगड़ता नहीं है। आज बिट्टू का जन्मदिन है तो हम लोग नहीं मनाएँ ? आओ, आओ, वाह जी, बड़े आए ! तुम्हें तो रोज ही काम रहता है। तुम्हें बढ़िया कॉफी बनाकर पिलाऊँगी, चलो, चलो।"

सीढ़ियाँ चढ़ते हुए गिरीश के मन में फिर दुविधा उठने लगी, पाँच मिनट में कहाँ लौटना होगा। यह जिद पकड़ लेती है तो ख्वाहमख्वाह परेशान करती है। मन पर बोझ हो तो कोई क्या इसके साथ दुलार करे ? मैं अपनी नौकरी की सोचूँ या इसे

चूमता फिरूँ और प्रेम के आश्वासन देता फिरूँ? दो-मंजिला सीढ़ियाँ चढ़कर आओ तो साँस धौंकनी की तरह चढ़ने लगती है। इससे लाभ?

एक मंजिल की सीढ़ियाँ चढ़कर गिरीश रुक गया।

''क्या है? रुक क्यों गए?''

''मैं सोचता हूँ, देर हो जाएगी।''

अर्चना की आँखें फिर से जैसे जलने लगीं—ईर्ष्या से, द्वेष से या प्रेम से!

''आओ, आओ, बहुत नहीं सोचा करते।''

गिरीश को कमरे में बनाए रखने के लिए कामुकता की चाबुक लगाने की जरूरत रहती थी और इसमें अर्चना कुछ समय से प्रवीण हो पाने की भरसक कोशिश करती आ रही थी। यों वह जानती थी कि उसके चुम्बन जितने ज्यादा सस्ते होते जा रहे थे, उतना ही उनका आग्रह कम होता जा रहा था। केवल एक ही बात से उसे सन्तोष मिल सकता था कि वह गिरीश को रोकने में सफल हो जाए, कि गिरीश कुछ देर के लिए ही सही, बिट्टू को, अपने बच्चों को, अपने घर को भूल जाए। जहाँ तरह-तरह के वास्ते और उलाहने और आँसू काम नहीं करते, वहाँ गरम-गरम उत्तेजक चुम्बन गिरीश को रोकने में समर्थ हो जाते हैं। वक्त बीतते-न-बीतते उसने पुरुष को रिझाने के अनेक ढंग सीख लिये थे।

''तुम बहुत सोचते हो तो तुम्हें देखकर मेरा दिल धक्-धक् करने लगता है।'' गिरीश के बाल सहलाते हुए अर्चना बोली, ''तुम साथ में होते हो तो मुझे कुछ भी नहीं सूझता।''

गिरीश मन-ही-मन मुस्कुराया। गिरीश को लगा, जैसे वह अर्चना के कमरे में न आकर किसी फाहिशा के कमरे में जा पहुँचा है जिसने उसे देखते ही अपने पेशे के मुताबिक अपनी बाँहों में बाँध लिया है।

''पिलाती हूँ कॉफी, तुम्हें ज्यादा देर यहाँ नहीं रखूँगी। तुम चिन्ता नहीं करो जी, मैं जानती हूँ, अब मेरा कितना हक तुम पर रह गया है।''

''तुम बहुत बिगड़ती जा रही हो।'' गिरीश ने उलाहने के स्वर में कहा।

अर्चना उससे हट आई थी और शीशे के सामने खड़ी बालों में से पिन निकाल रही थी।

''अभी जाती हूँ, कॉफी बनाती हूँ, गाउन पहन लूँ। नाइलोन की साड़ी पहनकर किचन में नहीं जाना चाहिए।''

अर्चना गाउन पहनने से पहले शीशे के सामने खड़ी साड़ी उतार रही थी जब गिरीश का ध्यान पहली बार साड़ी की ओर गया।

''बड़ी अच्छी साड़ी पहन रखी थी तुमने!''

अर्चना ने साड़ी उतारकर कुर्सी की पीठ पर रख दी थी, और वहीं मुस्कुराती खड़ी रही।

"तुम्हें पसन्द है? तुम्हीं तो लाए थे। भूल गए क्या?"

"आसमानी रंग तुम्हें बहुत पचता है," गिरीश ने मुस्कुराने की चेष्टा करते हुए कहा। उसे याद आया, वह एक बार ऐसी ही दो साड़ियाँ बम्बई से लाया था—एक अपनी पत्नी के लिए, दूसरी अर्चना के लिए।

शीशे के सामने खड़ी अर्चना उससे पूछ रही थी, "मैं मोटी तो नहीं हुई हूँ? मेरे दफ्तर की सभी औरतें कहती हैं कि मैं मोटी हो रही हूँ।"

बिट्टू की पार्टी का वक्त निकलता जा रहा था। अभी भी बहुत कुछ देर हो गई थी। दो-एक बार गिरीश को उसका ध्यान आया फिर उसने खयाल छोड़ दिया—मारो गोली, अब जाऊँ भी तो वक्त पर नहीं पहुँच सकता। और वह आश्वस्त होकर कुर्सी पर बैठ गया और नेकटाई खोल दी।

घंटे-भर बाद जब गिरीश सीढ़ियाँ उतर रहा था तो ऊपर, अपने कमरे के अधखुले दरवाजे के पीछे खड़ी अर्चना गिरीश की चौड़ी पीठ और मोटी गर्दन की ओर देखती जा रही थी। गिरीश बोझिल और भोंडा लग रहा था। सीढ़ियों पर से उतरते हुए उसका दायाँ पैर कुछ ज्यादा दाईं ओर और बायाँ पैर जरूरत से ज्यादा बाईं ओर पड़ रहा था। उसे देखते-ही-देखते अर्चना के प्रेम में जैसे फिर से विष घुलने लगा था। इस आदमी को अपने पास रोक रखने से जो गर्व की भावना उठी थी, वह लगभग खत्म हो चुकी थी। उसे लगा, जैसे सारा वक्त वह प्रेम के भ्रम में वेश्यावृत्ति करती रही है।

गिरीश की आँखों से ओझल हो जाने पर वह कमरे में लौट आई और फफक-फफककर रोती हुई पलंग पर जा लेटी। उसे लगा, जैसे उससे किसी दिन कोई अपराध हो जाएगा, वह कुछ कर बैठेगी, या अपनी जान पर खेल जाएगी।

गृहलक्ष्मी घर के एक कमरे में से दूसरे कमरे में यों चक्कर काट रही थी, जैसे अपने घेरे में बँधा कोई जन्तु चक्कर काटता है। सड़क की ओर से आनेवाली छोटी-से-छोटी आहट पर उसके कान लगे थे। सोनेवाले कमरे में दीवार के साथ लगी अलमारी में से उसने गिरीश के लिए रात के कपड़े निकाले और पलंग के पायताने बिछाकर रख दिये। वह उसकी रुचियों को जानती थी। जिन डोरों के साथ वह इस घर से बँधी थी, उनमें गिरीश की रुचियों के डोरे भी थे। घर में गिरीश को सफाई पसन्द थी। कहीं पर कागज का टुकड़ा भी पड़ा मिलता तो उसका पारा तेज होने लगता था। रात के कपड़े निकालने के बाद गृहलक्ष्मी बैठक में से सुबह का अखबार लाने गई। गिरीश रात को सोने से पहले अखबार देखा करता था। पलंग के सिरहाने रखी तिपाई पर उसने पानी की सुराही और गिलास भी रख दिये, और नीचे छोटी चिलमची भी रख दी। गिरीश सुबह चाय का कप बिस्तर में ही पीना पसन्द करता था। सोनेवाले कमरे में से निकलकर वह रसोईघर में लौट आई।

रसोइघर में रोशनी कम थी, दीवारें एक-दूसरी के बहुत निकट, एक-दूसरी को घूरती-सी जान पड़ती थीं। बरसों बीत चुके थे, फिर भी, ज्योंही साये घिरने लगते, गृहलक्ष्मी के कान सड़क पर लग जाते थे। जब वह देर तक नहीं लौटता तो शाम का अँधेरा अपना भयानक जबड़ा खोल देता और उसे सहन कर पाना असम्भव होता था। यों तो दिनभर कमरों में घूमते, घर का कामकाज देखते कोई चीज सारा वक्त उसका कलेजा चाटती रहती थी, लेकिन शाम को अँधेरे की खाई पाटना उसके बस का नहीं रहता था। भावना के लम्बे पड़ाव लाँघकर गृहलक्ष्मी यहाँ तक पहुँची थी—छटपटाहट, विद्रोह, फिर त्रास और अब जड़ता—पति-पत्नी सम्बन्धों के अनेक चरण गृहलक्ष्मी लाँघकर आई थी। कभी-कभी तो लगता, जैसे जान-बूझकर उसने यह रोग पाल रखा हो, ताकि वह अपने को बलि का बकरा मान सके। जितना अधिक वह अन्दर-ही-अन्दर घुलती रहती थी, उतना ही अधिक इसमें उसे एक तरह का रस मिलता था।

दोनों बच्चे देर तक पिता की राह देखने के बाद छज्जे पर से हट आए थे। बिट्टू बैठनेवाले कमरे में एक कुर्सी पर उकड़ूँ बैठा था, जब कि मालती प्रेत की तरह एक कमरे में डोल रही थी। बिट्टू को तो घर में किसी की परवाह नहीं थी, लेकिन उसकी बड़ी बहन मूक दीवारों के पीछे माँ और पिता को एक-दूसरे के साथ झगड़ते सुन चुकी थी और उसके मन में भय समा गया था। माँ-बाप जब रात को कभी झगड़ते तो घर का वातावरण बोझिल पड़ जाता था, अँधेरा जैसे घर के अन्दर घुस आता था। माँ को काम करते देख मालती ने हाथ में मैला कपड़ा उठा लिया और बैठक की झाड़-पोंछ करने लगी, मानो मैला कपड़ा हाथ में लेकर कुर्सियाँ पोंछ देने से घर में फैली अवसाद की परत पुँछ जाएगी!

बाहर गेट खुलने की आवाज आई।

''पापा आ गए!'' बिट्टू ने झट से कहा और उठकर छज्जे की ओर चला गया।

मालती मैला कपड़ा कोने में फेंककर सीधी माँ के पास जा पहुँची।

''माँ, पापा आ गए हैं।'' वह बोली, फिर तनिक ठिठककर कहने लगी, ''पापा अगर गुस्सा करें तो तुम कुछ भी नहीं कहना। तुम बोलती हो तो उन्हें और गुस्सा आ जाता है।''

गृहलक्ष्मी चुप रही।

गिरीश घर लौटता तो बच्चे सबसे पहले उसके चेहरे का भाव देखते। यदि बाप मुँह लटकाए लौटता तो वे अपने-आप एक ओर को हट जाते थे। यदि मुस्कुराकर मिलता तो वे चहकने लगते।

दोनों बच्चे सीढ़ियों के पास मिले।

''आज मुझे देर हो गई,'' उसने सीढ़ियाँ चढ़कर सहज भाव से कहा और मालती का गाल थपथपा दिया।

पिता अच्छे मूड में थे। पिता के पीछे-पीछे दोनों बच्चे बैठक के अन्दर चले आए।

''आज मेरा जन्मदिन था, आज नहीं आए, हम देर तक आपका इन्तजार करते रहे।'' बिट्टू ने शिकायत के लहजे में कहा, फिर चहककर बोला, ''माँ ने हमें पूड़े बनाकर खिलाए।''

''मुझे काम था,'' अपना ब्रीफकेस तिपाई पर रखते हुए गिरीश ने कहा और सोफा-कुर्सी पर बैठ गया।

गिरीश जानता था कि बच्चों की माँ उससे मिलने बाहर नहीं आएगी। जरूरत होने पर, अन्दर से ही बच्चों के माध्यम से जो पूछना होगा, पूछ लेगी।

तभी बिट्टू चलता हुआ पिता की कुर्सी के पास पहुँचा और पिता के चेहरे की ओर अच्छी तरह से झाँकते रहने के बाद कुर्सी की बाँह पकड़कर खड़ा हो गया।

''अब क्लास में रामजी मेरे साथ नहीं बैठता। मैडम ने उसे पिछले डेस्क पर भेज दिया है।'' वह बोला।

गिरीश ने मुड़कर बेटे की ओर देखा और मुस्कुरा दिया।

''वह बड़ा डरपोक है,'' बिट्टू का उत्साह बढ़ने लगा था, ''मेरी चुगली लगाता था। मैडम ने उसे पीछे भेज दिया।''

इस पर मालती भी आगे बढ़ आई और चहकते हुए बोली, ''पापा, हम लोग पूड़े खा रहे थे। जब इसका दोस्त रमेश आया, तो इसने उसे अन्दर नहीं आने दिया।''

''क्यों? अन्दर क्यों नहीं आने दिया?'' पिता ने बिट्टू से पूछा।

''क्योंकि वह इसके लिए प्रेजेंट नहीं लाया था,'' मालती हँसकर बोली, ''इसने उसे दरवाजे पर से ही बाहर धकेल दिया। कहने लगा—जाओ, पहले प्रेजेंट लेकर आओ।''

''सच, बिट्टू?''

बिट्टू अपनी सफाई देने लगा, ''उसके जन्मदिन पर मैंने उसे कोका-कोला पिलाई थी। उसने कहा था, तेरे जन्मदिन पर प्रेजेंट लाऊँगा, फिर क्यों नहीं लाया?''

तभी किचन की ओर से आवाज आई, ''आ मालती, चाय ले जा।''

वक्त-बेवक्त जब भी गिरीश घर लौटता, वह चाय का प्याला पिया करता था।

''आई माँ,'' कहकर मालती रसोईघर की ओर भाग गई। माँ के हाथ से प्याली लेते हुए मालती बोली, ''आज पापा बड़े खुश हैं। हँस रहे हैं। तुम भी आओ न, माँ!''

''जा, चाय दे आ।'' माँ ने इतना-भर कहा, ''खाली प्याला दे जाना। वहीं पर नहीं पड़ा रहे रातभर।'' और गृहलक्ष्मी उसके हाथ में चाय की छोटी-सी ट्रे देते हुए, रसोईघर में से निकलकर सोनेवाले कमरे की ओर बढ़ गई।

मालती चाय लेकर आई तो गिरीश अपनी जेब में से सफेद कागज में लिपटी कोई छोटी-सी चीज बिट्टू की ओर बढ़ा रहा था, ''यह लो, तुम्हारे लिए प्रेजेंट है।''

''क्या है पापा?'' बिट्टू ने उछलकर हाथ बढ़ा दिया।

सिक्के थे। गांधीजी की आकृतिवाले तीन चमकते सिक्के थे।

''ये कहाँ से मिले, पापा? मुझे तो कहीं से नहीं मिले!'' बेटे ने उत्सुकता से पूछा।

''मिल गए, जहाँ से मिले। तुम ले लो।''

दोनों बच्चे सिक्के को उलट-पलटकर देखते रहे। फिर मालती ने तीनों सिक्के हाथ में लिये और लपककर माँ के पास जा पहुँची।

''देखो माँ, पापा सिक्के लाए हैं। नए सिक्के निकले हैं, इन पर गांधी जी की तसवीर है।''

''होंगे,'' माँ ने अलमारी के पास खड़े-खड़े कहा।

''आओ न माँ, तुम वहाँ खड़ी-खड़ी कैसे देख सकती हो?'' मालती ने आग्रह किया।

माँ दहलीज पर आ गई, और सिक्के हाथ में लेकर उन्हें सरसरी नजर से देखकर बोली, ''अच्छे हैं। बड़े सुन्दर हैं। इन्हें सँभालकर रखना।'' और उन्हें लौटा दिया।

बरसों के दाम्पत्य जीवन के बाद भी गृहलक्ष्मी काम-काज में लगी रहे तो उसका जीवन पटरी पर रहता था, पर गिरीश के रहते बैठक में आ बैठे तो अटपटा महसूस करने लगती थी।

बिट्टू पिता से कह रहा था, ''मेरा कद माँ से लम्बा हो गया है पापा! सच?''

गिरीश चुप रहा।

''आज स्कूल में से रिपोर्ट मिली है। पूरे साठ इंच हो गया है। पिछले एक साल में मेरा कद पूरे चार इंच बढ़ गया है!''

गिरीश ने बेटे को सिर से पैर तक देखा। पहली बार बेटे के कद की ओर ध्यान से देखते हुए गिरीश को बोध हुआ, जैसे समय ने सचमुच करवट ले ली है। जैसे वह अतीत को पीछे छोड़कर किसी नए, अनूठे वर्तमान में प्रवेश कर गया है।

बिट्टू सचमुच लम्बा हो गया था। उसके होंठों के ऊपर हल्के-हल्के रोयें भी आ गए थे और दाँतों की लड़ी पहले से कहीं ज्यादा झिलमिलाने लगी थी। बच्चे के कद की ओर देखते हुए गिरीश को गर्व का भाव हुआ।

मालती लौट आई थी और बैठक की दहलीज पर डोल रही थी। माँ और पापा के बीच चुप्पी आज बढ़ती जाएगी या एक-दूसरे से बोलेंगे? अगर पापा का मूड अच्छा होता तो मालती माँ को खींच-खींचकर बैठक में ले आया करती थी।

तभी गृहलक्ष्मी बाहर आ गई। बुनाई का सामान हाथ में लिये वह चुपचाप कोनेवाले सोफे पर जा बैठी। मालती को जैसे सहारा मिल गया हो। वह माँ के पास बढ़ आई और उसकी कुर्सी से लगकर खड़ी हो गई।

बिट्टू भागकर अँगीठी के पास, दीवार से लगकर खड़ा हो गया।

अँगीठी से लगी दीवार पर जगह-जगह बिट्टू के कद की पैमाइश के निशान थे। जब बिट्टू सात साल का था, तभी से निशान लगाए जा रहे थे—कभी लाल पेंसिल से छोटी-सी लकीर खींच दी जाती रही थी, कभी काली पेंसिल से। यों तो सारा घर ही तरह-तरह के निशानों से भरा पड़ा था—परिवार के अतीत से जुड़े हुए तरह-तरह के निशान। खिड़कियों और दरवाजों पर मालती के हाथ की खिंची ऊबड़-खाबड़ लकीरें और नाम थे। सोनेवाले कमरे की छत में वह खूँटा अभी तक लगा था जब शादी के कुछ ही साल बाद गृहलक्ष्मी गर्दन में पल्ला बाँधकर उससे झूल गई थी। सोनेवाले कमरे की ही दीवार के साथ वह हार्मोनियम भी अभी तक रखा था जिस पर गृहलक्ष्मी किसी समय संगीत सीखने लगी थी, लेकिन जाने कब उससे उसका मन उचट गया था।

बिट्टू दीवार के साथ लगकर चहक रहा था।

''देखा!'' वह चिल्लाया।

''इससे कुछ पता नहीं चलता जी।'' मालती बोली।

''अच्छा, तुम्हें अभी दिखाता हूँ।'' बिट्टू ने कहा और सीधा माँ के पास आ गया।

''उठो माँ, आओ, मैं इन्हें दिखाना चाहता हूँ कि मेरा कद तुमसे बड़ा हो गया है।''

''ठहर, ठहर। देख, सिलाई खिंच जाएगी बिट्टू!'' माँ ने कहा।

पर बिट्टू माँ को खींचता रहा।

उसके आग्रह को देखते हुए माँ उठ खड़ी हुई और साड़ी का पल्लू ठीक करती हुई बैठक के बीचोबीच आ गई, ''क्या है? बोल, क्या कहता है?''

''देख लो, देख लो,'' कहता हुआ बिट्टू लपककर माँ के कन्धे के साथ कन्धा लगाकर खड़ा हो गया और गर्दन ऊँची करके सामने की ओर देखने लगा।

''एड़ियाँ मत उठा बिट्टू, मैंने देख लिया।'' मालती बोली।

माँ को उठता देखकर मालती चहकने लगी थी।

''कौन एड़ियाँ उठा रहा है? मैं तो सीधा खड़ा हूँ।''

गृहलक्ष्मी बिट्टू के साथ खड़ी अजीब-सा महसूस कर रही थी पर उसे बुरा नहीं लग रहा था। माँ के सिर के बाल कहीं-कहीं से सफेद हो चले थे और चेहरा थका-थका-सा था। पर माँ धीरे-धीरे मुस्कुराने लगी थी। मालती का साहस और भी बढ़ गया था।

"देखा? देखो पापा, देखो न! माँ से लम्बा हो गया हूँ या नहीं?"

उसने सिर्फ गर्दन सीधी कर ली और हँसता हुआ सामने की ओर देखने लगा।

गिरीश ने उड़ती नजर से माँ के सिर के साथ जुड़े हुए बिट्टू के सिर की ओर देखा। वह मन-ही-मन गृहलक्ष्मी की तुलना अर्चना से करने लगा। अर्चना ज्यादा बन-सँवरकर रहती थी, उसका चेहरा कसा-कसा था।...

"नहीं, अभी थोड़ा फर्क है।" वह अन्यमनस्क-सी आवाज में बोला।

"कहाँ फर्क है, पापा? आप ध्यान से देखें।" और बिट्टू ने माँ को कन्धों से पकड़कर एक ओर को घुमा दिया और उसकी पीठ के साथ पीठ लगाकर खड़ा हो गया।

"अब देखो, अब देखो पापा!"

मालती खड़ी हँस रही थी। बच्चों का उत्साह उत्तरोत्तर बढ़ता जा रहा था।

बेटे की पीठ के साथ पीठ लगाने पर गृहलक्ष्मी को अच्छा-सा लगा, स्निग्धता का भास हुआ। उसे क्षण-भर के लिए किसी अपार सुख का अनुभव हुआ। उसे लगा, जैसे उसे बाँधनेवाले डोरों के साथ कुछ एक कोमल रेशमी डोरे भी हैं जिनकी जकड़ में उसे सुख का भास होता था।

"हाँ, हाँ, तूने सिर निकाल लिया है, लम्बा हो रहा है," माँ बोली, "अब छोड़।"

पर माँ के दिल में बिट्टू और मालती के प्रति स्नेह के सोते फूटने लगे थे। कभी-कभी ऐसा हो जाता था जब गृहलक्ष्मी सब-कुछ भूलकर, बेसुध-सी बच्चों के साथ खेलते रहना चाहती थी।

बच्चे अपने खेल में मस्त थे।

गिरीश अभी भी मन-ही-मन गृहलक्ष्मी की तुलना अर्चना से किए जा रहा था। अर्चना के चेहरे पर लुनाई थी, तरह-तरह के भाव उसके चेहरे पर थिरकते रहते थे जबकि इस औरत के चेहरे पर जड़ता उतर आई थी, एक-सा भाव सदा फैला रहता था, और इसकी देह जैसे काठ की बनी हो—न लोच, न लचक।...

तभी मालती माँ को बाँह से खींचकर कमरे में उस ओर ले गई जहाँ सोफे पर गिरीश बैठा था।

"आओ माँ, तुम पापा के साथ खड़ी हो जाओ। देखें, तुम पापा से कितनी छोटी हो!"

"लड़की तो पागल हो गई है।" माँ बोली, "चल हट, मुझे काम है।"

पर अब बेटा-बेटी दोनों माँ को बाँहों से पकड़कर खड़े थे। दोनों ने माँ को पिता के ऐन सामने लाकर खड़ा कर दिया और दोनों हँसे जा रहे थे।

मालती क्यों ऐसा कर रही थी? वह मन-ही-मन जानती थी कि ऐसे अवसर

घर में बहुत कम आते हैं—सौभाग्य से छिटके हुए सुन्दर क्षण। ऐसे क्षणों को वह मानो पकड़ लेना चाहती थी और घर में बनाए रखना चाहती थी। हँसी का, सुख का नन्हा-सा काल-खंड, जिसे वह घर में स्थिर कर लेना चाहती थी।

बच्चे बराबर हँसे जा रहे थे।

बच्चों का दिल रखने के लिए गिरीश उठकर गृहलक्ष्मी के पास खड़ा हो गया। दोनों बच्चे तालियाँ पीटने लगे।

तभी गृहलक्ष्मी खड़ी-खड़ी सहसा कठोर होने लगी। उसकी देह अकड़ने-सी लगी। उसे यह पता चलते देर नहीं लगी कि गिरीश के कपड़ों में से उसे उस दूसरी औरत की गन्ध आ रही थी, गिरीश सिर से पैर तक उसकी गन्ध में सना घर लौटा था।

''कैसे खड़ी हो माँ, इस तरह से ठीक पता नहीं चलता।...''

पर माँ खड़ी-की-खड़ी रह गई थी, और पिता उसी क्षण वहाँ से हट गए और अपना ब्रीफकेस उठाकर अपने कमरे में चले गए।

घर में फिर से चुप्पी छा गई और अवसाद की छाया गहराने लगी। बच्चों की समझ में नहीं आया कि बात क्या हुई है, पर वे चुप हो गए। माँ रसोईघर के अन्दर चली गई, बिट्टू फिर से कुर्सी पर बैठ गया, और मालती प्रेत की तरह एक कमरे से दूसरे कमरे में डोलने लगी।

खाना खा चुकने के बाद उस रात बिट्टू तो सिरहाने पर सिर रखते ही सो गया, मगर मालती की आँखें रोज की तरह अँधेरे में खुली थीं और कान बगलवाले माँ-बाप के कमरे की ओर लगे थे। देर तक उनके कमरे में चुप्पी छाई रही, फिर धीमी-धीमी आवाजें सुनाई देने लगीं। दबी-दबी आवाजें। सदा की भाँति मालती का दिल बैठने लगा। अभी माँ के सुबकने की आवाजें आने लगेंगी। कमरे में से सदा माँ की ही आवाजें आया करती थीं, पिता बहुत कम बोलते थे। कभी-कभी माँ आहें भरती, बुदबुदाती रहती और पापा खर्राटे भरने लगते थे। पर आज माँ बराबर बोले जा रही थी।

फिर सहसा पापा कड़ककर बोले, ''बकवास बन्द कर। जो मेरा मन आएगा, करूँगा।''

माँ चुप हो गई। देर तक चुप्पी छाई रही। बिस्तर में लेटी मालती का दिल धक्-धक् किए जा रहा था। अब क्या होगा? माँ की चुप्पी के कारण अँधेरा और ज्यादा बोझिल हो गया था। सहसा माँ फिर से बोलने लगी और मालती को लगा, जैसे माँ की आवाज नजदीक आने लगी है।

''जो मन में आए, करो। जहाँ मन में आए, जाओ। एक बार नहीं, बीस बार जाओ। मैं क्यों तिल-तिलकर जलूँ? बहुत जल चुकी। जब से ब्याह हुआ, जल रही हूँ। अब नहीं जलूँगी। मेरे बच्चे सलामत रहें...''

बोलती हुई माँ बच्चों के कमरे में आ गई थी। ऐसा भी कभी–कभी होता था। जब माँ–बाप में झगड़ा होता तो गृहलक्ष्मी बोलती हुई बच्चों के कमरे में आ जाया करती थी।

''उधर खिसक जा बिट्टू, मैं तेरे साथ सोऊँगी।''

कच्ची नींद में सोया बिट्टू जाग गया। पहले तो उसकी समझ में कुछ नहीं आया, पर फिर माँ को अपने पास पड़ी देखकर वह चहक उठा और माँ के गले में अपनी बाँहें डाल दीं।

ढोलक

मौसी ढोलक बजाने लगी। चाची कंकड़ लेकर उस पर ताल देने लगी और दसियों दन्तहीन बुढ़ियाँ मुँह खोले विवाह का गीत गाने लगीं। कोई आवाज भटिंडा की ओर चली तो कोई सहारनपुर की ओर, कोई पंचम में तो कोई सप्तम में। लगा, बतखों के दल में किसी ने ढेला फेंक दिया हो और वे किकियाती हुई भागने लगी हों! बेटे की माँ सिर पर लाल रंग की चुन्नी ओढ़े उमंगों की हिलोरों में झूलती कभी इधर भागती फिर रही थी, कभी उधर। आखिर उसके रामदेव ने ब्याह करना जो मंजूर कर लिया था।

स्त्रियाँ दो ही पद गा पाई होंगी कि चाची की नजर दरवाजे पर जा पड़ी और वह ताल देना छोड़ हँसकर बोली, ''लो, फिर आ गया है। यह हमें दम नहीं लेने देगा।'' फिर हाथ पसारकर दुलार की-सी आवाज में बोली, ''जा, तू कान बन्द करके बैठ रह अपने कमरे में। तू हमारा शोर मत सुन।''

सभी औरतों की नजर दरवाजे की तरफ घूम गई। दहलीज पर रामदेव खड़ा था—वही जिसका ब्याह होने जा रहा था और अपने मोटे-मोटे चश्मों में से घूरे जा रहा था। लगता था, अभी बरस पड़ेगा। दाएँ हाथ में अभी भी किताब पकड़े हुए था। तेल सने लम्बे-लम्बे बाल और नीचे छोटी-छोटी आँखें और सबसे नीचे मैला पाजामा।

''यह क्या हो रहा है चाची? सारा मोहल्ला सिर पर उठा रखा है तुम लोगों ने!''

''लो, और सुनो,'' चाची हाथ पसारकर बोली, ''हम गाएँ भी नहीं? हमारे घर में खुशी का दिन आया है, हम क्यों न गाएँ? हम सारे मोहल्ले को सुनाएँगी, गला फाड़-फाड़कर गाएँगी। तू सुनना न चाहता हो तो अपने कमरे में जाकर बैठ रह।''

और चाची ताली बजा-बजाकर अगला पद गाने लगी, ''मुंडा ते साडा लम्म सलम्मणा!...''

औरतें हँसने लगीं। कुछेक चाची के साथ-साथ गाने लगीं।

''लालाजी को बीच में बिठाओ,'' एक बुढ़िया बोली, ''आओ बेटा जी, हमारे पास बैठो।'' पर रामदेव का तमतमाता चेहरा देखकर रुक गई। ''अरे बेटा, गुस्सा नहीं करते! तू चाहता है, ब्याह में हम हँसें-गाएँ भी नहीं? तेरी तरह गुम-सुम बने रहें?''

''बस,'' रामदेव ने गुस्से से हकलाकर कहा, ''बस, मैंने कह दिया, शोर नहीं हो यहाँ पर। अगर गाना ही है तो धीरे-धीरे गाओ।''

''हाय बेटा, कभी शोर मचाए बिना ब्याह भी हुए हैं!'' पर रामदेव के काँपते, बल खाते होंठों की ओर नजर गई तो चाची ठिठक गई और हाथ जोड़कर स्वाँग-सा भरती हुई बोली, ''अच्छा, बाबा! तेरे से तो भर पाई! जैसे कहेगा, वैसे करेंगी।''

रामदेव कुछ देर तक अपने मोटे-मोटे चश्मों से घूरता रहा फिर घूमकर अपने कमरे की ओर जाने लगा। चलता जाता और बड़बड़ाता जाता।

जब से ब्याह का पचड़ा शुरू हुआ था, उसकी जान साँसत में आ गई थी। जाहिलों के बीच पड़ गया था। न पढ़ने को वक्त मिलता था, न कुछ सोचने को और तरह-तरह की अटपटी रस्में—कभी कलाई पर मोली का धागा बाँधा जा रहा है तो कभी हाथों पर मेहँदी लगाई जा रही है और कभी खी-खी करती लड़कियाँ कमरे में घुस रही हैं। और चारों ओर बच्चे-ही-बच्चे—सीढ़ियों पर भी बच्चे, आँगन में भी बच्चे। इन बच्चों को इकट्ठा कर पाने के लिए ही शायद यह ब्याह रचा गया है। इस पर हर तीसरे मिनट कोई चाचा या मौसी या कोई रिश्ते का आदमी उसके कन्धे पर हाथ रखकर कहता, 'रामदेव जी, हँसो बेटा, खुश-खुश रहा करो। यह दिन खुशी का दिन है।'

बरामदा लाँघते हुए रामदेव की नजर खिड़की में से नीचे आँगन की ओर गई। हलवाइयों के चूल्हे जल रहे थे। धुएँ और मसालों की तीखी गन्ध हवा में फैल रही थी। बड़ी-बड़ी मूँछों और बड़ी-सी तोंदवाला एक हलवाई आलू छील-छीलकर एक बड़े से कड़ाह में डाल रहा था। आँगन के बाहर बैंड बाजे के साजिंदे—झब्बेदार लाल कोट और नीचे सफेद पतलूनें पहने और सिर पर काले रंग की टोपियाँ लगाए सरकस के जोकर बने घेरा बाँधे खड़े थे। और उनके बीचोबीच लम्बे बालोंवाला बैंड मास्टर अपने को सचमुच का कंडक्टर माने बगल में छोटी-सी छड़ी दबाए अपनी तमाशबीनी कर रहा था—बार-बार सिर झटककर माथे पर आए बालों को पीछे फेंकता, वे फिर माथे पर आ जाते तो फिर उन्हें झटककर पीछे फेंक देता।

एक फटीचर-सा साजिंदा तुरही पर मुँह रखे, गाल फुलाए तरह-तरह की आवाजें उसमें से निकाल रहा था। 'मेरे कानों के लिए अपना साज गरम कर रहा है,' रामदेव बड़बड़ाया। और साजिंदों के पीछे मुहल्ले के बीसियों बच्चे अधनंगे, मैले-कुचैले जिनका न रिश्ता, न मतलब, घेरा बाँधे खड़े मुँह बाएँ ब्याह का तमाशा देखे जा रहे थे। 'जिस तरह बैंड की ओर देख रहे हैं उसी तरह मेरी ओर भी देखेंगे,' रामदेव बड़बड़ाया और उसकी टाँगें काँप गईं।

सड़क पर धूल उड़ रही थी। जैसा कस्बा, वैसी सड़कें, वैसे ही लोग, कोई ढंग नहीं, कोई कायदा नहीं। इकहरे बोसीदा घरों के पीछे चिश्ती के मकबरे के बड़े-बड़े मीनारें और गुम्बद खड़े थे। इस वक्त वे भी उसे बड़े भोंडे नजर आए। जाने लोग इसमें क्या देखने दूर-दूर से चले आते हैं—देश से और विदेश से ? इसमें रखा ही क्या है ?

तभी किसी ने पीछे से उसकी कमीज को खींचा। रामदेव ने घूमकर देखा, उसके भाई का बेटा था। दोनों गालों में पान ठूँसे, पान की पीक चू-चूकर ठुड्डी के नीचे तक बह आई थी।

''बिशन से कहो, मुझे पान दे। वह मुझे पान नहीं देता।'' लड़के ने ठुनककर कहा।

''पान खा तो रहा है। और कितने पान खाएगा ?''

''बिशन ने बीस पान खाए हैं।''

''और तूने ?''

''मैंने सिर्फ पाँच खाए हैं।'' लड़के ने कहा, ''बिशन से कहो, मुझे पान दे।'' वह फिर ठुनका।

रामदेव का जी चाहा, उसके कान मसल दे। घर-भर में इसी बच्चे के स्तर के लोग भरे पड़े थे।

बालक से पिंड छुड़ाकर अपने कमरे की ओर जाते हुए उसे बगल वाले कमरे में से ठहाकों की आवाज आई। रामदेव झुँझला उठा। वहाँ बड़े-बूढ़ों की मजलिस जमी थी। बाबूजी अपना कोई बेमतलब-सा किस्सा सुना रहे होंगे। उधर चाचियों ने फिर से गाना शुरू कर दिया था।

वह चुपचाप चलता हुआ बैठक की दहलीज पर जा खड़ा हुआ। कमरा बड़े-बूढ़ों से भरा हुआ था और बीच में बाबूजी प्रधान बने बैठे थे। इतने ज्यादा ताऊ-चाचे हर हिन्दू के क्यों होते हैं ? सभी पग्गड़ बाँधे थे। और बाबूजी की हर बात पर खी-खी करके हँसते जा रहे थे।

''मैंने उससे कहा,'' बाबूजी कह रहे थे, ''तू इतना रगड़-रगड़कर दातून क्यों करता है बरकतराम ? रोज सुबह बाग में घूमता है और सारा वक्त दाँतों पर दातून रगड़ता रहता है ? किसलिए दाँतों को इतना तेज करता है ? दाल खाने के लिए ?'' बाबूजी ने कहा और खुद ही हँसकर ताली बजाई। ''ओ बरकतराम, कोई अकल की बात किया कर,'' मैंने उससे कहा, ''जो दाँतों को इतना तेज करना है तो गोश्त खाया कर। दाल खाने के लिए दाँतों को क्यों रगड़ता रहता है ? यह तो अपने-आप ही गले के नीचे उतर जाती है।'' बाबूजी ने फिर ताली बजाकर फिर ठहाका मारा, ''ओ बरकतराम, कोई राह-रास्ते की बात किया कर। गोश्त खाने के लिए दाँत तेज करो, यह बात तो समझ में आती है पर दाल खाने के लिए कौन दाँत तेज करता है ! यह तो अपने-आप ही गले के नीचे उतर जाती है।''

रामदेव खिन्न हो उठा। वह जानता था, बाबूजी अब अपने वाक्य को दोहराते जाएँगे, तालियाँ पीटेंगे, ठहाके मारेंगे और एक ही वाक्य को घसीटते जाएँगे।

बाबूजी ने फिर एक बार कहा, "ओ बरकतराम, दाल खाने के लिए भी कोई दाँत तेज करता है? यह तो अपने-आप ही गले के नीचे उतर जाती है।"

आसपास बैठे सभी बूढ़े हँसे जा रहे थे। रामदेव को सारा दृश्य ही बीभत्स लगा। बाबूजी हँस रहे थे और उनके नीचे के तीन जर्जर दाँत मैले और पीले त्रिशूल की तरह ऊपर को उठे थे, उन्हें ढकने की वह कोई कोशिश नहीं कर रहे थे बल्कि मुँह फाड़े हँसे जा रहे थे। चाचा मंगल सेन भी मूर्खों की तरह हँसे जा रहा था—दाएँ-बाएँ, सिर हिला-हिलाकर हँसे जा रहा था, वैसे ही जैसे मक्खियों से परेशान घोड़ा सिर झटकता है। पग्गड़वाला राजाराम भी हँसे जा रहा था। एक आँख बड़ी, एक छोटी—हँस-हँसकर उसकी पीली चमड़ी में दरारें पड़ गई थीं और आँखों में से पानी बह रहा था।

वहाँ खड़े-खड़े रामदेव सिहर उठा। उसे लगा, जैसे प्रेतों के जमघट में पहुँच गया है, जिनकी भयानक आकृतियाँ मुँह फाड़े हँसे जा रही हैं।

रामदेव उन्हीं कदमों वहाँ से लौटने को हुआ। तभी बाबूजी की नजर उस पर पड़ गई। "आओ बेटा, आओ, कभी हम बूढ़ों के पास भी बैठा करो। हम तेरी तरह पढ़े-लिखे तो नहीं हैं, मगर कोई बात नहीं, आओ।"

रामदेव ठिठक गया। अनेक प्रेतों के हाथ उसे बुलाते हुए उठे।

"जी नहीं, आप बैठिए, मुझे थोड़ा काम है।" रामदेव ने हकलाकर कहा।

"आज के दिन तुम्हें क्या काम है बेटा?"

"किताब पढ़नी है? बहुत किताबें नहीं पढ़ा करो। हँसो-खेलो बेटा, खुश रहो।"

पर रामदेव का मन मसोस उठा और वह वहाँ से लौट गया। अपने कमरे में पहुँचा तो कमरा सिगरेटों के धुएँ से अटा पड़ा था। रामदेव का मित्र, मुरली मनोहर, बिस्तर पर लेटा सिगरेट के कश छोड़ता हुआ कोई किताब पढ़ रहा था। रामदेव ने अपने हाथ की किताब तिपाई पर पटक दी और सिगरेट सुलगाकर कुर्सी पर बैठ गया। अपने बन्द कमरे में उसे कुछ राहत मिली।

"मैं नहीं समझ सकता, ये लोग इतने खी-खी कर हँस कैसे सकते हैं?" उसने कहा।

मुरली मनोहर ने किताब छाती पर रख दी, सिगरेट का कश लिया और लेटे-लेटे छत की ओर देखता हुआ बोला, "सारी बात संवेदन की है। इन लोगों में गहरा संवेदन नहीं है। जिसमें संवेदन है, वह हँस नहीं सकता। आज के जमाने में कोई हँस नहीं सकता। हमारी पीढ़ी अभिशप्त पीढ़ी है, वह हँस नहीं सकती।"

"अजीब तमाशा चल रहा है यहाँ!" रामदेव बड़बड़ाया।

"रस्मों का न सिर, न पैर, और चिल्ल-पों से आजिज आ गया हूँ। तीन दिन से यहाँ भड़ैंत चल रहा है और मैं इसका हीरो बना हुआ हूँ।" रामदेव का चेहरा तमतमा उठा।

मुरली मनोहर उठ बैठा। थोड़ी देर तक अपने मित्र के चेहरे की ओर देखता रहा, फिर ढाढ़स बँधाते हुए दार्शनिकों की-सी आवाज में बोला, "सहना पड़ता है! झेलना पड़ता है! इसे झेले जाओ।"

तभी बाहर बैंड बाजा बज उठा और रामदेव का मुँह लटक गया। उसे लगा, जैसे चारों ओर से बम फटने लगे हैं और बीच-बीच में बाबूजी के ठहाके लग रहे थे।

शादी की गहमागहमी और बढ़ गई थी। बच्चे किलकारियाँ भरते भाग-भागकर छज्जे पर जाने लगे। औरतें सजने-सँवरने के लिए अपने कमरों में भागीं। अब वे बालों में फूल खोसेंगी, मुँह और होंठों पर रंग पोतेंगी, बीसियों बार शीशा देखेंगी। रामदेव की दृष्टि में औरतों से बढ़कर कोई ओछा जीव इस संसार में नहीं था, जिनमें तनिक भी गम्भीरता नहीं पाई जाती थी।

तभी उसकी बहन मालती भागती हुई अन्दर आई। वह हाँफ रही थी।

"भइया, तुम अभी तक यहीं बैठे हो? तुम्हें नहाना नहीं है? चार बजे सेहराबन्दी होगी। ऊपर सभी औरतें तुम्हारी राह देख रही हैं।"

रामदेव ने अपनी बहन को सिर से पाँव तक देखा और बोला, "कितनी बार साड़ी बदल चुकी हो?"

भाई के मित्र के सामने पहले तो मालती झेंप गई, फिर मुस्कुराई और फिर खिलखिलाकर हँस पड़ी।

"सातवीं बार। क्यों न बदलूँ, मेरे वीर की शादी जो है!"

रामदेव चुपचाप उसकी ओर देखता रहा, फिर मुरली मनोहर को सम्बोधन करके बोला, "मेरी बहन को कितनी ही फिल्मों के डायलॉग याद हैं। किसी फिल्म का डायलॉग पूछ लो। सारा का सारा सुना देगी।"

"हटो, हम नहीं बोलते।" मालती ने कहा और मुड़कर कमरे में से भाग गई।

और इसके बाद रामदेव की साँसत का कोई अन्त न था। दाँत भींचकर वह एक के बाद दूसरी रस्म सहता रहा, झेलता रहा। चौकी पर बैठाकर उसे नहलाया गया। सारा वक्त बूढ़ी औरतें उसके इर्द-गिर्द खड़ी तालियाँ बजा-बजाकर गाती रहीं। नहाने के बाद उसे केसरी रंग का झालरदार बाना पहनाया गया और पैरों में जरी के जूते और चूड़ीदार पाजामा और कलाइयों पर टुनटुन करती घंटियाँ और बगल में तलवार।

सबसे लैस होकर अन्दर-ही-अन्दर अपने भाग्य को कोसता वह सेहराबन्दी के लिए मंडप की ओर जा रहा था जब आँगन के बाहर खड़ी बारात की घोड़ी

हिनहिनाई और रामदेव के कान खड़े हो गए। उसने आँखें उठाकर देखा, आँगन के बाहर सजी-धजी घोड़ी हिनहिना रही थी। रामदेव की सहिष्णुता के बाँध टूट गए।

'मैं इस पर तो नहीं बैठूँगा।' वह बुदबुदा उठा, 'हो गया जो होना था। मैं विदूषक नहीं हूँ।'

पहले तो वह बुदबुदाया। फिर उसने पास खड़े चाचाजी से गुर्राकर कहा, ''मैं घोड़ी-वोड़ी पर नहीं बैठूँगा।'' उसकी आवाज में दृढ़ता थी।

चाचाजी ने सुनी, फिर चार औरतों ने सुनी, फिर सभी ने सुनी, ''मैं घोड़ी पर तो नहीं बैठूँगा,'' उसने फिर से कहा और बाने के साथ लगी घंटियाँ बजाता चीं-चीं करते जरी के जूतों के साथ आँगन पार कर एक कुर्सी पर जा बैठा।

''घोड़ी पर नहीं बैठेगा तो किस पर बैठेगा, बरखुरदार,'' चाचाजी ने आकर समझाया, ''अगर पहले बता दिया होता तो हम किसी मोटर-वोटर का इन्तजाम कर लेते। अब इस छोटी-सी जगह में मोटर कहाँ से लाएँ?''

''मैं घोड़ी पर तो नहीं बैठूँगा। पैदल चला जाऊँगा पर घोड़ी पर नहीं बैठूँगा।''

''दूल्हे कभी पैदल भी बारात लेकर गए हैं? कोई राह-रस्ते की बात करो।''

''घोड़ी पर तो नहीं बैठूँगा, हरगिज नहीं।'' उसने फिर दोटूक कह दिया।

घर में समस्या उठ खड़ी हुई। बेटा रामदेव ने सचमुच सत्याग्रह कर दिया था। जो विरोध उसके अन्दर रिस-रिसकर इकट्ठा होता रहा था, वह सहसा फट पड़ा था। बड़ी परेशानी पैदा हो गई।

''इसे रस्में पसन्द नहीं हैं, बाबूजी!'' पास खड़े मुरली मनोहर ने स्थिति समझाते हुए कहा।

''रस्मों को मारो गोली, मुझे कुछ भी पसन्द नहीं है।''

''अगर इसे रस्में पसन्द नहीं हैं तो कुछ बोलता तो, यह तो मुँह-सिर ढाँपे अलग-अलग पड़ा रहा। अब आड़े वक्त आकर हमें परेशान करने लगा है।'' बाबूजी ने बिगड़कर कहा।

''मैं घोड़ी पर तो नहीं बैठूँगा। मैं विदूषक नहीं हूँ।''

चाचा-ताऊ मिन्नत-समाजत करके थक गए। करें तो क्या करें!

एक दानिशमन्द ने कहा, ''मैंने पहले ही कहा था, बहुत रस्में नहीं करो। पढ़े-लिखे लोगों को रस्में पसन्द नहीं हैं।''

अब क्या हो? गाँव में एक कुँवरजी के घर पुरानी फिटन रखी थी। चाचाजी ने उसके लिए आदमी भेजा। जवाब आया, फिटन तो हाजिर है मगर उसका धुरा टूटा हुआ है। स्टेशन के बाहर कभी-कभार कोई मोटर नजर आ जाया करती थी। मंगलसेनजी वहाँ लपके गए। मगर आज वह भी वहाँ पर नहीं थी।

चाचाजी ने फिर रामदेव को समझाया, ''देखो बेटा, लगन का वक्त निकला जा रहा है, हमारी रुसवाई नहीं करवाओ!''

पर रामदेव टस-से-मस न हुआ।

उधर बैंड बाजे वाले ढोल-तुरहिया पीटे जा रहे थे, और मंडप बरातियों से भरता जा रहा था। और सजी-धजी घोड़ी बराबर हिनहिनाए जा रही थी और पाँव पटक रही थी।

रिश्ते के लोगों में एक वकील साहब भी थे। शहर से बारात में शामिल होने के लिए आए थे। बड़ी समझ-बूझ वाले आदमी थे। रामदेव को बरसों से जानते थे। पढ़े-लिखे लोगों का रुख पहचानते थे। सूट पहने हुए थे और सूट के ऊपर पगड़ी।

जब से बखेड़ा खड़ा हुआ था, सारी बात सुन रहे थे। रामदेव के पिता को एक ओर ले जाकर बोले, "मैं कोशिश कर देखता हूँ, चिन्ता की ऐसी कोई बात नहीं है।"

"आपके मुँह में घी-शक्कर!" बाबूजी ने कहकर कृतज्ञता से उनका हाथ पकड़ लिया, और उन्हें गले से लगा लिया।

मगर वकील साहब रामदेव के पास जाने के बजाय घर के बाहर जाते दिखाई दिए। आँगन के किनारे खड़े एक आदमी से उन्होंने पूछा भी कि चिश्ती के मकबरे को कौन-सा रास्ता जाता है? लोग असमंजस में पड़ गए। बरात की घोड़ी और चिश्ती के मकबरे में क्या मेल? कुछ लोगों ने सोचा, शायद वहीं से किसी सैलानी की मोटर माँगने गए हैं।

उधर रामदेव अन्दर-ही-अन्दर घुल रहा था। उसका जी चाहता, कहीं भाग जाए। विरोध करके उसने एक और परेशानी मोल ले ली थी। पर जब उसकी नजर हिनहिनाती घोड़ी पर पड़ती तो सिहर उठता। घोड़ी ऊपर-नीचे बार-बार सिर झटक रही थी, मानो रामदेव को बुला रही हो!

मुरली मनोहर ने उसे समझाया, "देखो रामदेव, यह सिद्धान्त की बात नहीं है। सारी रस्में करना तो तुमने मान लिया, अब इसमें क्या तुक है कि तुम घोड़ी पर नहीं बैठोगे? इस रस्म को भी झेल जाओ। हम-तुम दूसरी दुनिया के लोग हैं। ब्याह के बाद ये लोग अपनी दुनिया में, तुम-हम अपनी दुनिया में!"

रामदेव चुप रहा पर मुरली मनोहर के सामने भी इसने वही वाक्य दोहरा दिया कि घोड़ी पर तो नहीं बैठेगा।

तभी सड़क की ओर हल्की-सी हलचल हुई। लोगों का ध्यान उस ओर खिंच गया। वकील साहब के साथ दो बड़ी उम्र की मेमें चली आ रही थीं। दोनों सड़क के किनारे बैंड बाजे के पास खड़ी थीं। दोनों बड़ी उम्र की थीं और दोनों बड़ी उत्सुकता से सजे-सजाए मंडप को देखे जा रही थीं। गाँववालों ने साहब और मेमें तो बहुत देखी थीं, क्योंकि चिश्ती का मक़बरा देखने बहुत लोग आया करते थे मगर मेमें किसी ब्याह वाले घर में चली आएँ, ऐसा पहले कभी नहीं हुआ था। और साथ में हमारे वकील साहब थे। अलग-अलग चीजों की ओर इशारे करके उन्हें समझा रहे थे।

तभी रामदेव के भाई का बेटा भागता हुआ उसके पास आया—वही, जिसने मुँह में पान ठूँस रखे थे, और उसका बाजू पकड़कर खींचने लगा, ''चलो, तुम्हें वकील चाचा बुला रहे हैं।''

और रामदेव हतबुद्धि-सा उसके पीछे-पीछे हो लिया।

''यह है हमारा दूल्हा!'' वकील साहब ने परिचय कराया।

मेमें बड़ी उम्र की थीं, बूढ़ी थीं। दोनों से पाउडर की महक आ रही थी। दोनों की उँगलियों में छह-छह अँगूठियाँ थीं, दोनों के दाँत मसनूई थे, दोनों के बाल सफेद और चेहरे पर हजारों झुर्रियाँ और दोनों के होंठों पर लिपस्टिक। और दोनों बार-बार सिर हिलाकर मुस्कुराए जा रही थीं।

''ओ हाउ नाइस!'' एक ने कहा और सिर हिलाया और दूसरी ने हामी भरी और सिर हिलाया और कहा, ''हाउ नाइस!''

मेमों में से एक ने बढ़कर रामदेव के बाने को हाथ से छुआ, ''हाउ नाइस! हाउ कलरफुल!'' और दोनों ने फिर सिर हिलाए।

फिर एक मेम रामदेव के पास आकर खड़ी हो गई और उसकी कलाइयों पर बँधी टुनटुनाती घंटियों को छू-छूकर देखने लगी, ''यह क्या चीज है?''

वकील साहब ने उसका महत्त्व बताया।

दूसरी मेम को रामदेव के हाथों पर लगी मेहँदी नजर आई, ''यह क्या चीज है?'' उसने सिर हिलाकर पूछा, ''क्या यह भी बहुत पुरानी रस्म है?''

''हजारों साल पुरानी रही होगी।'' वकील साहब ने कहा।

मेमें हिन्दुस्तानी ब्याह की रस्मों में बेहद दिलचस्पी ले रही थीं। 'हाउ नाइस! हाउ कलरफुल!' बीसियों बार कह चुकी थीं। फूलों के गजरे देखे तो सिर हिलाया, चाँदी की कटोरियों में केसर देखा तो सिर हिलाया।

''क्या आपने सचमुच कोई हिन्दुस्तानी विवाह नहीं देखा है?'' रामदेव ने अपनी गहरी खरज आवाज में पूछा।

''नहीं, तो। हमें तो वाशिंगटन से आए अभी एक सप्ताह भी नहीं हुआ। तुम 'योगा' जानते हो?'' एक ने पूछा।

''जी नहीं,'' रामदेव ने तनिक झेंप से कहा।

''आइए, आपको और चीजें भी दिखाएँ।'' वकील चाचाजी ने कहा, ''इन्हें मंडप में ले चलो रामदेव।''

मेमें दूल्हे के साथ-साथ चलती हुई औरतों और लड़कियों के झुरमुट की ओर जा पहुँचीं। उन्होंने अनेक सवाल पूछे और रामदेव ने दुभाषिए का काम करते हुए कभी माँ से, कभी चाची से उनके उत्तर ले-लेकर बताए। मेमों ने फूलों के गजरे देखे, चाँदी की छोटी-छोटी कटोरियों में टीका लगाने का सामान देखा, चमकती जरी में लिपटा दूल्हे का सेहरा देखा और बड़े उत्साह से हिन्दुस्तानी रस्मों की प्रशंसा

करती रहीं। रामदेव की जबान में भी हल्की-सी स्फूर्ति आई, वह भी थोड़ा-थोड़ा चहकने लगा।

"हमने सुना है, हिन्दुओं के ब्याह आग के इर्द-गिर्द होते हैं। आग कहाँ है?" एक मेम ने चारों ओर नजर दौड़ाते हुए कहा।

"वह रस्म लड़कीवालों के घर में होती है।" रामदेव ने समझाया।

तभी एक बूढ़ी मेम की नजर सजी-सजाई हिनहिनाती घोड़ी पर पड़ गई।

"यह किसलिए है?" उसने पूछा।

"इस पर दूल्हा बैठता है।"

"अह, तुम घोड़ी पर बैठोगे? ओ हाउ नाइस! हाउ रोमांटिक!" फिर अपनी सहेली की ओर देखकर बोली, "देखा, मिसेज स्मिथ, दूल्हा घोड़ी पर बैठकर जाता है!"

मिसेज स्मिथ जो इस बीच पास खड़ी एक लड़की की छमछम करती साड़ी और माथे पर लगी बिन्दियाँ निहार रही थी, चहककर बोली, "क्या सच? हाउ वंडरफुल! हाउ एक्जोटिक! मैंने तुमसे कहा था न, हिन्दुस्तानियों के रिवाज बड़े अनूठे होते हैं।" फिर सिर हिला-हिलाकर कहने लगी, "क्या तुम सचमुच उस पर बैठोगे? घोड़ी पर बैठकर तुम कहाँ जाओगे? क्या रजिस्ट्रेशन के दफ्तर जाओगे? इस वक्त तो दफ्तर बन्द होगा।"

"नहीं, मैं घोड़ी पर बैठकर लड़कीवालों के घर जाऊँगा, मेरे सम्बन्धी-साथी मेरे साथ जाएँगे, और लड़की के घर में शादी की रस्म होगी।"

"हाउ नाइस! लड़कीवालों के घर आग के इर्द-गिर्द शादी की रस्म होगी न? तुम लोगों में ऐसा ही है न?"

"जी।"

"हाय, हम तुम्हारे ब्याह की रस्म देखना चाहती हैं। क्या हम तुम्हारे साथ चल सकती हैं?"

"जी, शौक से चलिए," रामदेव ने उत्साह से कहा।

बैंड फिर से गूँजने लगा था, फिर सेहराबन्दी की रस्म हुई और मेमें एकटक उसे देखती रहीं। और सेहराबन्दी के बाद दोनों मेमें सिर ऊपर को उठाए दूल्हे को निहार रही थीं, जब वह अपने बाने और तलवार को सँभालता हुआ कूदकर घोड़ी पर चढ़ बैठा।

जब बारात चली तो रामदेव सचमुच पग-पग पर कनखियों से मेमों की प्रतिक्रिया देख रहा था। उसे बड़े-बूढ़ों की केसरी रंग की पगड़ियाँ स्वयं सुन्दर लगने लगी थीं। उसका मन चाहा, मेमों को बताए, औरतें माथे पर बिन्दी क्यों लगाती हैं और उसने कलाई पर रंगीन धागा क्यों बाँध रखा है और बगल में तलवार क्यों लटका रखी है!

भगोड़ा

चट्टान के ऐन सामने एक कुबड़े-से पेड़ के पास से ही तीखी ढलान शुरू हो जाती थी, जो दूर तक नीचे चली गई थी। कुबड़े पेड़ का अंग-अंग मुड़ा हुआ था, और उस पर छोटे-छोटे पीले रंग के फूल उसे और भी कुरूप बना रहे थे। नीचे, पत्थरों से अटी खाई के पार घना जंगल शुरू हो जाता था, जिसके बीचोबीच एक छोटी-सी झील जैसे डूब-सी गई थी। साधना के लिए उन्होंने बहुत ही बीहड़ स्थान चुना था। लगता, समस्त प्रकृति किसी भयंकर दानव की तरह दम साधे बैठी है।

वह चट्टान पर आकर साधना की मुद्रा में बैठ गया, और उसकी आँखें पेड़ के ऊपर शून्य में देखने लगीं। आकाश का रंग अभी से फीका पड़ चुका था, और उसमें, किसी वृद्धा के रूखे बालों की तरह, बादलों के रेशे उड़ रहे थे। धीरे-धीरे एक तैरता हुआ पराग-बिन्दु उसकी आँखों के सामने हवा में रुक गया और धीरे-धीरे वहीं स्थिर हो गया। कुछ देर तक उसके इर्द-गिर्द हल्की-हल्की सफेद रेखाओं का जाल फैलता-सिकुड़ता रहा, फिर धीरे-धीरे वह भी हट गया और एकमात्र बिन्दु उसके सामने बना रहा। फिर जैसे समय की गति थम गई, और चारों ओर मूक निस्तब्धता छा गई। उसकी आँखें बिन्दु पर लगी थीं और सारा विश्व जैसे उस बिन्दु पर झूल रहा था। इसके बाद कब आकाश में पीला रंग आकर घुल गया और वह दहकने लगा, कब पेड़ों के साये सिमटने लगे, उसे कुछ पता न चला।

कुछ साल पहले यह बात न थी। तब बिन्दु स्थिर नहीं हो पाता था, देर तक तैरता रहता था—कभी तैरता हुआ ऊपर की ओर चढ़ने लगता तो कभी नीचे की ओर लुढ़कने लगता था। उसको स्थिर रख पाने के लिए उसे बार-बार आँखें झपकानी पड़ती थीं। और बार-बार बिन्दु का रंग बदलता रहता था—कभी हरा हो जाता, कभी लाल। वह क्षुब्ध हो उठता था। तरह-तरह की टेढ़ी-मेढ़ी रेखाएँ बिन्दु के आसपास नाचने-सी लगतीं। उसे लगता, जैसे साँप और नेवले और तरह-तरह के जन्तु बिलों में से निकलकर आ रहे हैं और बिन्दु पर झपट रहे हैं। मन एकाग्र नहीं हो पाता था।

एक बार बिन्दु का रंग लाल पड़ गया था और वह चमकने लगा था। उसने लाल बिन्दु पर आँख जमाई तो लाल बिन्दु उसकी पत्नी के माथे के सुहाग-बिन्दु में जैसे परिणत हो गया था। बिन्दु ज्यों-का-त्यों बना रहा था पर उसके पीछे उसकी पत्नी का चेहरा उभर आया था और बिन्दु उसके माथे पर चमकने लगा था। पत्नी का कान्तिमय चेहरा खिला हुआ था और उसके होंठ धीमे-धीमे मुस्कुरा रहे थे, और उसे लगा था, जैसे पत्नी कुछ बुदबुदाई है। और उसके अन्दर गहरे में कहीं, अकथनीय स्नेह-सिक्त झरनों के सोते फूट निकले थे।

तब वह असह्य वेदना से तड़प उठा था। वह जैसे साधना की सीढ़ी पर से औंधा लुढ़का था और देर तक अपने को सँभाल नहीं पाया था। वे साधना के आरम्भिक दिन थे। उस दिन आत्म-प्रताड़णा में उसने तीन दिन तक निराहार रहने की शपथ ली थी, और तपते पत्थरों पर चलता हुआ बार-बार अपनी पत्नी को सम्बोधन करता रहा था, 'मेरी आँखों के सामने से हट जाओ, सदा के लिए हट जाओ, वरना मैं इस परीक्षा में टुकड़े-टुकड़े हो जाऊँगा।' उसके बाद वह सचमुच आँखों से ओझल हो गई थी और फिर लौटकर नहीं आई थी। पर उसकी मुसकान का पराग हवा में देर तक उड़ता रहा था, और उसके रोम-रोम को सराबोर करता रहा था। पर साथ ही साथ वह क्षुब्ध और व्याकुल उस बीहड़ घाटी में देर तक भटकता रहा था...

दोपहर होते-होते उसके दो साथी पिछली पहाड़ी पर से उतरे, दोनों सूखी लकड़ियों के गट्ठर उठाए हुए थे। उन्होंने चट्टान के तीन तरफ लकड़ियों के ढेर लगा दिये, नीचे खाई में से और खाई के पार घने जंगल में से वे लकड़ियाँ चुनकर लाए थे, और नियमानुसार तीनों ढेरों में आग लगाकर वे अपनी गुफाओं में लौट गए। तापस ज्यों-का-त्यों मूर्तिवत् चट्टान पर बैठा रहा। आग की लपटों से वातावरण धू-धू कर उठा। पर उसकी नंगी झुलसी काया में एक भी मांसपेशी नहीं हिली। लगा, जैसे उसे धधकती आग का बोध ही न हुआ हो! उसका शरीर पहले से ही झुलसा हुआ था, सर्दी-गर्मी-वर्षा के कारण नंगा शरीर किसी कटी-फटी चट्टान जैसा लग रहा था। उसकी देह पर से बहुत-सा मांस सूख चुका था, और कन्धों पर और गले के नीचे की हड्डियाँ उभर आई थीं। तरह-तरह के उपवास और साधना करने से मन में एक प्रकार की उत्तेजना छाई रहती थी। लगता था, जैसे वह अपने को पीस रहा है, अपने शत्रु को दबोचे जा रहा है। यों, अब कोई भी प्रतिक्रिया शारीरिक नहीं रह गई थी, केवल मानसिक स्तर पर, प्रकाश घूमते आग के बवंडर, उत्तप्त व्योम—यही कुछ आँखों के सामने घूमते रहते थे।

दोपहर ढल चुकी थी जब उसे चेतना हुई। लौटने पर भी वह देर तक ज्यों-का-त्यों बैठा रहा। प्रकृति पहले की तरह ही निःस्पन्द थी। पेड़-पर्वतों के साये लम्बे होकर अपना सत्त्व खोते जा रहे थे, और लगता, शीघ्र ही ओझल हो जाएँगे और समस्त प्रकृति को एक ही साया ढँक लेगा जो धीरे-धीरे गहराने लगेगा।

पर उसने पाया कि वह हाँफ रहा है, उसकी साँस तेज चल रही है और सिर तनिक बोझिल हो रहा है। उसने घूमकर देखा। लकड़ी के ढेर जल चुके थे और बुझी काली लकड़ियों के नीचे अभी भी राख दहक रही थी। आज उसकी आँख समय से पहले ही खुल गई थी। सामान्यत: वह रात का एक पहर बीत जाने पर ही आँख खोलता था, जब आकाश में तारे झिलमिला रहे होते थे। पर आज समय से पहले ही वह समाधि से जाग रहा था।

वह उठा और क्षण-भर चट्टान पर खड़ा रहने के बाद नीचे उतर आया और ढलान उतरता हुआ जंगल की ओर जाने लगा। आज अनायास ही उसकी समाधि भंग हो गई थी। उसे फिर से अपना सिर बोझिल लगा।

रास्ते में दाएँ हाथ जहाँ एक चट्टान में गहरी खोह बनी थी, उसकी नजर अपने एक साथी तापस पर पड़ी। खोह के अन्दर गजानन शीर्षासन की मुद्रा में प्रस्तर प्रतिमा की भाँति निश्चल खड़ा था। गजानन की आँखें बन्द थीं, और चेहरा तपे ताँबे की तरह लाल हो रहा था। क्षण-भर के लिए उसे गजानन सचमुच पत्थर का बना लगा, जैसे कहीं वह जड़ हो गया हो! उसके अपने मस्तिष्क में वर्षों की घोर तपस्या के बावजूद संशय के विषैले साँप कभी फन निकालकर झाँकने लगते थे और वह छटपटाने लगता था जबकि गजानन के मन में एक बार भी कभी संशय नहीं उठा था। गजानन के चेहरे पर सदा मुसकान खिली रहती थी। शीर्षासन की मुद्रा में भी उसके होंठों पर हल्की-सी मुसकान थी। क्या गजानन सचमुच समग्र द्रष्टा बन चुका है? क्या सचमुच उसके अन्त:चक्षु खुल गए हैं और वह कारण और कार्य को पहचानने लगा है? गजानन किसी बात पर भी उत्तेजित नहीं होता था और उसके प्रत्येक संशय का उत्तर मुस्कुराकर शीतल स्वभाव से दिया करता था।

वह जंगल की दिशा में आगे बढ़ गया। झील में स्नान करने के लिए वह दिन के समय कभी भी नहीं आया करता था। नियमानुसार पौ फटने से बहुत पहले, जब जंगल में चारों ओर गहरे अन्धकार के रहस्यपूर्ण साये डोल रहे होते, वह स्नान किया करता था। दिन के समय, जंगल में झील के किनारे की छाया शीतल थी, उसमें गहरी स्निग्धता का भास होता था। उसकी देह को सुख मिलता था। पर इसीलिए दिन के वक्त उसने झील पर जाना छोड़ दिया था। शरीर के लिए जो सुखद है, साधना की दृष्टि से वही हानिकारक हो सकता है। इसी कारण उसने रात के समय आकाश में छितरे असंख्य तारों की ओर भी देखना छोड़ दिया था, क्योंकि पहली बार देखने पर वे खिली फुलवाड़ी-से लगते थे, फिर वह उन्हें देखते सहम-सा जाता था और कुछ देर बाद व्याकुल हो उठता था। अचेतन की काली, हिलती परतों के नीचे से तरह-तरह के प्रश्न ऊपर सतह पर आने के लिए छटपटाने लगते थे, पर आ नहीं पाते थे। उसे लगता, सृष्टि के सभी दरवाजे उसकी आँखों के सामने बन्द हो गए हैं और अन्धकार पुंजों के पीछे ओझल हो गए हैं।

झील के किनारे वह क्षण-भर के लिए ठिठका रहा, जब उसे झील के शान्त, निर्मल जल में अपना प्रतिबिम्ब दिखाई दिया और वह सिर से पाँव तक काँप उठा। आज बरसों के बाद वह अपना प्रतिबिम्ब देख रहा था, फिर वह और झुककर उसे देखने लगा। उसे लगा, जैसे प्रतिबिम्ब का आदमी कोई अजनबी है और उसे घूरे जा रहा है। वह हाँफने लगा और उसका दिल धक्-धक् करने लगा।

चेहरे पर छितरी दाढ़ी और सिर के बालों के बीच आँखें अन्दर को धँस गई थीं और गाल पिचक गए थे। छाती की हड्डियाँ उसकी हाँफती साँस के साथ ऊपर-नीचे हिल रही थीं। वह सिहरकर वहाँ से हट गया और उन्हीं कदमों वापस लौट आया। अन्दर-ही-अन्दर कोई चीज फिर से ठंडी पड़ने लगी थी। इस अस्थिपंजर को लेकर मैं कितने दिन और चल पाऊँगा? और मैं मर गया तो? तपस्या, साधना, अन्त:चक्षु... ?

वह फिर से विचारों में खोया चट्टान पर आकर बैठ गया। चट्टान पर चुपचाप बैठा, घिरते अन्धकार में वह अकेला और नि:सहाय-सा लगने लगा। उसके साथी उसके पास नहीं आए। कभी-कभी वह इसी तरह चट्टान पर अकेला बैठा रहा करता था। वन की ओर से वन्य जन्तुओं की आवाजें आने लगीं। वह अभी भी घुटनों के आसपास दोनों हाथ बाँधे चट्टान के किनारे बैठा था और ढलान की ओर मुँह किए, दूर क्षितिज की ओर देखे जा रहा था।

तभी गजानन चलता हुआ उसके पास आया।

"आज तुम्हारी एकाग्रता फिर भंग हुई है?" उसने उपालम्भ और उपेक्षा के स्वर में कहा।

देर तक वह चुपचाप बैठा रहा, फिर धीरे से बोला, "गजानन, क्या तुम्हारा मन कभी उद्वेलित नहीं होता?"

गजानन की आँखों में हल्की-सी चमक आई, मानो उसे इस बात का आभास हो कि साधना में वह उससे उत्तरोत्तर आगे बढ़ता जा रहा है।

"मानसिक उत्तेजना यदि बनी रहे तो साधना कैसे होगी? मन में संशय उठें तो साधना नहीं हो सकती," कहकर गजानन चुप हो गया, और उसके होंठों पर मुस्कान लौट आई। गजानन के लिए साधना में परिणाम का दायित्व उसके गुरु पर था, वह केवल कर्तव्य-रूप से साधना में रत रहता था, इसी कारण वह आश्वस्त रहता था। संशय और प्रश्न के काँटों में कभी नहीं उलझता था।

तभी उनकी आँखों के सामने एक तारा टूटा। क्षण-भर के लिए चारों ओर एक लौ-सी उठी, फिर बुझ गई। गजानन उत्तेजित आवाज में बोला, "अन्तरिक्ष के ग्रह और उपग्रह भी किसी नियम में बँधे हैं, वैसे ही जैसे जीव जन्म-चक्र में बँधा है।"

गजानन का चेहरा अभी भी आश्वस्त लग रहा था। उसकी आवाज भी संयत थी। अपने साथी को चुपचाप बैठा देखकर वह दार्शनिकों-से गम्भीर आवाज में बोला,

"सारा वक्त वायुमंडल में प्रेत डोलते रहते हैं। ...मरने के बाद मनुष्य की आत्मा इसी रास्ते से यमपुरी जाती है," उसने दक्षिण की दिशा में हाथ उठाते हुए कहा, "शिलाखंड पर लेटे-लेटे मैं सारा वक्त सोचता रहता हूँ, सहस्रों जीवात्माएँ यमपुरी की ओर उड़ी जा रही हैं, पर मैं उन्हें नहीं देख पाता हूँ। पापियों और पुण्यात्माओं के प्रेत यमपुरी की दिशा में उड़े जा रहे हैं। आकाश इन प्रेतों से भरा रहता है। वे सारा समय उड़ते रहते हैं। अनेक जीवात्माएँ लौट रही होंगी और यमराज के दूत उनका पीछा कर रहे होंगे, पर मैं उन्हें नहीं देख पाता हूँ। जब साधना के माध्यम से अन्तःचक्षु खुलेंगे तो सब-कुछ देख पाऊँगा," उसने एक छात्र के-से उत्साही स्वर में कहा। पर अपने वक्तव्य या अपने साथी पर कोई असर न होता देख वह चुप हो गया।

"मैं अभी भी झुटपुटे में हूँ, गजानन, मैं कुछ नहीं जानता।"

"इसमें जानने की क्या बात है? तुममें आस्था की कमी है," उसने कहा।

उसने गजानन की आँखों में देखा। गजानन की आँखें एकटक उसके चेहरे पर लगी थीं—भावशून्य, अपलक। न उन आँखों में सद्‌भावना थी, न घृणा। उन आँखों की चमक उसे साँप की आँखों जैसी लगी—भावशून्य, निर्लिप्त। योग-साधना में मानवीय सम्बन्धों का कोई स्थान नहीं होता।

दूसरी ओर गजानन को अपने साथी की सारी देह मलिन-सी लगी, जैसे उस पर कीच ही कीच पुता हो—अज्ञान का कीच, अनास्था का कीच, मिथ्या भावना का कीच, और गजानन अपने शुद्ध शरीर को बचाए रखने के लिए वहाँ से उठ गया।

देर तक वह गर्दन झुकाए बैठा रहा। असंख्य जगमगाते तारों के नीचे, वह क्षुद्र और नगण्य, अन्धकार के छोटे-से पुंज से अधिक कुछ नहीं लग रहा था। उसे ऐसा भास हुआ कि उसके साथी, सब-के-सब इकट्‌ठे हो गए हैं और दूर ढलान के पास बैठे उसकी ओर देखे जा रहे हैं। उसकी आँखों के सामने शीर्षासन की मुद्रा में गजानन का चेहरा उभर आया—शान्त, स्थिर, जड़वत्, निश्चेष्ट और वह सिहर उठा। कौवों की तरह काँव-काँव करते अन्य दो तापस भी उसकी आँखों के सामने आए और उसे लगा, जैसे वे भी यहाँ किसी पाठशाला में भरती होकर आए हों, और साधना की अगली कक्षा में पहुँचने की तैयारी कर रहे हों! वितृष्णा और क्षोभ से उसकी नस-नस सिहर उठी।

दूसरे दिन प्रातः चारों तापस कुबड़े पेड़ के पास खड़े खाली चट्‌टान को देख रहे थे।

"भाग गया है!" गजानन ने कहा।

अँधेरा छन चुका था, और दिन का प्रकाश हौले-हौले फैलने लगा था। "कायर निकला! मैं पहले से जानता था कि एक दिन भाग जाएगा।" उसने उपेक्षा से कहा। फिर उसे कुछ वर्ष पहले की एक घटना याद हो आई। व्यंग्यभरी आवाज में बोला, "तुम्हें याद है, जब हमने पहली बार मिलकर उपवास किया था? और दस दिन

का उपवास हमने सात दिन के बाद तोड़ दिया था? जानते हो, क्यों? क्योंकि उसने मुझसे गिड़गिड़ाकर कहा था कि 'मुझसे और झेला नहीं जाता, तुम उपवास तोड़ दो...' उसकी आत्मा दुर्बल है, अन्दर से शिथिल है, उसमें दृढ़ता का अभाव है।'' गजानन ने सिर हिलाकर कहा।

सुबह होते-होते वह पहाड़ी के नीचे जा पहुँचा था और अब एक छोटी-सी घाटी पार कर रहा था जो इस पहाड़ को बाईं ओर ऊँचे पहाड़ से मिलाती थी। उसके दोनों कन्धे आगे की ओर झुके हुए थे, और उसके लम्बे-लम्बे हाथ, लगता था, उसके घुटनों को छू रहे हैं। सचमुच लगता था, जैसे चोरों की तरह भागा जा रहा हो। उसकी पीठ झुकी हुई थी और वह बार-बार दाएँ-बाएँ देख रहा था। उत्तरीय, जो जगह-जगह से फट चुका था, उसके गले में झूल रहा था। देर तक नुकीले पत्थरों पर चलते रहने के कारण उसके पैर सीधे नहीं पड़ रहे थे।

'लौट आ...ओ...!!!'

सहसा पर्वतों-घाटियों में आवाज गूँज उठी। उसके पाँव ठिठक गए और उसने सिर ऊँचा उठाकर ऊपर की ओर देखा। दूर, स्वच्छ नीले आकाश के आगे, घूरती हुई-सी चट्टान के पास, चारों खड़े थे और गजानन हाथ ऊपर उठाए, बार-बार हिला रहा था।

उसका दिल भर आया। वर्षों के साथियों को छोड़ आया था। कमर पर रखे उसके हाथ काँप रहे थे। थोड़ी देर तक वह ऊपर की ओर देखता रहा, फिर उसने दोनों हाथ सिर के ऊपर ले जाकर जोड़ दिये और क्षण-भर वहाँ ठिठका रहने के बाद आगे बढ़ गया।

तभी एक उड़ता हुआ पत्थर ऐन उसके पास आकर गिरा। वह स्तब्ध रह गया और आँखें उठाकर ऊपर की ओर देखा। तभी एक और उड़ता हुआ पत्थर आया और निकट के एक पेड़ से लगकर खड्ड में जा गिरा।

साधना के साथी पत्थर फेंक रहे थे। वह डर गया और तेज-तेज कदम बढ़ाता हुआ मैदान पार करने लगा। दो ढेले एक साथ उड़ते हुए आए, पर उससे कुछ दूरी पर ही खड्ड में जा गिरे। उसका मन फिर से क्षुब्ध हो उठा। वह निपट अकेला था। इतना अकेलापन उसने पहले कभी महसूस नहीं किया था। तभी पहली बार उसे अपनी निष्फलता का बोध हुआ और वह मोड़ काटकर एक पत्थर पर बैठ गया और फफक-फफककर रोने लगा। इस घोर यातना का कब अन्त होगा? कब मेरी भटकन समाप्त होगी? पीछे से अट्टहास की गूँजती हुई आवाज उसके कान में पड़ी। वे लोग मुझे भगोड़ा और कायर समझ रहे हैं। मैं स्वयं अपने को भगोड़ा और कायर समझने लगा हूँ। पर वे मेरी व्याकुलता को क्यों नहीं समझ पाते? जो विश्वास खो बैठे, उसे मार डालो, क्या यही उनका न्याय है? वे मेरे दुःख को नहीं समझते, मेरी व्याकुलता को नहीं देख पाते।

वह देर तक वहीं बैठा रहा। ढेले पड़ने बन्द हो चुके थे। अट्टहास भी बन्द हो चुका था। वे साधना में फिर से लौट गए होंगे, उसने सोचा। मैं कहाँ जाऊँ? अब कौन-सा रास्ता मेरे सामने रह गया है? क्या सारा जीवन भटकन में ही बीत जाएगा? किस खोज में? क्या मैं किसी भयानक दु:स्वप्न में जी रहा हूँ, जहाँ कुछ भी सत्य नहीं है? क्या मैं लौट जाऊँ? क्या सचमुच मैं कायर हूँ? दुर्बल? मैं लौट जाऊँगा तो गजानन फिर निराले में मेरे कन्धे पर हाथ रखकर कहेगा, 'तुम तापस नहीं बन सकते।' और वही आश्वस्त मुस्कान उसके होंठों पर खेलने लगेगी। 'जब भी तुम्हारा निश्चय डगमगाने लगता है, तुम अध्यात्म के प्रश्न पूछने लगते हो। यह आड़ है, यहाँ से भाग निकलने का पहला कदम है। अन्त:चक्षु साधना से ही खुलते हैं, पर साधना के लिए तुममें सामर्थ्य नहीं है।'

दिन निकल आया था। पेड़-पर्वतों पर सिंदूरी रंग की सी आभा छिटक आई थी। जिस जगह वह झाड़ियों से घिरा बैठा था, वहाँ से कुछ ही दूर नीचे कल-कल करते एक झरने का झिलमिलाता काला जल उसे नजर आया और वह घूँट-भर पानी पीने के लिए नीचे उतर गया।

वह जल पीकर और हाथ-मुँह धोकर लौट रहा था जब ऊपर की ओर से खटका हुआ। दूर-पार उसे लगा, जैसे उसने किसी के कदमों की आवाज सुनी है। उसे लगा, जैसे किसी के कदम, सूखे पत्तों पर चलते हुए उसकी ओर आ रहे हैं। वह ठिठक गया। कौन होगा? क्या तापस है? कदम तेजी से निकट आते जा रहे थे। मगर भागते कदम नहीं थे, स्थिर गति से बढ़ते आ रहे थे। क्या वे मुझे अभी तक क्षमा नहीं कर पाए? वह एक झाड़ी के पीछे छिप गया और कातर आँखों से मैदान की ओर देखने लगा। उसका दिल धक्-धक् करने लगा। 'कहीं कुछ घटने जा रहा है। क्या मालूम, वे लोग न हों? क्या मालूम, कोई दैवी शक्ति मुझे ज्ञान का वरदान देने चली आ रही हो?' अस्थिपंजर में उसकी साँस धौंकनी की तरह चलने लगी।

कदम नजदीक आ गए थे। उसने झाड़ी के पीछे से देखा—एक पुरुष और स्त्री को; पुरुष आगे-आगे चल रहा था, और स्त्री नीले रंग के वस्त्र में लिपटी उसके पीछे-पीछे चली आ रही थी। स्त्री की पीठ पर गाढ़े का मैला-सा झूला लटक रहा था, जिसमें एक बच्चा लेटा था, और बच्चे का नन्हा-सा हाथ झूले के बाहर लटक रहा था।

उसने चैन की साँस ली। स्त्री के नंगे, जगह-जगह से फटे पैरों, पुरुष के ऊँचे-लम्बे किन्तु थके-माँदे शरीर और मुट्ठियाँ भींचे लेटे हुए बच्चे को देखकर उसे भास हुआ कि ये साधारण जन हैं, ग्रामीण लोग, जो एक गाँव से दूसरे गाँव की ओर जाने के लिए पहाड़ों की घाटियाँ पार कर रहे हैं। स्त्री के पैर बड़ी कुशलता से पत्थरों पर से बच-बचकर जमीन पर पड़ रहे थे। दोनों चुपचाप चले जा रहे थे।

देखते-ही-देखते वे पेड़ों की ओट में हो गए।

उनके चले जाने पर उसे फिर से जैसे मतिभ्रम हुआ।

'कई बार तापस पागल हो जाते हैं,' गजानन ने एक बार कहा था, 'कड़ी धूप में साधना करते रहने के कारण उनके मस्तिष्क में धुन्ध छा जाती है। यह उन्माद है।'

क्या मैं उन्मत्त हो रहा हूँ? क्या वह सपना था? वास्तव में शायद यहाँ कोई नहीं आया?

देर तक वहाँ बैठे रहने के बाद वह उठ खड़ा हुआ और धीरे-धीरे आगे बढ़ने लगा, घाटियों को लाँघने लगा। उसे मालूम नहीं था कि उसे कहाँ जाना है, अथवा वह कहाँ जाना चाहता है। निष्प्रयोजन और निरुद्देश्य वह डग भरता हुआ उसी ओर जाने लगा जिस ओर वह पुरुष और स्त्री गए थे।

मध्याह्न के समय वह एक खुली घाटी में पहुँचा जहाँ दो टीलों के बीच एक छोटी-सी समतल जगह थी, और जिसके पार नीचे गहरी खाई थी जो छोटे-छोटे कँटीले पेड़ों से ढकी थी। दूर घाटी में धुन्ध छाई थी।

तभी उसे टीलों की ओर से किसी के कराहने की आवाज सुनाई दी। मोड़ काटने पर वह ठिठक गया। वही पुरुष और स्त्री थे जिन्हें प्रातः उसने झरने के ऊपर देखा था। दो टीलों के बीच वे दोनों जमीन पर बैठे थे और उनके बीच जमीन पर ही उनका बच्चा लेटा हुआ था, और स्त्री कराहे जा रही थी।

उसके कदमों की आहट पाकर दोनों पति-पत्नी ने सिर उठाकर उसकी ओर देखा। स्त्री झट से उठ खड़ी हुई और भागती उसके पास आ गई। स्त्री बड़ी व्यग्र और चिन्तित लग रही थी!

वह समझ गया कि उसका बच्चा या तो बीमार है या मर गया है। स्त्री का चेहरा तमतमा रहा था और होंठ सूख रहे थे। त्रस्त हिरनी-जैसी उसकी बड़ी-बड़ी आँखों को देखकर वह खड़ा का खड़ा रह गया।

"मेरे बच्चे को कुछ हो गया है। उसकी आँखें पलट रही हैं। क्या तुम कोई साधु-संन्यासी हो? क्या मेरे बेटे को ठीक कर दोगे?"

वह चुपचाप खड़ा रहा, कुछ बोल नहीं पाया। स्त्री फिर गिड़गिड़ाकर बोली, "हम दूर, अपने गाँव से आए हैं। रास्ते में इसे कोई रोग हो गया है। इसकी साँस उखड़ रही है..."

तभी वह धीमे से बोला, "मैं कुछ नहीं जानता। मैं साधु-संन्यासी नहीं हूँ।"

"तुम उसे आकर देखो तो। हम कुछ भी नहीं समझ पा रहे हैं," उसने फिर से याचना-भरी आवाज में कहा।

जब वह अपनी जगह से नहीं हिला तो वह तड़पकर बोली, "तो फिर कौन हो? क्या यम के दूत हो जो मेरे बेटे को लेने आए हो?" और वह बिलखकर, घबराई हुई, उन्हीं कदमों अपने बालक की ओर लौट गई।

मानव-सुलभ सद्भावना में उसके पाँव क्षण-भर के लिए आगे बढ़ आए, पर वह सँभल गया और उसने अपने पैर पीछे खींच लिये। जब से वह परम-सत्य की खोज में निकला था, उसका सांसारिक प्राणियों से कोई सम्बन्ध नहीं रहा था। उन्हीं से भागकर आया था तो उन्हीं के बीच कैसे लौट जाता? उसकी दृष्टि में अभी भी ये लोग मोह के पंक में फँसे, इन्द्रियों के दास, अन्धकार में भटक रहे थे।

वह वहाँ से हट गया और अपनी राह पर जाने लगा। पर कुछ ही कदम गया होगा कि कुतूहलवश उसके पाँव रुक गए और वह एक चट्टान की आड़ में खड़ा हो गया और इन मानव-अभिनय को देखने लगा।

बच्चा सचमुच आखिरी साँस ले रहा था। स्त्री किंकर्तव्यविमूढ़-सी उसके आसपास मँडराए जा रही थी—कभी अपने पति के सामने जाकर चिल्लाती, कभी भागती हुई मैदान के दूसरे छोर पर इस आशा से जा खड़ी होती कि सम्भव है, कोई राह जाता व्यक्ति उधर से आ निकले। वह बार-बार अपने बेटे को पुकारती, उसके चेहरे में झाँक-झाँककर देखती, बार-बार उसे उठाकर अपनी गोद में रखकर अपनी छाती के साथ सटा लेती, इस आशा से कि अपने शरीर की स्निग्धता से उसके ठंडे पड़ते शरीर को गरमा सके।

पुरुष अधिक संयत जान पड़ता था। एक बार वह उठा और चुपचाप खाई के नीचे उतर गया। थोड़ी देर बाद वह हाथों में जड़ी-बूटियाँ और ईंधन की लकड़ी बटोरकर ऊपर पहुँचा। उसने दो पत्थर जोड़कर उनके बीच सूखी लकड़ियाँ रखीं और आग सुलगाई। फिर तपते पत्थर पर ही कोई जड़ी-बूटी रखकर उसे गरम करने लगा और उसके बाद बच्चे के पेट को सेंक देने लगा। इसके बाद वह फिर खाई में उतर गया, और अब की बार कोई जंगली फल तोड़ लाया, जिन्हें अपनी मुट्ठियों में भींच-भींचकर उसका रस बच्चे के मुँह में डालने लगा।

पर देखते-ही-देखते बच्चे की भिंची हुई मुट्ठियाँ हवा में उठकर झटके के साथ काँपने लगीं, और माँ बिलख उठी।

सहसा माँ के व्यवहार में एक विचित्र-सा परिवर्तन दिखाई दिया। माँ ने बच्चे को धीरे से जमीन पर लिटा दिया और स्वयं उठ खड़ी हुई, अपने पति का भी हाथ पकड़कर उसे उठा लिया, और दोनों उठकर दिशाओं को झुक-झुककर नमस्कार करने लगे। किसी विशेष अनुष्ठान के अनुरूप वे सूर्य को नमस्कार कर ऊँचे स्वर में कोई मंत्र पढ़ने लगे। चट्टान के पीछे खड़ा व्यक्ति समझ गया कि देवों से बच्चे के भविष्य के लिए प्रार्थना कर रहे हैं। लगा, जैसे स्त्री कभी भी चिन्तातुर होकर कराही नहीं थी। उस समय लग रहा था, जैसे दोनों किसी उत्सव में भाग ले रहे हैं, और देवों की तुष्टि के लिए उन्हें बार-बार नतमस्तक नमस्कार कर रहे हैं। माँ सहसा शान्त हो गई थी। अब वह बच्चे की अकड़ती मुट्ठियों को देखते हुए भी तन्मयता से मंत्र बोले जा रही थी। बच्चे की देह जैसे बिखरती जा

रही थी, शिथिल और लम्बी पड़ती जा रही थी और सिर एक ओर को टेढ़ा पड़ता जा रहा था।

उस समय उसका पति अधिक व्याकुल जान पड़ता था। लगता था, अन्तिम क्षण तक वह बच्चे को बचाने का प्रयास करेगा। उसने भी दोनों हाथ जोड़ रखे थे, पर वह बराबर दाएँ-बाएँ देखने लगता, कभी टटोल-टटोलकर बच्चे का शरीर देखता। एक बार तो वह उठकर फिर से जड़ी-बूटियों को देखने-परखने लगा था। पत्नी के आश्वासन के बावजूद वह सारा वक्त कुछ-न-कुछ बटोरता रहा था। उसके हाथ अभी भी हिल रहे थे और गोद में जुड़कर पड़े रहना नहीं चाहते थे। पर पत्नी शान्त, स्थिर, एकाग्र—मानो वह बच्चे के अस्तित्व तक को भूल चुकी हो—हाथ जोड़े मंत्रोच्चार कर रही थी।

आखिर बच्चे की देह एक नन्हे-से झटके के साथ निःस्पन्द हो गई। माँ ने भी देखा, बाप ने भी देखा। उसके दम तोड़ने के साथ-ही-साथ दोनों का मंत्रोच्चारण भी समाप्त हो गया।

फिर माँ के कंठ में से ऐसी चीख निकली कि पहाड़ भी काँप उठे। स्त्री ने बच्चे की लाश को उठाकर छाती से चिपका लिया और चीख-चीखकर रोने लगी। चारों दिशाएँ उस स्त्री के क्रन्दन से गूँजने लगीं। मनुष्य कितना दुखी हो सकता है, इसका दृश्य वह पहली बार आँखों के सामने देख रहा था। स्त्री मिट्टी में, बच्चे के शव को लिये लोट रही थी। लगता था, इस क्रन्दन से स्त्री का शरीर टूट जाएगा, अंग-अंग अलग हो जाएगा। जैसे उसके अन्दर कोई बाँध टूट गया था, जिन्दगी को जोड़कर रखने वाली सभी कड़ियाँ टूट गई थीं। चट्टान के पीछे खड़ा वह निर्लिप्त दर्शक भी अपने आँसू नहीं रोक सका। स्त्री की चीखों को सुनकर उसकी टाँगें भी काँप-काँप गईं। बेटे की देह को छाती से लगाए वह दाएँ-बाएँ झूल रही थी, और वन्य पशुओं की भाँति चीखे जा रही थी। उसके निकट उसका पति घुटनों पर सिर रखे, बिलख-बिलखकर रो रहा था। उसके कन्धे बार-बार काँप उठते।

देर तक दोनों रोते रहे, और देर तक ही चट्टान के पीछे उसकी काँच की-सी आँखें उन दोनों पर लगी रहीं।

दिन ढल रहा था जब पिता ने बच्चे की लाश को माँ की छाती पर से जैसे नोचकर हटाया। फिर उसे जमीन पर रखकर उसे अपने वस्त्र से सिर से पाँव तक ढँक दिया। माँ अब भी बैठी रोती रही। पुरुष उठा और सम्भवतः लकड़ियाँ बटोर लाने के लिए फिर से खाई में उतर गया।

थोड़ी देर में चिता जल उठी और आग की लपटें उठने लगीं। वह अभी भी चट्टान के पीछे एकटक यह दृश्य देखे जा रहा था। मृतक को अग्नि देने में अनभिज्ञ, पति-पत्नी अपने ही किसी संस्कारवश आग में लकड़ियाँ और बूटियाँ डाले जा रहे थे मानो उसकी एक-एक क्रिया को देवता देख रहे हों और बालक का

भावी सुख इसी पर निर्भर करता हो! टूटे-फूटे जो भी मंत्र वे जानते थे, बड़ी तन्मयता से बोले जा रहे थे, बच्चे के सुख के लिए भगवान से याचना किए जा रहे थे।

आखिर धू-धू करती चिता की आग भी मन्द पड़ने लगी, और शाम के साये लम्बे होने लगे। चट्टान के पीछे किसी जन्तु की आँखों की भाँति उसकी आँखें यह सामान्य मानव-व्यापार देखे जा रही थीं।

रात गहराने लगी। दिन की तपिश धीरे-धीरे अपनी उग्रता खोने लगी। प्रकृति का सान्त्वनापूर्ण हाथ, अपनी शीतल मन्द समीर से उनका माथा सहलाने लगा। चट्टान के पीछे खड़े व्यक्ति का मन हुआ कि आड़ में से निकलकर उनके पास जा बैठे। पर फिर भी वह ज्यों-का-त्यों खड़ा रहा।

क्लान्त और शिथिल, दोनों पति-पत्नी बुझी चिता से दूर हटकर बैठे थे। सारे वायुमंडल में गहरा अवसाद छा गया था। शिथिल और अवसन्न, पति-पत्नी देर तक वहीं बैठे रहे। स्त्री कभी बुझी चिता की ओर देखती, कभी उसकी आँखें दूर क्षितिज को ताकने लगतीं, कभी वह बिलखकर रो पड़ती। पुरुष अधिक संयत था, परन्तु किसी-किसी वक्त वह भी कटे हुए वृक्ष की भाँति बेसहारा होकर गिर-सा पड़ता था। जब वह रोता तो पत्नी उसको ढाढ़स बँधाती, उसकी छाती के साथ अपना सिर सटा लेती। जब स्त्री रो-रोकर बेचैन हो जाती तो पुरुष उसे ढाढ़स देता, उसकी पीठ सहलाता, उसके सिर पर अपने होंठ रख देता। स्त्री की व्याकुल, त्राण ढूँढ़ती, अवलम्ब माँगती बाँहें पुरुष की ओर उठीं, मानो जीवन में वही उसका अवलम्ब बन सकता हो। असह्य व्याकुलता में छटपटाते दोनों एक-दूसरे की बाँहों में बँधते जा रहे थे। स्त्री को लग रहा था, जैसे उसकी क्षतिपूर्ति पुरुष की बाँहों में ही हो सकती है, और पुरुष को लग रहा था, जैसे स्त्री ही उसका अवलम्ब बन सकती है। अपनी व्याकुलता को शान्त करने के लिए, ढाढ़स और सान्त्वना की खोज में प्रकृति के किसी अपरिहार्य नियम के अनुसार, पुरुष और स्त्री एक-दूसरे की छटपटाती, उद्विग्न बाँहों में लिपट रहे थे। स्त्री की कटी लता-जैसी निरालम्ब देह, आश्रय की भूखी, पुरुष की बाँहों में सिमट गई। चट्टान के पीछे काँच की आँखें यह मार्मिक दृश्य देखे जा रही थीं।

दूसरे दिन प्रातः जब दम्पती अपने बच्चे के अस्थि-अवशेष अपने ही एक वस्त्र में बाँधे पहाड़ी पर से उतर नगर की ओर जाने लगे तो वह भी चट्टान के पीछे से निकल आया और उनके पीछे-पीछे नगर की ओर जाने लगा—उस दिशा में, जहाँ नर-नारी मोक्ष-प्राप्ति के लिए नहीं, मात्र जीने के लिए, एक-दूसरे में अपना अवलम्ब खोजने के लिए जीते हैं। उसे लगा, जैसे मनुष्य का सत्य मनुष्य के हृदय में ही मिलेगा, उसके बाहर नहीं मिल सकता।